Arthur Miller
Social drama

张永明 著

阿瑟·密勒

关于社会剧的理论及其多方位的探索

中国戏剧出版社
CHINA THEATRE PRESS

图书在版编目（CIP）数据

阿瑟·密勒关于社会剧的理论及其多方位的探索 /
张永明著. — 北京：中国戏剧出版社，2021.7
ISBN 978-7-104-05109-1

Ⅰ. ①阿… Ⅱ. ①张… Ⅲ. ①米勒（Miller, Arthur 1915-2005）—戏剧文学—文学研究 Ⅳ. ①I712.073

中国版本图书馆 CIP 数据核字（2021）第 134519 号

阿瑟·密勒关于社会剧的理论及其多方位的探索

责任编辑： 张　霞
责任印制： 冯志强

出版发行： 中国戏剧出版社
出 版 人： 樊国宾
社　　址： 北京市西城区天宁寺前街 2 号国家音乐产业基地 L 座
邮　　编： 100055
网　　址： www.theatrebook.cn
电　　话： 010-63385980（总编室）
传　　真： 010-63383910（发行部）

读者服务： 010-63381560
邮购地址： 北京市西城区天宁寺前街 2 号国家音乐产业基地 L 座

印　　刷： 三河市兴国印务有限公司
开　　本： 787mm×1092mm　1/16
印　　张： 15.5
字　　数： 200 千
版　　次： 2021 年 7 月　北京第 1 版第 1 次印刷
书　　号： ISBN 978-7-104-05109-1
定　　价： 90.00 元

目　录

Contents

上　篇

中　篇

下 篇

导　言

在20世纪的美国剧坛，可以与田纳西齐名的戏剧大师，当数阿瑟·密勒（Arthur Miller）。他是继奥尼尔之后，美国当代最著名的剧作家，被誉为“美国戏剧的良心”。阿瑟·密勒1915年出生于美国纽约，他的父亲是一位商人。在密勒中学时期，遍及全美的经济危机以及由此导致的大萧条使得这个犹太商人家庭不幸破产。密勒的大学生活是在密歇根大学度过的，主修新闻和英文。这一时期他一边打工养活自己，一边创作剧本。密勒在美国剧坛乃至世界剧坛初露锋芒是在30岁之后，1947—1949年，他的成名作《都是我儿子》和最具影响力的作品《推销员之死》在美国火热上演，并得到一致好评，最终囊括了托尼奖、普利策奖和纽约剧评界奖。除此之外，密勒的作品还有《萨勒姆的女巫》《桥头眺望》《美国时钟》《堕落之后》等，其中《堕落之后》被视为密勒的自传性剧本，涉及他与好莱坞著名演员玛丽莲·梦露失败的婚姻。密勒与中国戏剧的关系较为密切，曾于1978年和1983年两度访华，并先后写下了《访问中国》和《“推销员”在北京》两部作品，而他的剧作《萨勒姆的女巫》和《推销员之死》也都在中国成功上演。

第一节　国内外对于密勒的研究概况及评述

一、国外研究现状

在长达半个多世纪的戏剧创作中，密勒的作品题材涉及社会生活的方方面面，内容广泛，思想深刻，是当代戏剧研究的重要课题。尤其是在美国，对密勒的研究多年来热情不减，但也曾有过一段起起落落的历程。从研究成果来看，20 世纪美国国内有关密勒研究的著作数不胜数，仅博士学位论文就有 110 篇；从研究态度来看，由于美国批评界将密勒定位为一名擅长利用“普通人的语言”（language of common people）描写美国“家庭生活”（domestic life）的“社会戏剧家”（social dramatist），因此 20 世纪 60 年代之后密勒被美国批评界所抛弃。与之相反，密勒及其作品在英国却彰显了旺盛的生命力并得到了极高的赞誉。在伦敦皇家国家剧院 1999 年举行的“20 世纪最伟大戏剧家和戏剧”评选中，密勒及其作品《推销员之死》（以下简称“《推》”）、《萨勒姆的女巫》（以下简称“《萨》”）分别跻身于“20 世纪最重要的戏剧家”和“20 世纪十佳戏剧”之列。这种与美国批评界有着天壤之别的景象推动了美国当代评论家对密勒研究的反思，尤其是重新思考密勒本人及其作品。这种反思主要是试图突破以往密勒研究的僵化范式和刻板印象，在此基础上，美国批评界先后出版了三部为密勒“正名”之作。

二、国内研究现状

与国外对密勒研究的热情相比，我国对密勒研究起步较晚，视野也相对局限。1978年9月18日，密勒夫妇以个人身份访华，参观游览了京沪等地，接触到不少中国戏剧界人士，并观看了一批戏剧表演。次年复刊的《外国戏剧资料》，首期就对密勒的这次访华作了简短报道，并在封二刊登了密勒剧作在美国演出的两张剧照。耐人寻味的是，该期同时还发表了翻译家梅绍武的介绍文章《阿瑟·密勒的六个剧本》以及陈良廷翻译的《推销员之死——私语两幕附安魂曲》，无疑是国内翻译与介绍密勒剧作之肇始。同年第2期《外国戏剧资料》又刊发了梅绍武长文《阿瑟·密勒六十年代的三个剧本》。此后，陈继文、尧登佛、郭继德等人也分别在《暨南大学学报》《美国戏剧论辑》《文史哲》等杂志上撰文介绍密勒的创作情况。在这些学者中，与密勒本人接触最多、介绍密勒最勤的要数郭继德，他曾先后四次拜访密勒，发表了《阿瑟·密勒的戏剧观》(《山东外语教学》1986，2)、《访阿瑟·密勒》(《外国文学》1987，5)等文章，主持编译了《阿瑟·密勒论戏剧》(文化艺术出版社，1988)等，成为中国为数不多的密勒专家之一。

从历史的角度看，密勒研究与密勒在中国的实际影响呈现V形倒错对应关系。换言之，80年代密勒对中国戏剧影响隆盛之时，密勒研究还处于起点状态。自此至今，密勒影响日趋式微，密勒研究却逆行而上，呈现不断升温的趋向。从中国知网检索，20世纪80年代和90年代的相关研究文章分别为11篇和19篇。进入21世纪以后，密勒研究呈爆发式增长，涌现出270余篇期刊论文、70多篇硕士学位论文，以及1篇博士学位论文。20世纪80年代虽然相关研究文章不多，但毕竟筚路蓝缕，奠定了中国密勒研究的基础和认知密勒的“前理解”。这一时期的主要研究对象为密勒的戏剧创作与戏剧观、剧作人物形象、《推》剧的主题思想与艺术特色、作家自传及人格风貌、剧作在中国的演出等，如刘荣新、张金度分别对《推》剧主人公洛曼之死及多重戏剧冲突做了社会学角度的解读，承言、英若诚分别对《萨》剧和《推》剧在中国的演出做了评论，董鼎山的文章则给人们展示了密勒身上自负自大、矜持傲慢的一面，意图给大家建构起一个比较完整的阿瑟·密勒形象。

三、一个简单的评述

总体而言，这一时期的文章偏重于一般性的评述和介绍，缺少深度研究。20世纪90年代的密勒研究基本上未能突破80年代的思路。进入21世纪以后，由于自20世纪90年代以来文艺理论的大量译介与沉淀，给人们提供了更多的批评视角，因此，密勒研究也出现了不少新的切入方式。

目前，尽管中国的密勒研究成果丰硕，但仍存在着一些明显的不足：一是研究的文本范围十分有限，研究对象过于集中于密勒的两部代表作《推》(在270余篇期刊论文中，关于《推》剧的论文达240余篇）和《萨》，其他作品乏人问津。二是学术视野相对狭窄，缺少与国际尤其美国本土密勒研究的接轨，参考文献多为国内研究成果，从而形成不良的自我内部复制，导致研究方法与思路雷同的现象。三是有影响力的研究著作依然不多。相较于尤金·奥尼尔和田纳西·威廉斯的研究，缺少专著，博士论文数量也相差甚远，这显然与密勒的影响力和地位难以匹配。

第二节　一个新的切入点：阿瑟·密勒与中国戏剧的关系

值得重视的是，在国内外关于阿瑟·密勒的评论中，有一个空白，即阿瑟·密勒和中国戏剧的关系。如果要问：同中国戏剧的理论与实践关系最密切的是谁？答案可能见仁见智、莫衷一是，而在笔者的视界之内，阿瑟·密勒可以说是候选人之一，至少，对阿瑟·密勒的深入研究，有助于我国戏剧艺术的理论与实践获得重要的启发。

这里只从两个概念谈起：

阿瑟·密勒的戏剧主张是“社会剧”，而我国戏剧的主流传统是“问题剧”，有人称之为“社会问题剧”。在我看来，“问题剧”与“社会问题剧”，可以视作同义语。就戏剧的题材而言，社会剧所关注的“问题”，当然指的是“社会问题”，这是不言而喻的。实际上，在国内的戏剧理论研究中，常常出现不同概念混淆的现象，而“问题剧”与“社会剧”相混淆则是一个突出的例证。初看起来，概念的混淆是理论工作中常见的一种现象。实际上，任何一个有价值的概念都有实践的针对性，概念的混淆常常会引起创作实践上的迷雾，诸如“社会剧”与“问题剧”这类概念，则是关系到创作方向和创作方法等重大问题，绝不应等闲视之。针对中国当代戏剧而言，长时间坚守的是“问题剧”的创作模式，一直发展到20世纪70年代末80年代初，由观众冷落引发了深重的危机感，在戏剧改革的浪潮中诞生了几部上佳的剧目。有的理论家把它们定向为从“问题剧”到“社会剧”的突进，如果把“社会剧”作为中国戏剧的价值取向，那么深入研究阿瑟·密勒关于“社会剧”的理论与实践，更是具有非常重要的意义。

本书以此为题，正是试图把阿瑟·密勒的理论与实践的研究，与中国戏剧的实践联系起来，以从中寻找一些有意义的启示。

上篇

阿瑟·密勒对戏剧艺术发展趋势持有特殊的观点:“社会剧是主流。”认真地说,“社会剧”这一概念,并不是阿瑟·密勒的专利,在他之前,戏剧人就曾经在不同层面、不同角度使用过这一概念。然而,阿瑟·密勒不仅把它尊为现代戏剧的主流方向,而且对“这一代人的社会剧”的对象和创作方法有自己的阐释。凡此,都值得我们深入研究。

就中国戏剧而言,现代戏剧的主流传统是“问题剧”,由于理论研究的薄弱以及对基础理论的漠视,加之面对诸多概念的内涵多是不求甚解、草率应对,由此,造成理论上的失误以及实践中的错位。比如,中国现代戏剧居于主流方向的“问题剧”与“社会剧”本是南辕北辙的,然而,由于概念的混淆,在理论研究和戏剧批评中,却往往阴差阳错甚至被视为同义语。同时,另有“社会问题剧”被作为一个通用的概念,使用起来显得更为混乱。针对这种情况,在进入阿瑟·密勒的理论研究前,不妨先对中国关于“问题剧”的理论与实践进行简单的阐释,为准确理解阿瑟·密勒有关“社会剧”的理论扫清障碍,同时也为中国戏剧艺术走向提供更明确的参照系。

第一章　关于中国的“问题剧”

第一节　中国戏剧倡导“问题剧”的原初动机

中国现代戏剧产生于19世纪与20世纪交替之际，同时也产生于东西方两大文明的对抗和交融之中。在这种对抗和交融之中，中国的政治、经济、文化、社会的危机迅速凸显出来。种种危机的集中表现就是亡国灭种的危险。救亡图存成了国家和人民的当务之急，实际上它也是中国人民近一百年的心病。中国现代戏剧创始之初，就以开放的胸襟，引入过国外多种戏剧流派，包括象征主义、唯美主义、表现主义等，也因此造就了曹禺、田汉、夏衍等杰出的戏剧家。但是，在众多的戏剧流派中，“现实主义”戏剧流派成为当时中国众多文化运动的主将们不约而同的选择，从而成为主流，这背后的原因看似有着某种时代的偶然性，但是细细分析，却有着某种必然性。中国现代戏剧又是在民族危机中发展和成熟的，救亡和启蒙是它的内在驱动力。因此，中国现代戏剧有着严峻的入世态度和强烈的救世精神，历史使命感和道德评价是它的显著特点。

欧洲戏剧之所以被引入中国并与中国的社会改革结合起来发展中国的新剧，实际上是新文化运动的发动者们最初的设想和动机，即他们认为中国的社会变革需要建设新的戏剧，并通过戏剧推动这场变革。历史地看，20世纪上半叶中华民族的历史是帝国主义侵略史与中国人民革命史的统一，经历了民主革命和社会主义革命两大阶段。当时，文化界的有志之士把西方戏剧引入中国，也正是为了适应政治革命的要求，让这种"新戏剧"为中华民族的历史使命发挥应有的作用。在引进初期，面对西方戏剧的诸多风格流派、创作原则和方法，文化界也曾有不同的选择方向。然而，"问题剧"成为首选，却有其历史的必然性。在这一选择过程中，胡适先生是先驱者之一。

在当时，胡适是一位热衷于社会改革的文化精英。他对社会改革有特殊的构想，认为"高谈主义，不研究问题的人，只是畏难求易"，并且"研究向来是极困难的事，高谈主义是极容易的事"。这种关于社会改革的主张，究竟是否合理，这里不做辨析，但不难看出，正是根据这种社会改革观，面对西方戏剧的诸多流派，他专宠的是"问题剧"，这是合乎逻辑的。他认为：最重要的，如"问题剧"专门研究社会种种重要的问题，"问题剧"，意在讨论今日社会之重要问题也！在当时，胡适先生把"社会剧"与"问题剧"视为同义语，不过，在他的认知领域，这种戏剧"意在讨论今日社会之重要问题"，乃是"说明问题的对与错"，实质上专指"问题剧"。值得注意的是，胡适在倡导"问题剧"伊始，就把易卜生奉为榜样。1918 年，胡适发表了专论《易卜生主义》，阐述了他对戏剧的主张，也包含对"问题剧"的对象及其功能的见解。在他看来，易卜生是一位热心于社会改革的战士，他说："人生的大病在于不肯睁开眼睛来看世间的现实现状，明明是男盗女娼的社会，我们偏说是圣贤礼仪之邦，明明是赃官污吏的政治，我们偏要歌功颂德；明明是不可救药的大病，我们偏要说一点病都没有！却不知道，若要病好，须先认有病；若要政治好，须先认现今的政治实在不好；若要改良社会，须先知道现今的社会实是男盗女娼的社会！易卜生的长处，只在他肯说老实话，只在他能把社会种种腐败龌龊的实在情形写出来，叫大家仔细看。"[①] 由此出发，他对于"易卜生主义"的定性是："易卜生

---

① 胡适：《问题和主义》，北京大学出版社 2013 年版，第 268 页。

把家庭社会的实在情形都写出来了，叫人看了动心，叫人看了觉得我们的家庭社会原来是如此的黑暗腐败，叫人看了觉得家庭社会真正不得不进行新革命——这就是易卜生主义。”①

胡适先生不仅是“问题剧”的倡导者，在创作实践中也有作品问世——《终身大事》。这部剧可以视作剧作家对“问题剧”创作模式的构想。《终身大事》是一部剧情较为简单的独幕剧，主要讲一名姓田的年轻女子（田亚梅）想和留洋回来的陈先生自由恋爱，不料却遭到了来自家人的反对。先是母亲求神拜佛，得出两人不适合的“结论”，甚至还将算命的盲人请到家里来，求神问卜，盲人根据自己的“推算”，觉得两人的生辰八字不合，这正好验证了她之前去庙里求签得出的不合的结论，于是更加深信不疑。田女士对此又气又急，只得等着自己的父亲回来，以为“开明”的父亲肯定会站在自己的这一边。果不其然，父亲回来后，对母亲求神问卜的事情大发雷霆，田女士大喜过望，以为父亲会站在自己的一边，支持自己自由恋爱。但没想到的是，父亲对这门婚事的态度竟然也是反对，理由是很多年前“田陈两姓是一家，本家不能通婚”，这让田女士十分无奈，躲在自己的房间里面大哭起来。这个时候等在外面的陈先生给她捎来一张纸条，上面写着“婚姻大事，我们自己来定”，这给了田女士极大的鼓励，她思考过后，留下一张纸条离家出走。

在这部明显带有模仿意味的“问题剧”里面，我们可以充分感受到胡适先生对于戏剧的态度——戏剧应该是社会改良的一剂良药，借助它可以实现对社会的改良。虽然胡适先生的剧本模仿了《玩偶之家》，但是我们可以明显地感知到，剧本的着力点并没有放在对人、人的内心世界的丰富性、多样性的探索上，而是集中地针对当时的社会问题，提出自己的观点。

① 胡适：《问题和主义》，北京大学出版社 2013 年版，第 282 页。

在当时，婚姻是否可以自由，自由恋爱是不是可以摆脱父母之命而交由自己来决定，是很多进步青年和家庭不得不面对的问题。算命先生振振有词：“这男命是寅年亥日生的，女命是巳年申时生的。正合着命书上说的‘蛇配虎，男克女。猪配猴，不到头。’这是合婚最忌的八字。属蛇的和属虎的已是相克的了。再加上亥日申时，猪猴相克，这是两重大忌的命。这两口儿要是成了夫妇，一定不能团圆到老……”这本身就是很滑稽可笑的，但是田太太对此却深信不疑：“不怪，不怪。我是最喜欢人直说的。你这话一定不会错。昨天观音娘娘也是这样说。”并且还将在庙里求来的观音娘娘的签诗作为支持自己的理由。“观音娘娘签诗上说——让我寻出来念给你听。（走到写字台边，翻开抽屉，拿出一张黄纸，念道）这是七十八签，下下。签诗说：‘夫妻前生定，因缘莫强求。逆天终有祸，婚姻不到头。’”

算命先生和田太太关于田女士终身大事不合适的论断固然可笑，但是到了有文化的田先生那里，情况也好不到哪里去。他对求神问卜的事情嗤之以鼻，但是却固执地恪守着所谓的“宗族礼法”，并且振振有词地认为，终身大事一定要是合乎“礼法”才可以。

田女：为什么姓田的不能和姓陈的结婚呢？

田先生：因为中国的风俗不准同姓的结婚。

田女：我们并不同姓。他家姓陈我家姓田。

田先生：我们是同姓的。中国古时的人把陈字和田字读成一样的音。我们的姓有时写作田字，有时写作陈字，其实是一样的。你小时候读过《论语》吗？

田女：读过的，不大记得了。

田先生：《论语》上有个陈成子，旁的书上都写作田成子，便是这个道理。2500年前，姓陈的和姓田只是一家。后来年代久了，那写作田字的便认定姓田，写作陈字的便认定姓陈。外面看起来好像是两姓，其实是一家。

所以两姓祠堂里都不准通婚。

田女：难道2500年前同姓的男女也不能通婚吗？

田先生：不能。

从上面的话里面我们可以很清晰地看到，胡适先生引进易卜生，不是源于文学目的，而是出于社会改良的血药。在胡适先生看来，革命家的易卜生要比文学家的易卜生来得更为实际，尤其是对于当时的中国。

正是在这种思潮的影响下，一批“问题剧”在当时应运而生。这批触及社会问题的剧作，被称为“问题剧”。其中比较有代表性的有：蒲伯英的《道义之交》（1922，6幕），叶绍钧的《恳亲会》（1921，独幕），欧阳予倩的《回家以后》（1922，7幕）、《泼妇》（1922）、《屏风后》（1922），成仿吾的《欢迎会》等。从戏剧内容本身来看，这部分作品大都只是针对社会上的某个具体的社会问题发表观点，借以宣传某种观念。在当时，戏剧界对这类剧目就有不同的看法，例如：余上沅曾经针对这种现象指出：“新文化运动期的黎明，易卜生给旗鼓喧闹地介绍到中国来了。固然，西洋戏剧的复兴，最得力处仍是易卜生的介绍；可是在中国又迷入了歧途。我们只见他在小处下手，却不见他在大处着眼——政治问题、家庭问题、职业问题、烟酒问题、各种问题，做了戏剧的目标；演说家、雄辩家、传教士，一个个跳上台去，读他们的辞章，听他们的道德。艺术人生，因果倒置。他们不去探讨人生的深邃、表现生活的原力，却要利用艺术去纠正人心、改善生活。结果是生活愈变愈复杂，戏剧愈变愈烦琐；问题不存在了，戏剧也就随之不存在了。通性既失，这些戏剧便不成其为艺术（本来它就不是艺术）。”[①] 在这一意义上，余上沅对20世纪20年代流行的“问题剧”的

① 涂上沅：《国剧运动（序）》，上海书店1992年版，第199页。

批评，并非没有道理。“问题不存在了，戏剧也就随之不存在”，这个断言已不幸被时间老人所证实。

后世的戏剧史研究者对这一历史现象有完全不同的评价，有人认为：“20 年代是中国‘问题剧’的年代”，这一现象在中国现代戏剧的发展历程中是有特殊意义的。作为“五四”新文化思想的新载体，中国的问题剧一反商业化和文明戏的庸俗倾向，而是及时反映现实生活中存在的问题，既是剧作家高度的社会责任感的体现，同时也有效配合了反封建的思想革命的不断深入。”[①] 郭富民教授则认为：“……由于社会问题、时弊和舆论焦点本身就能引起公众关注，容易导致戏剧家只注意问题而不注意艺术，很多作品就只停留在对问题本身的探讨上，比如问题的社会学根源和结局，而对人、人的感情、人的内心需求、人的欲望和情绪、人的浩瀚无际的心灵的海洋则关注不够。因而就导致了只见问题不见人。他们可以说忽略了一个简单的真理，即任何社会问题都出在人身上，任何社会问题都是人的问题。”[②]

第二节　为“问题剧”正本清源

胡适先生推崇“问题剧”，并把易卜生奉为“问题剧”的开创者，这是张冠李戴，并不符合历史的实际。《简明不列颠百科全书》关于“问题剧”的定义为“19 世纪发展起来的一种戏剧，以现实主义的方法处理有争议的社会问题，暴露社会弊病，促使观众进行思考和议论。这种戏剧以法国剧

---

① 周安华：《20 世纪中国问题剧研究》，中国戏剧出版社 2000 年版，第 175 页。

② 郭富民：《插图中国话剧史》，济南出版社 2003 年版，第 83 页。

作家小仲马和奥日埃的作品为开端，他们修改了当时流行的斯克里布‘佳构剧’的固定形式，使之适合于严肃的题材，创作一些过分简单化的、说教论题的剧本，以诸如妓女、商业道德、私生子和女性解放等为题材”①。该书在“小仲马”条目的释义中又强调说：“法国剧作家及小说家，问题剧的创立者之一。他的戏剧大力宣传家庭及婚姻的神圣，如 1855 年 2 月创作的《半上流社会》一剧就写到娼妓威胁婚姻制度的问题。”②

“问题剧”作为一个特殊的戏剧类型，在经过大量实践之后，美学家、戏剧理论家等都有明确的评价。苏珊 · 朗格认为：“由于上一代社会科学家的影响渗透，从而产生了‘问题剧’这种空洞、短命，却也包含了少量真正戏剧的新剧种。”③

尼柯尔则从戏剧创作与现实生活关系的层面指出“问题剧”的局限，他认为：“不管可能是什么剧种，戏剧都必须依赖他所模仿的现实生活的基础，而这就是写感伤剧的戏剧家或写‘问题剧’的戏剧家所面临的最大的困难。因为，他们很容易使这类戏剧下降到更低的起点上，从而丧失了最高艺术形式的要求的普遍性。”④

在这些理论家的心目中，“问题剧”作为一个特殊的戏剧类型，其局限性是明晰的。关于易卜生与“问题剧”的关系，把易卜生的名字与“问题剧”联系起来，是一个很复杂的现象，被尊为“现代戏剧之父”的易卜生，对戏剧的卓越贡献，是举世公认的。在他之后的诸多戏剧风格、流派的戏

---

①《简明不列颠百科全书》第 8 卷（*Concise Encylopaedia Britannica* 8），中国百科全书出版社 1986 年版，第 274 页。

② 同上书，第 593 页。

③［美］苏珊 · 朗格：《情感与形式》，中国社会科学出版社 1986 年版，第 362 页。

④［英］尼柯尔：《西欧戏剧理论》，中国戏剧出版社 1985 年版，第 314—315 页。

剧人，大都申明自己是受易卜生的影响，甚至尊他为先驱者。“问题剧”的拥护者，支持者也不例外。胡适把易卜生尊为“问题剧”的创立者，乃是出于特殊的动机，把这位剧作家认定是“社会改革家”，由此形成了对这位艺术家的误读。在国外也有类似的情况，就在我们摘引的《简明不列颠百科全书》“问题剧”条目的释义中也曾提出：“问题剧在挪威剧作家易卜生的作品中趋于成熟。”不过，易卜生本人并不会接受类似的赞誉，他曾经强调申明：“我不是妇女权益保护协会的会员，我在作品中无论写什么，都不会有意识地做某种宣传。与人的通常的认为不同，我主要是个诗人，而并非社会哲学家。谢谢你们的敬酒，但我不能接受自觉促进女权运动的荣誉，说实话，我甚至不清楚女权运动究竟是怎么回事。在我看来，妇女的权利问题在总体上是全人类的问题。如果你们认真读过我的书，就会理解这一点，当然，在解决其他问题时，顺便也解决妇女问题，这是很值得期待的；即那不是我总的目标，我的任务一直是描写人类。”①

这一申明，对我们正确解读易卜生的作品，特别是《玩偶之家》有重要的启示意义。著名戏剧理论家谭霈生先生曾经指出：“尽管易卜生中期的剧作大都触及某些社会问题，严格地说，把它们称之为‘问题剧’并不贴切。仅以《玩偶之家》为例，这部剧作虽然触及法律问题、家庭问题甚至也触及女权问题，却并非全剧的深层意义所在。易卜生只是把女主人公置于一个尖锐的婚姻情境中，表现她潜在的欲求——对她心目中真正的爱的追求，而她与海尔茂之间的矛盾，与其说是男权主义与女权主义之间冲突，倒不如说是夫妻之间两种欲求在特定环境下的碰撞。”易卜生本人的申明是符合实际的：“‘我的主要的生活和工作的目的是刻画人物个性和表达命

---

① ［挪］易卜生：《易卜生书信演讲集》，汪余礼、戴丹妮译，人民文学出版 2012 年版。

运。’ ”[①]事实上，从易卜生对《玩偶之家》的设置来看，作者对娜拉个性生命的展开并不是基于女权运动的自觉意志，而是以娜拉的天性所构造的一个虚幻的爱的世界为中心。我们可以看到：娜拉以爱的名义无私奉献，四处借钱，甚至伪造签字为丈夫治病，并瞒着丈夫省吃俭用、做零活攒钱还账，不计较丈夫对她的误解。所以当柯洛克斯泰为了保住职位而以8年前的借据进行要挟时，天真的娜拉还认为法律应该宽恕自己，自己出于爱的动机应该得到原谅，同时也应该是高于一切的。但是残酷的现实并没有按照她天真的想象进行，而是逐渐以狰狞的面目显示成一场灾难，娜拉面临着一种恐惧的考验。然而即使如此，她还是心存一丝幻想，祈求着奇迹的出现，希望丈夫海尔茂可以在危急关头挺身而出，承担责任，也以同样的爱的方式来回报自己对他的爱。甚至，她都已经想好，假如事情真的发展到这种地步，自己就自杀，以这种方式来保全丈夫，从而化解因借据带来的家庭危机。遗憾的是，丈夫在危机面前的所作所为让一心爱着丈夫的娜拉难以接受，甚至一切已经无法回头。海尔茂是一位有自己的欲望和原则的现实主义者，尽管他也是爱着妻子，爱着整个家，也在为了整个家而奉献着自己，但现实主义的思想使得他与娜拉越走越远。

我们之所以以解析式的视角来展开对《玩偶之家》内容的剖析，初衷是想表达这样的理念：易卜生这部作品的现实性及其社会意义并不在于回应社会的具体问题和矛盾，而是通过心理过程的演化直指人的精神领域的深处。唯如此，作品本身才能超越具体的社会问题而具有普遍的价值。在这个意义上，易卜生的《玩偶之家》更像是一部“社会剧”而非简单的“问题剧”。“社会剧”的落脚点和内在精神往往指向现实的人自身，具有贴近现实的特性，但它并非在配合社会政治任务和解决具体社会问题意义上

① 谭霈生:《谈中国的问题剧与社会剧》,《艺术研究》1994年第4期。

贴近现实，而是要求通过洞察当代人的内在精神世界以把握具有普遍性的现象，从而使作品具有更广泛的社会内涵，并在此基础上，达到现实主义的要求。

第三节　新时期中国戏剧创作的趋势
——从问题剧向社会剧的转变

“文化大革命”结束之后，中国戏剧超越了“姐妹艺术”，率先呈现辉煌的景象。在20世纪70年代末至80年代初，大量原创剧目争相演出。其中最引人注目的是新的“问题剧”的演出，这批剧目在初次演出中，获得了热烈的反响。其中的代表剧目有《报春花》《未来在召唤》《血，总是热的》等。这批作品的显著特点是题材的多样化，既有表现工业题材的《未来在召唤》，也有描写市民生活的《报春花》。这批作品因为及时地提出了社会生活中影响现代化建设的一系列尖锐问题，而受到当时观众的热烈响应，演出大获成功。

《报春花》围绕着一个出身不好、社会关系复杂的纺织女工白洁能不能成为先进工作者的问题，展开了两种思想、两条路线的激烈争论。以厂党委书记李健为代表的支持方和以厂副党委书记吴一萍为代表的反对方，围绕这个问题展开讨论。李健所代表的国家干部敢于坚持实事求是的路线，其说真话、办实事的作风，赢得了当时观众的一致好评。

《血，总是热的》则将问题的焦点引到先进和保守两种路线的斗争上。为了改变丝绸厂管理模式陈旧和生产技术滞后的状况，罗心刚这位新厂长决定大刀阔斧地改革，不拘一格地重用人才，任命一名无业的青年设计者白云来研发设计产品，但是却遭到了某些顽固保守领导的阻挠和只看重眼前奖金的工人的反对。在这两种势力所形成的斗争趋于白热化之时，罗心刚坚持己见，慷慨陈词，表明了自己的态度，最终赢得了大家的理解，获得胜利。这个剧本中塑造的敢为人先、为发展企业鞠躬尽瘁的好厂长罗心刚的形象，受到了当时观众的热烈好评，并且由于反映了当时观众的普遍心声，在社会上引起了强烈反响。

然而，在短暂的繁荣之后，剧场很快冷落下来，20 世纪 80 年代前后，“问题剧”固有的缺陷和不足开始暴露——局限于具体的社会问题必将被时代所抛弃。当时中国政治局势已经稳定，时代核心问题已经不再是政治生活领域的问题，而转向了生产领域和消费领域，观众的兴趣也必然从政治话题中转移出去。因此，这种浅层次、简单化的艺术创作，势必会随着改革的深入而被观众所摒弃。

针对“问题剧”大行其道现象，曹禺先生有过深刻的感受。他曾经谈道：“好的社会问题剧应该根植于生活之中，而不是仅仅存在于问题之中。现在有的戏仅仅写了一个问题，问题便是一切，剧中人物是根据问题而产生。人物有的站在问题的这一面，有的站在问题的那一面，有的站在问题的中间，于是出现了正面人物，反面人物，中间人物……我们仅仅只写了社会上的问题，而忘了或忽略了写真实的人……”①

“问题剧”仅仅关注当时社会上面的重大问题，鲜有作品深入人的内心，将人的情感中深层次的部分表现出来，只停留在对社会生活现象的表面进行道德批判，而不去触及问题的实质，观众在观看一段时间之后，产生厌倦是理所当然的。正如著名学者刘平所指出的：“问题剧的创作中，政治化批判所产生的情绪化掩盖了个性化描写的复杂性与深刻性。尽管观众看戏时获得了某种情绪的愉悦，但剧中的人物形象却并没有留下多么深刻

① 曹禺：《戏剧创作漫谈》，《剧本》1980 年第 7 期。

的印象。因此，当社会趋势的发展不再需要这样的政治批判时，描写这样内容的戏剧自然就会失去了它的社会效应。”①

不深入人的内心，仅仅是停留在外部事件的展现上面，这种作品可能在特殊时期能获得一部分的支持，但是长此以往，一定会失去普通的观众。大家去剧院看戏，当然也关注社会生活中的重大问题，但是，最主要的，还是渴望看到一个“真实的人”。艺术作品的优势正在于，能通过对盘根错节的社会问题的剖析，塑造真实饱满的艺术形象，让观众和剧中人物的情感达到共鸣的同时，对生活有着更深入的思考，这才是戏剧艺术应该坚持的。

经历了短暂的辉煌以及随之而来的被观众冷落的危机感之后，中国戏剧开始抛弃传统的问题剧的模式而在新时期寻找力求能够与观众共鸣的可能性。这种在摸索中向前发展的趋势便是20世纪80年代中国戏剧的总体特征，其标志是《黑色的石头》《荒原与人》《狗儿爷涅槃》《大荒野》等为代表的一批社会剧的涌现，其中《桑树坪纪事》标志着80年代中国社会剧的水准达到了顶峰，即社会剧转向将戏剧的内在意蕴与外在表现并举。实际上，80年代以来的社会剧转向与传统的问题剧相比，剧作家开始从完全不同的视角去考察社会生活，开始深究作品本身的意蕴而超越了某一具体的社会问题。具体来说，这种转向的特征如下：

20世纪80年代中国戏剧转向社会剧以及涌现的这些作品，说明焦点已转移到了人与现实的关系，即人与环境之间的关系。这一批社会剧，大都赋予了社会环境以人际关系的内涵，并且强调其对人物主体内在心理演变的影响，即这些作品都主张社会环境造就了主人公的内心世界。反观此前的问题剧，尽管剧作家也努力展示社会关系和环境，但更多时候将这种

---

① 刘平:《新时期戏剧启示录》，中共党史出版社2009年版，第35页。

社会关系具体化为了单纯的政治关系、道德关系等，个人丰富的社会关系也被抽象为社会矛盾，甚至个体仅仅作为具体社会矛盾的参与者而并非主导者，个体仅仅成为狭隘的政治原则和道德原则的表达载体。80 年代以来的社会剧恰恰在这方面超越了此前的问题剧，其中展示的人物关系尽管也是具体化、定性化的社会关系，但却是在内涵上远远超过了狭隘的政治、道德关系，表现为更为丰富的社会关系。更为重要的是，这些社会剧的剧作家在刻画人物内心活动时尽管依然采用社会心理分析的方法，但却赋予个体内心极为浓郁的主体性。下面，我们就以《黑色的石头》《荒原与人》《桑树坪纪事》三部社会剧为例，分析这一社会剧转向的特点。

作为当时几部社会剧中的佳作，《黑色的石头》在一定程度上代表了 20 世纪 80 年代社会剧的水平。该剧的背景是石油基地的日常生活，描述了由石油基地几位年轻人和老队长所构成的一个传统与现代、新颖与守旧相对抗的世界。基地里面的年轻人可谓“身在偏僻的荒原而心却随社会新潮流摆动”，他们有自己的欲求和原则，这种原则植根于个人的自我意识之中，同时这种意识又主导着他们的行动——试图在拥挤不堪的列车房里构造属于自己的天地，并尽力维护这个天地的隐蔽性和排他性。与他们不一样，石油基地老队长则生活在一个由传统所主导的旧世界，这个传统经由他创造并继续由他传承，他甚至视传统为自己的生命。因此他虔诚地要求年轻人和他一起呵护这份传统。当他看到年轻人所营造的私人天地与传统相左的时候，无情地将其打碎。剧作家通过这样的场景构建了一系列冲突——年轻工人与老队长的冲突实质上是现实与历史的冲突，年轻人内心的自我原则与老队长的传统的冲突实际上意味着现实社会本身的转变与矛盾的出现。不难看出，这部作品关注的是当下的社会及生活在社会角落的个体，剧作家的着力点是彰显社会现实对个体的内心的影响，从而超越了以应景式为特色的问题剧，迸发出强烈的艺术现实性。

《荒原与人》发表于1986年，无论对剧作家本人的创作历程而言，还是以其对中国当代戏剧发展的贡献而言，都可以称得上是里程碑式作品。这部作品的宏观社会背景是"文化大革命"，尽管这出戏所刻画的一群把青春献给北大荒的垦荒队员的爱情故事是受制于当时的社会环境的，但剧作家并没有以传统问题剧的政治和道德批判的眼光将人物关系简单化为纯粹的政治关系，而是以人性分析为聚焦点，从关系的实质内容和人物关系演进的内生动力两方面将人物刻画得更加具有人情味，使这两方面都呈现一种更加开放和深刻的意味。众所周知，在以往的问题剧中，具体的社会矛盾以及由此引发的社会外部冲突往往成为决定剧作冲突和人物形象的核心因素，在这些问题剧中，个体之间的行为都是碎片化的，是刻板的结合为剧作整体的主体行为。而在《荒原与人》这部戏中，人物之间的冲突、矛盾更多地以主体的内部矛盾和冲突的形式表现出来，如传统道德规则与个体感情欲求之间的对抗、内生感情趋势与外生选择意向之间的对立、对美好世界的内心渴望与这种渴望被现实无情毁灭后带来的绝望感之间的冲突以及原始纯粹的感情需求与被世俗权力异化的灵魂的冲突等。这些内部冲突和矛盾所刻画的剧中的人物，如马兆新、细草、宁珊珊等，都是具有丰富的感情世界和人性内容的多面体，他们往往都具有更多的现实性和普遍性。而这也恰恰是剧作家的努力和初衷所在。

《桑树坪纪事》的宏观社会背景是20世纪60年代末中国黄土高原上一个生产力极为落后的小村庄——封闭、荒凉的桑树坪。这种性质的社会背景就决定了剧中人物之间的关系、人物形象都是具有时代性的，即他们是困苦、愚昧的象征，却又想挣脱这种生活和生存的状态，因此他们迫切地要求社会生产力的提高、渴望个人的解放与自由，从而把握自己的命运，并在这一过程中展开对民族历史命运的思索。也正是在这个意义上，剧作家通过将发生在桑树坪的一系列纪事组合起来，直指一个落后的悲惨农村，并通过这种揭露映射出时代的色彩。

我们在这里颇费笔墨地重述这几部社会剧，实际上想凸显的是这一批社会剧与传统的问题剧对比，已经在戏剧技巧、创作手法和理念上实现了些许超越——社会剧已经不再局限于从具体的社会表面问题去思考戏剧的目的和对象，而是试图从戏剧的内在主体——人的视角去展开思考，将人视为表现的目的与对象的统一。正是在这个意义上，一方面社会剧坚持戏剧应该以人本身为目的和对象，另一方面又强调社会时代精神对人的生命和心理活动的影响和烙印。实际上，问题剧的没落与社会剧的转向是相继发生的，当中国社会进入全新的历史时期之后，社会生活的中心由政治、道德批判转向生产力本身的解放与发展的时候，戏剧本身也应该有所回应。正是回应的及时与否，决定了问题剧与社会剧的不同命运。社会剧转向的成功在于它及时回应了中国社会生产力解放和发展的历史要求，并冲破这种社会现象本身而试图将之融入社会个体的精神灵魂最深处，去考察当代人精神世界最具体生动而又复杂深刻的变动过程。

哲学的根本问题是本体论问题，即世界的本源问题。在这个意义上，哲学反思人类社会也往往是从终极意义上展开。作为整个人类思想发展的成果，戏剧艺术同样应该从终极意义上展开对人类社会的干预和反思以及指引，即从本体性的视野展开戏剧创作。这里我们所谓的本体性，当然不排斥哲学意义上的本体性，但我们更加强调这种本体性的人本性，即思考如何通达人类本性的丰富性和完满性，特别是人性本身和情感意义的完满。这也正是当代人们所呼吁的在这个层面上的突破与努力，可谓是 20 世纪 80 年代中国戏剧出现的社会剧的重大进步与超越，他们对于戏剧本体性的回归具有划时代的意义。

除了在人与社会关系上回归戏剧本体性，这批社会剧的风格也呈现出多样化的发展态势，如客观再现方式的写实化与主观再现方式的主体化共荣共生，又如坚持“纯戏剧”的本体优势与最大可能的“综合性”发展等。当然，客观地看，这一批社会剧并非中国戏剧最完美的表现，也并非毫无瑕疵。但瑕不掩瑜，这些社会剧的最大意义在于开辟了中国戏剧发展的新道路。然而中国戏剧，尤其是社会剧要想取得长足的进步和发展，并在此过程中涌现佳作，不仅要在戏剧发展道路上坚持社会剧所开创的道路，同时需要具有理性和感性能力的创作主体的出现。我们固然应该以乐观自信的态度来给中国戏剧一个美好的期许，但同时应该清楚这种期许的实现并不容易，它是一个任重而道远的历史任务。对此，谭霈生先生的论断十分精辟：“社会剧自身的发展、将要求剧作家不仅要具有洞察社会生活底蕴的理性能力，还要求具有心灵体验的感性能力，要求这两种能力的平衡，中国社会剧作品求取长足进步显得相当艰难，只是在同一水准上徘徊不前，重要原因之一，恰恰在于创作主体这两种能力或是贫弱，或是失调。然而，这种内在能力的构建，又岂是一时一日。”[①] 正是在这种“求新思变”的历史要求下，阿瑟·密勒的“社会剧”主张与实践，对我们而言显得格外迫切。

---

① 谭霈生：《谭霈生文集》Ⅱ，中国戏剧出版社2005年版，第334页。

阿瑟·密勒作品漫画图

第二章　阿瑟·密勒关于社会剧的主张

我国对阿瑟·密勒研究颇有成就的学者郭继德说过:“密勒不仅是一位卓尔不群的剧作家，而且是一位出类拔萃的戏剧理论家。”[①] 谈到阿瑟·密勒的理论主张，就不得不提到一个重要的概念——“社会剧”。不过，在阿瑟·密勒的理论主张中所谓的“社会剧”并非一个抽象、空洞的概念，其中蕴涵着一系列戏剧原则和方法。也可以说，它构成了一个较为完整的理论体系——关于“社会剧”的理论体系。认真研读这一理论体系，不仅有助于对“社会剧”的内涵作较为深入地谈论，也可以对照我国关于“问题剧”的理论与实践，从中获得有益的启示。

在这一章，着重阐释阿瑟·密勒有关“社会剧”的几个重要的论点。

第一节　密勒心目中的“易卜生”

密勒视易卜生为自己的精神导师，他把易卜生视为“现实主义”的典范，并从这位剧作家的创作经验中洞见到“社会剧”的方向和路线。

作为西方公认的“社会剧”作家，密勒始终如一地坚持用现实主义的方式来创作，但是只要对其剧本稍加注意都会发现，密勒所谓的“现实主

---

① ［美］阿瑟·密勒:《阿瑟·密勒论戏剧》，郭继德等译，文化艺术出版社 1988 年版，第 1 页。

义”却和我们通常意义上讲的“现实主义”有所不同。关于这一点，密勒也毫不掩饰自己对易卜生剧作的欣赏，并且坚定地认为自己的创作理念来源于易卜生。“每当我们提及现实主义戏剧形式时就想到了易卜生，因为他在自己的社会剧中不仅使用了现实主义形式，而且几乎把它发展到了完美无瑕的地步……”① 准确地说，把易卜生归属于“现实主义”并不贴切，在易卜生的创作历程中，既有现实主义的经典作品，也有突破现实主义而进入象征主义领域的深邃精品。不过，阿瑟·密勒把易卜生的作品称为“把现实主义形式发展到完美无瑕的地步”的“社会剧”，是有根据的。更重要的是，他在阐述易卜生的创作原则和方法时是在为自己提出“社会剧”的理论主张溯本求源，择其要点，有两点显得异常清晰：

其一，关于剧作家的创作与现实的关系。

现实主义的戏剧创作方式，不等于简单地照抄照搬生活场景。在这一点上，密勒还是在易卜生的剧作中找到了支撑他观点的论据。“易卜生——在他创作《玩偶之家》的时候，究竟有多少挪威女人或者其他欧洲女人因为跟丈夫之间的关系不真诚而离家出走呢？实属罕见。因而，确实没有什么供他拍照的。然而他的做法是，利用个人见解将观察到的普通事件中隐藏的社会意义形象化地表现了出来。换句话说，他以完全‘现实主义’的方式，与其说是报告了，不如说是形象化地指出了，甚至可以说是预示出了某种意义，用戏剧创作术语来讲，他创造了一种舞台象征。”② 很多时候，大家一谈到“现实主义”就觉得应该是一种来自现实生活的“拍照”的产物。密勒驳斥了这一点，强调应该用形象化的手段，来表现普通事件中隐

---

① ［美］阿瑟·密勒：《阿瑟·密勒论戏剧》，郭继德等译，文化艺术出版社 1988 年版，第 60 页。

② 同上书，第 61—62 页。

藏的社会意义。

其二，关于人与社会的关系。

不管是什么类型的戏剧，塑造人物都应该是最基本的任务之一。密勒之所以推崇易卜生，除了前面讲的几点之外，很重要的一个原因就在于他所看到的易卜生的剧本里面，不仅塑造人物，而且还往往将人物所处的环境写出来，以便使抽象的剧本人物变为具体的舞台形象。“易卜生的努力不仅仅在于塑造人物，而且要勾勒出人物声张和活动的环境，这是有目共睹的。他经常全面地重点描写的环境就是社会……如果说易卜生只是为了创造出一个高潮，他在自己的剧本中不仅要把社会描绘成蕴藏于人物身上的一种天然形成的客观力量，而且要把社会描绘成一种现实力量，体现在金钱、社会道德、清规戒律和其他方面之中。”[①] 人和环境之间的关系，是现实主义剧作家们创作剧本很重要的一种方式，也是一部剧能否成为社会剧的显著标志之一。密勒推崇易卜生，他本人对易卜生的创作方法、创作原则的理解，也是他剧作理论的重要来源。正是在这样的理论指导下，他结合自己的创作感受，进一步将这种理论丰富、深入，从而为他自己的“社会剧”理论的形成进行了必要的铺垫。

第二节　倡导严肃戏剧

根据马克思的唯物史观，经济基础决定上层建筑，上层建筑对经济基础有一定的反作用，这种反作用典型的表现就是思想上层建筑的发展有其

---

① ［美］阿瑟·密勒:《阿瑟·密勒论戏剧》，郭继德等译，文化艺术出版社 1988 年版，第 64 页。

自身的相对独立性，并非完全与经济基础的发展相一致。这一理论在20世纪30年代的美国以及密勒身上表现得最为突出。从较为宏观和笼统意义上的外部环境来看，密勒之所以主张严肃戏剧，提出“社会剧”理论，直接因素就是20世纪30年代美国社会的现实状况。由于受到普遍经济危机的影响，当时的美国正处于经济跌落期，但其社会政治思潮却呈现百花齐放的态势，典型的表现就是戏剧文艺发展迅速。同时30年代美国的剧坛出现了许多剧院，除“同仁剧院”，还有“信使剧院”、纽约第十四街的“市民节目剧院”“联合剧院”等。一方面，这些剧院极为强调戏剧形式的时代性，演出的一些剧目反映工人阶级进行革命抗争；另一方面，这些剧院将戏剧搬到了剧场以外的地方进行演出，如公共礼堂、公园、教堂和学校礼堂等地。

人创造环境，同样环境也在塑造着人。事实上，密勒“社会剧”的理论主张受到20世纪30年代美国剧坛复兴的直接影响。他曾毫不避讳地指出:“那也是一个激动人心的时代；是个邻里团结和屡屡举行示威游行的时代；是个广泛进行各种富有创造性的联合艺术实验项目的时代。人们之间有一种同志之间的友谊和忠诚；把一根烟卷递给另一个人去吸；把市内有轨电车让给别人去开；把一张晨报传给别人去看。”[①] 对密勒戏剧思想影响更为直接的是:30年代美国戏剧在世界的极高声誉，而这一声誉直接源于剧作家——奥尼尔，他的戏剧创作在30年代达到顶峰，并于1936年被授予诺贝尔文学奖。整个国家经济大萧条和戏剧大发展的状况对密勒的影响表现在两个方面：一方面，席卷美国乃至全世界的经济危机所带来的家庭变故改变了密勒的身份，使其从天堂坠入人间炼狱，使其由富家少年沦落为

---

① ［美］阿瑟·密勒:《阿瑟·密勒论戏剧》，郭继德等译，文化艺术出版社1988年版，第254页。

社会底层。身份的改变固然让密勒备尝生活的艰辛与苦难，但恰恰是这种生活体验为其日后的戏剧创作提供了最直接、最生动、最丰富的生活素材，正如他后来所说“大萧条就是我的书本”。另一方面，大萧条和身份落差又使他认识到社会环境与个人命运的必然联系，而这恰恰构成了密勒戏剧思想和理论的一个基本格调，构成了他坚持严肃戏剧、主张社会剧、关注社会问题、思考人生哲理、考究个体生命意义和价值的最初源流。

从较为微观和具体意义上的社会环境来看，密勒社会剧思想的提出离不开他对美国社会发展瓶颈和问题的思考，离不开他对资本主义环境下个体遭遇的同情和关怀。从历史的角度来看，在经历了两次世界大战之后，资本主义国家将所有的重心都放在了社会发展和经济恢复上。而伴随着科技革命的高歌猛进，西方社会在经济发展速度、规模以及社会财富积累等方面都达到了历史最高点。但与此同时，资本主义社会的弊病开始暴露无遗，除了传统的经济危机依然存在之外，由技术分工带来的劳动者片面发展、异化发展以及人成为机器的附庸等问题都开始集中爆发。处于发展瓶颈期的资本主义，其难以克服的主要矛盾已经从经济层面转移到精神文化层面，即资本主义的发展不但没有带来人的全面发展，反而以各种物质—技术的方式压抑着人性的实现。马克思在 19 世纪中期所描述的资本主义社会人的异化存在和发展问题依然是 20 世纪资本主义所面临的难题。事实上，20 世纪之后资本主义社会的发展和个体的生存境遇是当时所有理论家和思想家所关注的重大议题。现代工业社会发达的科学技术在给社会带来巨大物质财富的同时，并没有给社会成员带来必需的精神财富，甚至为了消化社会财富，资本主义社会不惜通过极权主义将个体引入到消费主义和物质主义的陷阱之中，从而使个体成为失去批判性、超越性的单面人，即个体成为麻木的消费者和资本主义社会的享乐者，而忽视了个体自身的文化成长和创造性发展。个体成为被动接受而没有主动创造的人、成为只能屈从现实而不能批判现实的人。不仅哲学家在关注资本主义社会的弊病，许多文艺家同样注视到这些社会顽疾。因此，面对发达工业社会的个体遭遇，众多文艺理论工作者开始将文艺转向社会批判，并试图在批判中找回个体的良知、良心、责任感和正义感，从而为社会个体寻找安身立命的归宿。所有剧作家和文艺家对发达工业社会的关注与考虑，从密勒及其戏剧理论中可见一斑。

作为在大萧条中生活过并且饱受大萧条折磨的剧作家，密勒更加清楚戏剧应该关注社会问题，尤其关注发达工业社会最为渺小的、普通的个体的遭遇，同时应该赋予这些个体以鼓舞人的力量，这就是戏剧的社会责任感。就美国社会及其发展状况而言，密勒的观察具有相当的代表性和批判性——他肯定了美国社会在财富积累问题上作出的努力和取得的进步，同时也肯定了财富积累对个体精神和灵魂的抹杀，即美国只关心社会而不关心人。“个人的绝对价值仅仅被看作是次要价值，远没有有效生产显得那么重要。我们最后不得不来为机器服务了。机器一定不能停，不能弄坏，不能弄脏，也不能被抛弃。只有人可以受伤害，能停工，能被弄脏，能被抛弃。”[①] 如果说其他剧作家只是看到了美国社会的现实问题，密勒则更加关注如何通过戏剧来解决这些问题。从其一系列作品和文章中不难看出，密勒并不隐瞒他对美国现实社会的不满和担忧，但他并非悲观主义者，并不以消极的态度看待美国社会和个体的前景。在他看来，人类完全有能力和意志改变现状，但由人类发起的社会变革并不能最终完全解决所有社会问题。为此，密勒给出的方案是——通过艺术改造人类灵魂并拯救个体。这就是密勒赋予艺术和戏剧的严肃的社会责任，即戏剧应该发挥其固有的社会功

---

① ［美］罗伯特·马丁:《阿瑟·密勒论剧散文》，陈瑞兰、杨淮生译，生活·读书·新知三联书店 1987 年版，第 83 页。

能和道德教化作用，即社会剧。

具体而言，密勒的严肃戏剧理论指的是他对戏剧社会责任的高度肯定和严格要求。在密勒的理念中，他极为反对为了艺术而艺术的做法，认为戏剧是一种神圣而崇高的存在，舞台是一个严肃的思想传输载体而非单纯的娱乐场所，舞台和戏剧都应该为一个严肃的目标服务，即拯救社会与个体。密勒终生恪守的原则是——戏剧是一项严肃的事业，它使人类或应当使人类更加富有人性，也就是说，使人类不那么孤独。这一原则深刻地烙印在他的一言一行和众多作品之中：如 1981 年夏，66 岁高龄的密勒在和中国戏剧理论家郭继德的谈话中明确指出："戏剧应该表达整个社会的愿望，应当对人类的生活具有至高至上的意义。"[①] 又如 1987 年他在自传《时移世变》中再次指出艺术应该在社会改革中发挥有效作用，再如密勒对易卜生戏剧《人民公敌》进行改编时所恪守的一个原则就是要让观众明白舞台不仅仅是娱乐的场所，而是进行人生命运反思、思想碰撞和哲学探讨的场所。除此之外，我们能够在密勒大部分的悲剧作品中看到主人公的社会象征意义和教化作用，如对《都是我儿子》主人公道德沦丧的谴责、在《推销员之死》中通过主人公的悲惨命运而对"美国梦"的无情鞭挞。正是有了在大萧条时期的切身体验、有了剧作家天然的社会责任感，密勒才在戏剧研究和创作原则意义上明确提出"社会剧"观念。在其一系列的戏剧作品、戏剧理论和戏剧批评文章中，他直言不讳地宣称自己是一个社会剧作家，并多次阐述和解释这一概念，强调任何剧作家都应该从现实生活中汲取灵感和题材，并通过舞台形象传达作者的批判态度。正是在这个意义上，严肃戏剧理论和社会剧观念的提出，使得密勒成为当代美国剧坛的一面旗帜和一个符号，即"美国戏剧的良心"。也正是这个原因，密勒才这样调侃自

---

① 郭继德：《访阿瑟·密勒》，《外国文学》1987 年第 5 期。

己："在美国戏剧界，在西方戏剧界，我也许是一个最不入群的人，因为我总把政治看作是人类表达自己的又一手段。"①

值得注意的是，密勒虽然强调戏剧的社会功能，但他反对把社会剧僵化和模式化，即反对戏剧一味地写社会问题，反对把社会剧恶意地变为社会邪恶的指控。在他看来，社会剧只是一种戏剧艺术，强调社会剧的社会倾向和个体关照并非要求社会剧介入社会变革，而只是通过反映社会问题以慰藉个体的情感，重新唤起个体的良知和正义感。从这个角度来看，密勒的社会剧主张实质上要探讨的是人与社会的关系问题，即人以一种什么样的方式存在于社会之中。我们如果明白了这一点，即密勒的社会剧讨论的是人类的共性问题，就不难理解为什么密勒的作品能够在中国引起如此大的轰动和关注。在这个意义上，我们不难发现，一方面密勒的社会剧主张具有所有艺术最为普遍的特点，即艺术能够磨平个体在现实生活中的心灵创伤，从而指引个体在残酷的社会现实中继续找寻生命的意义所在；另一方面他的社会剧主张又超越了一般艺术的原则，而更加侧重戏剧本身对当下社会问题的揭露和批判。这两个方面既是密勒坚持严肃戏剧理论、提出社会剧主张的前提所在，同时也构成了他独一无二的剧作理论的重要特色。

第三节　悲剧的主人公是普通人

作为一个有着丰富戏剧作品的剧作家，阿瑟·密勒在戏剧理论方面也有独到的见解。其中，很重要的一点是关于"悲剧主人公"的论断。在阿

---

① 郭继德:《访阿瑟·密勒》,《外国文学》1987 年第 5 期。

瑟·密勒看来，悲剧主人公不应该仅仅局限在“王公贵族”的身上，尤其是随着时代的发展，相应地，戏剧创作的对象也应该跟随时代的脚步进行变化，而在他的心中，“普通人”理所当然地应该成为悲剧的主人公。他谈道：“我相信，在悲剧的最高意义上，普通人跟国王一样，都是适于作悲剧描写的对象的。从表面上看，用现代精神病学的观点来衡量，这应当是显而易见的。现代精神病学分析是以古典公式为基础的，譬如，俄狄浦斯恋母情结和奥列斯特恋父情结，虽然都是发生在皇家显贵身上的事，但也适用于任何一个处于同样激情之中的普通人。”①

在密勒的戏剧创作中我们可以看到，普通人和国王一样，都被剧作家作为悲剧的对象进行了描写。《都是我儿子》中的乔·凯勒，是一家飞机零部件厂家的工厂主，属于我们身边随处可见的普通人；《推销员之死》中的威利·洛曼则地位更低，仅仅是一名基层的推销员，每天的工作就是开着车子长途跋涉去外地推销公司的产品，这位垂垂老矣的推销员仿佛是我们身边的任何一个擦肩而过的路人，平凡而又真实地生活在我们的身边；《萨勒姆的女巫》中的主人公普洛克托是一个农民；《桥头眺望》中的埃迪·卡博恩是一个码头装卸工人；《回忆两个星期一》中的伯特是一个在汽车修理厂打零工的青年……纵观密勒的剧本，他的主人公绝大部分都是生活在社会底层的劳动人民，这些人在自己平凡的岗位上生活，有着自己的逻辑和思维方式。通过密勒的剧本我们不难看出，“普通人”的身份虽然没有“王公贵族”那么引人注目，但是，他们身上所具备的平凡而真实的特质，却更能激发观众对剧中人物命运的关注，起到很好的艺术效果。密勒认为，“无论是高贵者还是卑贱者都有同样的精神变化过程。说到底，如果说悲剧

① ［美］阿瑟·密勒：《阿瑟·密勒论戏剧》，郭继德等译，文化艺术出版社 1988 年 6 月版，第 1 页。

行动的升华真的只是高贵人物独有的特征，那么广大群众热爱悲剧胜过其他一切形式，那就令人不可思议了，更谈不上能理解它了"①。在这里剧作家提到了一个特别重要的一点，就是"同样的精神变化的过程"，这对于一部悲剧作品的最终成功具有重要作用。不管是高贵者还是卑微者，人物的身份有高低，但是剧作家在作品中，并不是为了要强化这种身份差异所带来的人物形象的异同，而是将笔触的重点放在了对剧中人物丰富的"精神变化过程"中去，试图在自己的作品中，将每一个人物的这种变化过程展现出来。威利·洛曼对人生充满憧憬，却在现实面前被击得粉碎。面对两个儿子无所事事、撒谎成性的窘境，他在思想上经历着复杂的变化，最终在得知儿子对自己的"爱戴"之后，选择了自杀。《桥头眺望》中的埃迪·卡博恩，内心压抑着对于外甥女凯瑟琳的"复杂"情感，在面对来自凯瑟琳喜欢的青年鲁道夫的挑战时，从嫉妒到愤怒，最终将其赶出家门。观众喜欢看悲剧，不仅仅是为了看"王公贵族"的毁灭，而更希望看到的是舞台上的人物，是如何在自己独有的逻辑支配下，产生动机，从而影响人物做出行动，最终走向毁灭的。在这个过程中，观众可以感知到的不是剧中的主人公是什么社会身份，而是人物内心复杂多变的过程，这也是悲剧最吸引人的地方所在。

除了展示人物复杂多变的精神变化过程外，密勒同时还提出："当呈现在我们面前的人物在必要的情况下，为了维护自己的尊严而准备献出自己生命的时候，一种悲剧的感情就在我们心中油然而生。这是一条通则——从奥列斯特到哈姆雷特，从美狄亚到麦克白，存在于这些人物中的一种潜

---

① ［美］阿瑟·密勒:《阿瑟·密勒论戏剧》，郭继德等译，文化艺术出版社 1988 年版，第 1—2 页。

在的斗争，是他们企图在他们的社会中争得他们的‘合法’地位。”[①]为了维护自己的尊严，而不惜付出自己的生命，这的确也是密勒作品中常见的人物形象。《萨勒姆的女巫》中，普洛克托对自己名声的珍视，胜过生命。在得知假如他答应“忏悔”就可以免于一死的时候，他不是没有动摇过，甚至在妻子伊丽莎白来监狱探望自己的时候，他曾急迫地问过妻子，生命和尊严到底哪个更值得选择。妻子并没有直接回答这句话，而是告诉他，无论他如何选择，她都会对他的选择表示支持，因为她觉得他是世界上最崇高的人。在经历了痛苦的抉择之后，普洛克托终于决定，誓死捍卫自己的“名声”（因为这关乎他的“尊严”），宁愿放弃生命也不愿意说假话，最终牺牲。这部剧作集中地体现了阿瑟 · 密勒的悲剧观，必要条件下的普通人选择尊严而放弃生命的行为，充满悲剧意味。尊严的选择有时候是主动的，这体现了主人公高贵的品质，但是很多时候，我们身处社会中，自身和所处的环境之间存在的冲突则显得隐晦，往往表现得不明确。悲剧的创作法则，不是抽象地讲道理，而是用形象鲜明的人物形象，以及与之匹配的具体的社会关系的相互作用所产生的合力，来表达某种信念。

“如果说悲剧人被迫全面公正地衡量自身的结果这个提法是正确的，那么他的这种企图的毁灭就在于他所处的环境中存在着某种错误或邪恶。这恰恰正是悲剧的道德和教训，寻找悲剧的启迪作用所必不可少的道德法规，并不等于寻找某种抽象的，或者说某种莫测高深的玄理。”[②]

悲剧具有道德感，从某种角度来看的话，处于悲剧中的人很多时候是不自知的，有着某种盲目和愚昧，正是这种对自身不自知的盲目以及对身

---

① ［美］阿瑟 · 密勒：《阿瑟 · 密勒论戏剧》，郭继德等译，文化艺术出版社 1988 年版，第 2 页。

② 同上书，第 3 页。

处其中却并未察觉的社会环境之间所形成的冲突，往往会导致悲剧的产生。《推销员之死》中威利·洛曼一心想去外面的世界闯一闯，获取像本大伯一样的成功，但是他并不明白，就他自身而言，其实更适合待在家里的后院里面，种种花、养养地。大儿子比夫曾经说过，他花在院子里面的时间比他花在其他地方的时间更多，内心渴望外面的世界，却在现实生活中囿于所处的环境不能实现，身处其中的人必然会遭受到来自于社会的压抑，这种压抑在初期假如能得到合理地引导，是可以很好地解决的，但是很多的时候，危险在于人的盲目，对即将到来的危险视而不见，或者有某种预见，但却并不在意，只是随着感性的认识，放任这种冲动，最终酿成苦果，甚至付出生命。《桥头眺望》中的埃迪即是如此，在剧情一开始的时候我们就可以看到，他对外甥女急于出去工作所表现出来的诧异和阻拦，已经有某种危险的因素存在，这种危险被日常生活中长久建立起来的家庭成员间的温情融化，最终和解。但是在外来因素的威胁日渐加重之后，局面往往变得不可收拾。埃迪对鲁道夫的敌意，在他自己的辩解里面是觉得对方有问题，他列举了周围的人对鲁道夫的非议，企图打消凯瑟琳对他的爱意，这不仅遭到了凯瑟琳的婉拒，甚至是妻子也觉得是埃迪无理取闹，在她看来，一对年轻男女相互喜欢是好事，最起码也应该不必这么紧张。埃迪在家庭成员的包围中找不到支撑自己采取下一步行动的合理理由，但是他并不甘心，于是向当地的律师求助，可是律师给出的答案也是一样，这种男女间的感情是天经地义的，谁都不能阻拦。在现实和理智面前，埃迪暂时压抑了自己的情感，但是内心潜藏地对鲁道夫的恨，最终使得他按捺不住愤怒的心情，将鲁道夫赶到了楼上去住，而凯瑟琳不顾他的反对执意要嫁给鲁道夫的行为，彻底击垮了埃迪的心理防线，在愤怒的冲动下，他拨打了当地移民局的电话，将鲁道夫兄弟出卖，最终酿成了悲剧。阿瑟·密勒在寻找悲剧必不可少的道德法规时，采用的手段不是抽象的概念和高深莫测的理论，而是遵循人物的内心，逐步揭示出来。

密勒推崇普通人作为悲剧的主人公，也善于将普通人的情感和行为借用自己特有的手段予以揭示出来，这些主人公生活在我们的周围，仿佛是我们的朋友一样，他们身上发生的一切，都那么真实，和我们的生活那么相似，以至于我们经常会想，是不是戏剧作品中的人物，都应该取材于现实生活，只要照着他们原来的样子描述出来，不需要任何技术化手段的处理也可以。剧作家给出的答案是“悲剧之所以称为悲剧，是因为它要求激起一种升华了的意识，使我们意识到剧中人应该是什么样子的。但是，要勾画出或明确地暗示出人应当是个什么样子的，那就要求作家对人的伟大前景具有基础深厚的、坚信不疑的观念。正像亚里士多德说的，诗人比历史学家更伟大，因为诗人不仅再现了事物的本来面目，而且预示出事物应当是什么样子的。倘若我们只满足于撰写灾难史，那我们就抛弃了文学”[①]。

通过上述话语，我们可以得知，密勒在进行剧本创作的过程中，十分注重对剧中人物的意识进行“升华”。他在塑造人物时是具有想象力的，而不是简单地将生活中的人物原封不动地搬到舞台上去。虽然密勒的一些剧本，例如《萨勒姆的女巫》《推销员之死》《都是我儿子》《桥头眺望》等都有生活中的原型，有的还是历史上真实发生过的“史实”，但是剧作家在处理起这些题材的时候，还是有自己的考虑的。他以生活中的人物为基础，充分发挥自己的想象，将人物的动作还原为人物内心的表达，准确地揣摩出人物的外部行为之下的复杂的心理动机，从而据此找出人物最合理的动作，将这些动作组合在一起，就有了一个鲜活的艺术形象。从这一点来讲，将“普通人”定位成悲剧主人公，加以艺术化地加工后在舞台上呈现，是

---

① ［美］阿瑟·密勒:《阿瑟·密勒论戏剧》，郭继德等译，文化艺术出版社 1988 年版，第 8 页。

密勒作为一个“社会剧”作家天然的选择。也正是在这种思想的引导下，他笔下的人物无论何种身份、地位高低，都有着一种动人的力量。

第四节　戏剧要有“社会性”

作为一名有着明确创作理念的剧作家，阿瑟 · 密勒认为创作的戏剧必须要有社会性，“我国剧院运用的一种揭示私生活的散文现实主义形式已经被用腻了。对这种形式我们感到厌烦了，因而要求在舞台上能有更新颖的东西，有“更高级”的东西；与此同时，我们如果不把私生活看作是自我中心就拒绝生活下去，或者不知道如何生活才好。我相信，正是这种自相矛盾构成了当代戏剧中的冲突——它既悄悄地写个人题材，同时又将其表达手段提高到富有诗意的——即社会的——水平上来”①。

也就是说，在阿瑟 · 密勒看来，传统戏剧仅仅是将私生活看作是自我中心的生活，显然已经不能满足现代戏剧发展的要求，单纯地以散文化的方式来表现的现实主义，与私人生活为中心的当代生活之间的矛盾，已经产生了一种自相矛盾的冲突，在这种冲突之下，就对剧作家提出了更高的要求：一方面要写个人题材；另一方面又要将表达手段提高到社会的层面上来，这才是符合现代戏剧要求的。

阿瑟 · 密勒认为，所谓悲剧，实质上其重点在于凸显人物与其所生活的周围环境，特别是社会现实的关系。他认为戏剧应该表达整个社会的愿望，应当对人类的生活具有崇高的意义。在古希腊悲剧中，也描绘人与外

---

① ［美］阿瑟 · 密勒：《阿瑟 · 密勒论戏剧》，郭继德等译，文化艺术出版社 1988 年版，第 48 页。

界环境的搏斗，但主要是写人跟先天注定的命运搏斗，主人公往往受到命运的捉弄和摆布，只能以失败告终，落个悲惨结局。欧洲中世纪戏剧有浓郁的宗教色彩，多以《圣经》为主题。文艺复兴时期，人们极力想从神的枷锁中挣脱出来，把人看作宇宙的中心，因而戏剧多写人与神的冲突，主人公由于自我发现或自我认识而采取果敢的行动。但无论是在古希腊悲剧中还是在莎士比亚的悲剧中，等待主人公的却是灭顶之灾，为什么？因为他们有“悲剧瑕疵”。按照亚里士多德的说法，悲剧主人公不应当是“一位十全十美的人，他的不幸正是由于自己的某种过失或弱点造成的”。换句话说，个人的“缺点”是导致主人公悲剧的原因。这不能不说是一种原因，但这种观点忽视了酿成人物厄运的起决定作用的社会因素。到 19 世纪末，随着社会问题剧的崛起，一批批判现实主义的剧作家开始通过戏剧探讨社会问题，即探讨社会对戏剧人物命运的影响，易卜生是这类剧作家的先驱。

在密勒看来，易卜生的剧作之所以能取得这么高的成就，原因很多，其中很重要的一点就是，“描写社会”的创作理念。他认为：“易卜生的努力不仅仅在于塑造人物，而且要勾勒出人物生长和活动的环境，这是有目共睹的。他经常全面地重点描写的环境就是社会。例如，他认为命运是人物身上的生命力跟伪善人物、控制势力和他们承受的不健康的社会影响之间发生冲突的必然结果。因而，如果说易卜生只是为了创造一个高潮，他在自己剧本中不仅要把社会描绘成蕴藏于人物身上的一种天然形成的客观力量，而且要把社会描绘成一种现实力量，体现在金钱，社会道德，清规戒律和其他方面之中。”①

---

① ［美］阿瑟·密勒：《阿瑟·密勒论戏剧》，郭继德等译，文化艺术出版社 1988 年版，第 64 页。

阿瑟·密勒一贯尊崇社会问题剧作家，他从易卜生的作品中，从20世纪30年代美国进步剧作家克利福德·奥德茨等人的作品中汲取了营养。1951年，他在为易卜生的《人民公敌》撰写的前言中指出："必须再次让公众明白，舞台正是进行思想探讨、哲学探讨和最热烈地讨论人类命运的场所。易卜生就是进行这种探讨的大师之一，而我不揣冒昧，要再次指出这一点。"[①] 密勒在这里鲜明地指出了戏剧应当描写的对象和戏剧在探讨人生真谛过程中应起的作用。他一再强调戏剧的社会作用，强调戏剧要描写人与现实社会环境的关系，认为剧作家应当认识到社会是人组成的，人寓于社会之中；如果你不理解人的社会关系和后者对人的成长的影响，就无法创造出逼真的舞台形象。密勒认为，悲剧应当对整个世界进行全面检验，人们会在检验过程中得到益处，会找到产生悲剧的真正原因。因为在他看来，历史已经赋予社会剧新的生命，即使我们不能说戏剧是完全由社会铸造成的，但可以说几乎没有一方面是不受社会影响的。

密勒不否认个人因素对人物命运的影响，只是更强调社会因素对悲剧人物命运的影响，主张通过解剖社会，挖出造成悲剧的祸根——邪恶势力。在《炼狱》中，密勒大胆地向邪恶势力发起了挑战。该剧是以1692年马萨诸塞州萨勒姆镇真实发生的一桩审讯"行巫者"案为基本素材经过艺术加工而写成的一部杰出的现实主义剧作。剧中的副州长兼法官丹佛斯暴戾恣睢，杀人不眨眼，经他批准，400多人横遭逮捕，身陷囹圄，72人被杀害，酿成一场大悲剧。他的狰狞面目暴露无遗，他的邪恶本性被揭露得淋漓尽致。但在作者看来，丹佛斯自己不应该在剧中减轻他实际犯下的罪行，因着重揭露他的罪恶和残忍正是揭露他所代表的神权政治机构与一切统治阶

---

① ［美］阿瑟·密勒:《阿瑟·密勒论戏剧》，郭继德等译，文化艺术出版社1988年版，第12页。

级的累累罪行。剧本通过写对“行巫者”的迫害把矛头指向了20世纪50年代初期以参议员约瑟夫·麦卡锡（1908—1957）为代表的美国反动势力，谴责他们对进步人士、共产党人残酷的政治迫害。在密勒的笔下，“恐怖气氛”浸透着《炼狱》的字字句句，形象生动地展现了在白色恐怖气氛之中人们惶惶不可终日的情形，给当权者迎头一棒。但密勒的意图还不止于此，他反对的是一切政治迫害，谴责的是一切邪恶势力，即从广义的角度说是写善与恶斗争的，以使剧本有永恒的价值。

他的独幕剧《回忆两个星期一》勾勒出了20世纪30年代美国小职员生活的一幅真实画面，该剧以一个准备上大学的学生伯特的视角来看待整个社会生活，以这间狭窄闭塞压抑的办公室为空间来展开故事，并且塑造了众多性格各异的人物形象。性格暴躁、作风硬派，心地善良但是却不畏强权的拉里；心里怀着诗意，心灵手巧却在现实的生活中一点点被磨灭理想的爱尔兰青年肯尼思；整日醉醺醺、为了筹备女儿的入教堂仪式而勉强挣扎着的汤姆，以及40多岁还没有结婚、心地善良的艾格尼丝；年轻漂亮而充满幻想的女孩帕特里夏，等等，这些人物聚集在一起，在日复一日的繁重的劳动中生存着。他们没有远大理想，没有欢乐，人间世态为什么如此炎凉？为什么到处是悲怆气氛？作者没有直说，但通过对室内光线暗淡、耗子到处跑等情景的真实描写，暗示出悲剧是社会的黑暗和剥削制度的存在造成的，一些吸血鬼们像耗子一样吮吸着人们的鲜血和骨髓。《美国时钟》则描绘了20世纪30年代的经济萧条如何毁灭了美国一个中产阶级家庭。密勒的这些剧本从不同的角度针砭了时弊，剖开了美国社会中存在着的一颗颗毒瘤，但又无不受到社会因素的影响。

第五节　倡导新型社会剧

关于新型社会剧，阿瑟·密勒完整地阐述为：“这一代人的社会剧一定不能只停留在对盘根错节的社会关系的剖析和批评这一步上。它必须去探索人存在的本质，找出人需要的是什么，以便使这些需要在社会中受到重视，得到满足。”①

在阿瑟·密勒看来，社会剧很重要的一个特征就是社会关系，但是，他同时又指出，社会剧的终极指向应该是探索人存在的本质，找出他的需要，以便使得这种需要在社会中受到重视、得到满足。那么就对新时期的剧作家，提出了更高的要求，“因而，新型的社会剧作家如果想做好本职工作，必须是比过去更高明的心理学家，必须至少意识到要把人的心理生活封闭起来的做法是徒劳无益的，否则他就永远写不出悲剧来，就会三番四复地重陷怜悯的沼泽之中，那里的水是旧时的眼泪，而不是早就新生活的生育之海”②。在阿瑟·密勒看来，戏剧的目的就是解决人和社会的关系，它对人物刻画得越深透，即不是单写他的主观世界或他的社会生活，这个人物的分量也就越重。那么剧作家为了创作出一部好的作品，是不是可以有一种好的办法来实现呢？密勒认为：“……一部严肃的作品，且不要说一部悲剧作品了，如果不对整个因果有关（社会是其中的一个有目共睹的重要组成部分）进行探索，就不能够取得很高的艺术成就，而这种探索，就和反映人们生活方式的深浅休戚相关。”③

---

① ［美］阿瑟·密勒：《阿瑟·密勒论戏剧》，郭继德等译，文化艺术出版社 1988 年版，第 53 页。

② 同上书，第 53—54 页。

③ 同上书，第 73 页。

既然如此，那么是否意味着剧作家就可以肆无忌惮地忽视日常私生活和社会生活之间的鸿沟而肆意创作呢？答案是否定的，因为，“它不能够自然完美地填平私生活跟社会生活之间的日益扩大的鸿沟。而表现主义也没有能够解决这个问题，它以完全摒弃心理现实主义和只描写社会势力的做法回避了此问题……它们愈来愈陷入只对心理的探索之中，几乎没有或者说根本没有去探讨和刻画人物的社会作用和冲突”[①]。

不难看出，在剧作家阿瑟·密勒的观念里，要想创作出好的剧本，就需要借助多种多样的力量。各种艺术手段，无论是表现的还是象征的，都应该只作为一种手段来丰富剧作家的创作，而不应该是别的。对此他谈到勇于探索的前辈奥尼尔，认为他一生都在努力找寻一种不同于社会力量的主宰人类命运的其他力量。很显然，阿瑟·密勒对于这样的创作态度是十分肯定的，也是他在自己之后的戏剧创作中一直坚持的。但是他同时又清醒地意识到，对于这种力量的探索，无论是古希腊的解释还是现代宗教的解释，只要剧本依然是以家庭和家庭关系为中心，戏剧形式就必然采用现实主义的形式。这也是社会剧剧作家在创作的时候所应该秉承的创作理念和创作原则。在阿瑟·密勒的观念里，剧中人物应该是以家庭为中心的，同时带有社会的普遍性，这样的作品才是现实主义的。而当剧中的人物离开了家庭开始进入社会的时候，戏剧形式也应该随之发生相应的变化。为了阐明这一点，他还是以奥尼尔的剧本为例进一步阐明，认为“像在《毛猿》和《琼斯皇》中那样，当他描写的人物离开了家庭环境而进入社会时，他的戏剧形式就跟现实主义分道扬镳了”[②]。

---

① ［美］阿瑟·密勒：《阿瑟·密勒论戏剧》，郭继德等译，文化艺术出版社 1988 年版，第 74 页。

② 同上书，第 64 页。

但是，尽管如此，作为一个受现代化思维影响的剧作家，阿瑟 · 密勒看待戏剧的视野是宽大的、富有远见的。一方面，他肯定现实主义的戏剧风格对于他所倡导的新型社会剧有着至关重要的作用；另一方面，他也并不排斥其他艺术风格的进入，就像他对《毛猿》和《琼斯皇》的戏剧风格所判断的，他们虽然不是现实主义的，但是，因为人物离开了家庭进入了社会，“变得更明显地富有象征意义，富有诗意，而且富有英雄气魄”。

那么回到密勒的戏剧主张上来，为什么他认为一出戏的深度与广度和其所反映的人们社会生活的深浅成正比呢？家庭关系和外部世界的关系，二者之间的对立统一，是否构成伟大的剧本的必要条件呢？关于这一点他也曾这样说：“迄今为止，我一直在回避内容问题，只有家庭关系跟外部世界的关系，即跟社会关系的对立问题是个例外。现在我要公开声明，所有我们称之为伟大的剧本《更不要说被我们称之为严肃的剧本》都跟某个问题有着千丝万缕的联系。某个问题指的是：有多少人把外部世界看作“家”呢？一个人为了找到安全，爱的环境和心灵上的安慰，找到自我和荣誉，这在人的记忆中却显然跟家庭概念联系在一起，而他必须以什么方式进行斗争？他必须改变或战胜自己身上或自身以外的哪些方面呢？”①

为了进一步说明这个观点，密勒自己也举了例子：“对试图把所有的伟大主题都浓缩为一句话的做法人们应该持怀疑态度，但是这句话——‘一个人如何把外部世界变成家’——的确可成为认识伟大创作内涵的一个起点。……如果手头上的哪个剧本不能体现这条原则，我们就不会重视它。举例来说，倘若《推销员之死》的冲突仅仅局限在实现父亲和儿子的相互谅解上，那它的重要性就会小多了。但当它冲出家庭范围而触及社会时，就

---

① ［美］阿瑟 · 密勒：《阿瑟 · 密勒论戏剧》，郭继德等译，文化艺术出版社 1988 年版，第 64 页。

开始探讨社会地位，社会荣誉和争取社会承认等问题了，这就扩展了剧本的视野，使它跳出了狭小的圈子，去写大多数人的命运问题了。”①

在他的剧本中，只有将家庭范围的冲突扩到社会方面，才会有重要的意义。这就是为什么《桥头眺望》的故事，被放在一个意大利移民过来的后代身上。剧中从意大利偷渡过来的小伙子鲁道夫，假如不是这个“特殊的身份”，后面的悲剧也应该照样会发生，和病态暗恋外甥女的埃迪之间的冲突也会爆发。正是“意大利偷渡者”的特殊身份，使得这场家庭冲突升级，最终变成了一场流血的悲剧，牵涉当时的社会，变得“有意义”，这也是剧作家密勒所一直追求的。

密勒不光自己倡导这样的创作理念，还从同时代的剧作家那里获取充分的理由，在他看来：“《欲望号街车》虽然格局不同，但也有类似的情形，如果它不去触及我正在阐述的更为广阔的问题，就会仅仅局限在对精神病态的探讨上。在该剧中，白兰琪离开了家庭这个栖身之地，世态炎凉的、惨无人道的外部世界把她和她代表的感伤情调给毁灭了。一言以蔽之，我们开始因她的毁灭和威利的毁灭而感到内疚，因为她 / 他们承受的打击主要不是来自家庭内部，而是来自家庭之外，也就是说因为这是我们亲眼看见的一种社会现象，故对我们产生的影响更大。”②

关于“完整”的人的概念，密勒曾经在《阿瑟·密勒论剧散文》收录的一篇文章《论社会剧》中有过论述，他认为：“社会剧是关于完整的人的戏剧，至少我一向是这样理解的。”③ 而在《阿瑟·密勒论戏剧》中，翻译过

---

① ［美］阿瑟·密勒：《阿瑟·密勒论戏剧》，郭继德等译，文化艺术出版社 1988 年版，第 65 页。

② 同上。

③ ［美］罗伯特·马丁：《阿瑟·密勒论剧散文》，生活·读书·新知三联书店 1987 年版，第 79 页。

来的是“社会剧是写全人类的一种戏剧形式”[①]。

虽然两者的译法有略微不同，但是都表达出了阿瑟·密勒心中的社会剧的最本质的特征：既要表现人的内心世界，又要表现人的社会行为，从这一点上看，“完整的人”和“全人类”两者是统一的，是符合阿瑟·密勒本意的。

上文中，我们指出，密勒社会剧思想的核心是戏剧应该反映社会个体，尤其是社会底层成员的心理世界和命运，并通过刻画人物心理活动彰显巨大的鼓舞作用。但值得注意的是，尽管密勒极为强调对戏剧主人公心理活动的刻画，但他并非一味地顾此失彼，并非主张片面的社会个体。从密勒的思想来看，他认为他的社会剧和所有的戏剧一样，对象一定是人，是活生生的社会个体，即他创作的社会剧中的人一定是“完整的人”。对于密勒戏剧理论的考察和研究而言，非常重要的一个理论问题就是——密勒意义上的“完整的人”所指为何？与之相随的另一个问题是——当我们厘清了密勒的“完整的人”的内涵与外延，他这样的社会剧主张对于我们而言，意味着什么？即密勒把“完整的人”作为社会剧对象的主张对于其研究者的意义所在。要回答这两个问题，我们的切入点应该是对密勒有着特殊意义的古希腊式戏剧。这也是研究密勒戏剧理论绕不过的一个突破点。让人颇为难以理解的是：作为一位当代剧作家，密勒一方面把自己的戏剧界定为“新的社会剧”；另一方面他理念中的理想的戏剧却应该是希腊式的。这一奇特现象的原因在于密勒对古希腊戏剧的理解。他一生都极为推崇希腊艺术，尤其是希腊戏剧，认为尽管希腊戏剧把人类当作动物来对待，但却没有任何党派偏见的色彩。在他的视野中：“一出戏的深度与广度跟它所反

---

① ［美］阿瑟·密勒：《阿瑟·密勒论戏剧》，郭继德等译，文化艺术出版社1988年版，第49页。

映的人们的各种生活方式的深浅成正比。如果它对所有的人写得越深透，即不是要么单写他的主观世界或要么单写他的社会生活的话，其分量也越重。希腊人总是将人物作为一个整体来看，而不可能有别的看法”①。

因此，对于密勒而言，所谓“完整的人的戏剧”，首推古希腊戏剧。不难看出，希腊戏剧对于密勒而言，既帮助他找到了完整的人，又构成了他的戏剧理想。因此，要完整、准确地把握密勒的“完整的人”，我们应该从古希腊戏剧之中探寻答案。

事实上，对于古希腊戏剧的研究和讨论，并非源于、也并非独属于密勒一人，甚至把“完整的人的戏剧”作为古希腊戏剧重要传统的观点也并非独属于密勒一人，席勒、尼采、马克思对此都有过论述。究其原因，在于他们能够以一种理性的、批判式的眼光对待古希腊戏剧。在他们的理论视野当中，作为人类戏剧的早期形式，古希腊戏剧虽然有着天然的幼稚与不成熟，但其对于人类戏剧发展的积极意义依然不可忽视，即对于完整的人的重视与强调。正是在这个意义上，密勒认为古希腊戏剧是奠定了人类戏剧的重要宝库。

席勒对于古希腊戏剧中完整的人的解读是与他对现代人的对比结合起来的。他从自身的生活阅历出发，在研究希腊人完满生活状态的基础上，认为古希腊人才是完整的人，而现代人则被解构为碎片化的人。不仅如此，席勒甚至试图去重新诠释希腊人，他认为希腊人之所以是完整的人，在于其本身既是审美之人，又是艺术之人，象征着感性与理性的完美融合。正如他所指出的那样：“希腊人的本性把艺术的一切魅力和智慧的全部尊严结合在一起——他们既有丰满的形式，又有丰满的内容；既能从事哲学思考，

---

① ［美］阿瑟·密勒：《阿瑟·密勒论戏剧》，郭继德等译，文化艺术出版社 1988 年版，第 45—46 页。

又能创作艺术；既温柔又充满力量。在他们身上，我们看到了想象的青年性和理性的成年性融合而成的一种完满的人性。”[①] 正是看到了希腊人这样完满的生活状态，又目睹了现代人的碎片化过程和异化发展的现实，席勒才感慨道，要使现代人重获完整性，就必须将人的感性与理性结合起来，就必须使人以最为丰满的状态和高度的自由与独立存在于世界之中。德国著名哲学家、西方现代哲学的始祖尼采同样将“完整性”纳入他对人的思考之中。为了解决现实的人失去生命价值和意义的问题，马克思指出为了解决工业社会人失去全面性的社会问题，必须通过暴力革命推翻资本主义私有制，进而建立共产主义社会，才能实现人的自由全面的发展，即他在《1844 年经济学哲学手稿》中指出的，所谓人的自由全面发展，就是“人以一种全面的方式，也就是说，作为一个完整的人，占有自己的全面的本质”[②]。

即便如此，我们应该注意的一个细节是——希腊戏剧产生发展与密勒社会剧主张提出的时代背景和社会历史环境大相径庭，甚至对于密勒而言，希腊戏剧即便拥有良好的传统，但其毕竟已经成为历史，因此，密勒社会剧所面对的现代人当然和希腊戏剧的完整的人有着不可避免的区别。为此，思考密勒意义上的“完整的人”的内涵成为首要的理论问题。

首先，从社会剧的概念来看，人的社会性构成了密勒意义上“完整的人”的第一重规定性。在密勒的社会剧主张中，社会性规定体现为剧作家的社会性和戏剧主人公的社会性。在密勒看来，剧作家的社会性指的是作者首先应该关注个体与社会的关系，并能够正确认识个体之于社会以及社会之于个体的意义。作家之所以叫作家，不是因为他为人所知，不在于他出名的程度有多大，而是在于他对他那个时代人类处境的本质真正看到了

---

① ［德］席勒:《美育书简》，中国文联出版公司 1984 年版，第 48 页。

② 《马克思恩格斯全集》第 42 卷，人民出版社 1979 年版，第 123 页。

多少和听到了多少。而戏剧对象的社会性指的是戏剧本身面对和解决的必须是真正存在的社会问题，即戏剧本身刻画的对象一定是处于社会关系之中的个体。密勒用鱼与水的关系来说明这个问题，认为正如水是鱼的诞生地与埋葬地一样，社会对于戏剧本身也意味着希望与威胁。而密勒社会剧主张的希望就在于关注社会，在于戏剧对象的社会性。

事实上，个人与社会的关系不仅是戏剧创作面临的一个话题，也是哲学家要关注的重大理论问题。马克思哲学的一个核心命题就是讨论个人与社会的关系。在马克思的理论视野中，个人的本质并不是单个人所固有的抽象物，也不是人作为生物的自然属性，人的本质在其现实性上，“是一切社会关系的总和”①。因此，马克思本身就主张将个体纳入其赖以生存的社会中进行考察，认为社会与个人之间是一种相互依赖相互补充的关系。密勒坚持同样的观点，认为社会剧首先应该关注个体与社会的关系，应该从个体的心理与命运发展过程探讨社会问题。

其次，从社会剧的功能来看，心理性构成了密勒意义上“完整的人”的第二重规定性。心理性规定，即戏剧主人公一定不能是简单的社会本质的抽象物，而应该是具有热血、肉体的活生生的社会个体，是有具体的心理活动的丰满的个体。实际上，心理性规定是密勒社会剧所要突出的内容，即所有戏剧必须具有鼓舞他人的力量，这种力量恰恰来自有真实、丰富心理活动的主人公。密勒指出：“这一代的社会一定不能只停留在对盘根错节的社会关系的剖析和批评这一步上。它必须去探索人存在的本质，找出他的需要是什么，以使这些需要在社会中受到重视，得到满足因而新型的社会剧作者如果想做好本职工作，必须是比过去更高明的心理学家，必须至

---

① 《马克思恩格斯选集》第1卷，人民出版社1995年版，第60页。

少意识到要把人的心理生活世界封闭起来的做法是徒劳无益的……”[①]

事实上，密勒强调社会剧对象“完整的人”的心理性规定直接得益于文艺复兴、启蒙运动对人的发现，得益于先于他的剧作家对人的内心世界刻画的传统。从莎士比亚到易卜生、从布伦退尔到劳逊、从古典戏剧到现代戏剧，大多数都侧重于戏剧对象心理世界的建构，无论是理性因素还是非理性因素，都是剧作家所关注的问题。作为美国戏剧之父奥尼尔的继承者，密勒以当代剧作家的身份将社会剧引入对完整的人的心理世界全方位的考察与刻画，从而发展了戏剧理论。

在密勒“完整的人”的心理性规定层面，我们再一次发现了密勒社会剧主张中较为奇特的转变：他强调社会剧应该关照人的心理世界，却又无法接受、甚至是反感刻意地、纯粹地刻画人物心理活动的做法。事实上，这正是密勒意义上“完整的人”的真正内涵，即社会性与心理性的双重规定不是单独存在的，也不是有先后顺序的，更不是能相互否定或者顾此失彼的，而是两者完美的结合。在密勒的社会剧主张中，戏剧所刻画的人物要想真正被观众所认同并感染观众，唯一的保证就是通过社会性与心理性的结合从而达到全民性。从更为广阔的层面来看，将社会性与心理性结合起来刻画戏剧人物，不仅仅是独属于密勒的理论，实际上是被无数剧作家所主张和被无数优秀作品所印证的戏剧创作的基本原则与规律。从马克思主义者普列汉诺夫到心理学家荣格，从中国的老舍到西方的巴尔扎克，都认为伟大的剧作家一定是有社会问题和时代特点的敏感度的，伟大的作品一定是观照社会个体的社会命运和心理世界的，而密勒正是如此。

综上所述，从密勒“完整的人”的内涵和双重规定性来看，从他的社

---

① ［美］阿瑟 · 密勒：《阿瑟 · 密勒论戏剧》，郭继德等译，文化艺术出版社 1988 年版，第 53—54 页。

会剧主张的提出背景来看，他始终把希腊戏剧作为他的新的社会剧的追求，正如他指出的那样："新的社会剧将是希腊式的，由于它将把人类作为社会动物来对待，但却不带有过去的许多戏剧所包含的党派偏见。它将是希腊式的，还由于它在种种场景中将不把处理人物的心理活动及角色刻画作为目的，而再次把这些活动及刻画作为整体的一些部分，这个整体属于社会的，这个整体象征着人类。"①

总而言之，作为一个有着明确创作理念的剧作家，阿瑟·密勒认为创作的戏剧必须要有社会性，我们如果不把私生活看作自我中心就拒绝生活下去，或者不知道如何生活才好。正是这种自相矛盾构成了当代戏剧中的冲突。

阿瑟·密勒认为，只有凸显人物与其所生活的周围社会环境，特别是与社会现实的关系，悲剧才有其感染力，才能够称得上是悲剧。而戏剧不仅如此，还应该关注整个社会，思考社会的命运，考察戏剧本身对于个体而言有何意义。这就要求戏剧创作必须能够超越社会现实本身而赋予人类以理想的社会未来，同时给予个体以积极的、能够鼓舞人的力量。

之所以他秉持着这样的创作原则，认为社会剧一定不能只停留在对盘根错节的社会关系的剖析和批评这一步上，而必须在此基础上继续考察开展下去，考察人以何种本质存在着，考察人的需要以及这些需要如何实现和满足。这样才能创作出好的剧本来，密勒不光在理论上呼吁着这样的创作理念，同时也在自己的创作中，积极地展开了多方位探索。下面就让我们一起走进密勒的剧作世界。

---

① ［美］罗伯特·马丁:《阿瑟·密勒论剧散文》，陈瑞兰、杨淮生译，生活·读书·新知三联书店 1987 年版，第 89 页。

阿瑟·密勒作品漫画图

中篇

社会剧描写的对象是人与社会的关系，在戏剧作品中，所谓人与社会的关系，主要体现形式是人与人的关系，这里的关系不能抽象化。在戏剧的形式结构中，所谓个人与个人的关系，是情境构成的重要因素。在戏剧创作的实践中，情境的构建具有重要的意义，在戏剧创作的历史进程中，人物之间的关系曾经形成某些模式，这些模式主要有两个：

第一，“问题剧”的模式。“问题剧”写的是某些社会问题，社会问题体现的是某种社会矛盾，即社会问题是由社会矛盾构成的。“问题剧”的模式就是根据需要说明的某些问题，把人物分成有的站在矛盾的这一面，有的站在矛盾的那一面，分别代表矛盾的两个方面，或者具体体现为某种社会观念（因为社会矛盾是不同社会观念的体现），或者体现为某种不同的社会主张。由这个构成“问题剧”的关系的模式。

第二，“意志冲突”的模式。戏剧史上“意志冲突论”的代表是布伦退尔，主要观点包括以下两点：

1. 舞台是意志冲突发挥的场所，人的意志在发挥的过程中遇到障碍，就要冲破障碍，构成冲突，这就是意志冲突。意志遇到的障碍，可能是不同的内容，但最有戏剧性的，应该是意志遇到的障碍是另外一个人的意志，两个意志的冲突。这种意志的矛盾对立，构成的意志冲突是最有戏剧性的，因此构成戏剧性的场面。但是也有一种可能，即两种意志的斗争构成的这个戏剧场面可能是单面的。也就是说，意志可能做各种解释，意志的对抗、意志的冲突，也可能回到“问题剧”那里去。坚持某一种社会观念，坚持某一种社会的主张，也可能是人的意志，如果是这样的话就回到了问题剧。

2. 如果一个人具有某种意志，戏剧的内容是他意志的发挥，这个人物也可能是某种意志的化身。如果一个人物变成单纯的某种意志的化身，那么这个人物就有可能缺少感性的丰富性。《玩偶之家》的娜拉跟海尔茂之间可以说是两种意志的对立，但是娜拉跟海尔茂之间展开的意志冲突是在最后那个场面展开的，前面二人的关系，都不能用两种意志的冲突做简单的解释。娜拉最后离家出走，跟海尔茂揭底之前，那是她的整个自觉意识形成的心理过程。在这个心理过程中，有很多具体的感性的情感成分，所以这样她跟海尔茂的关系在这之前，都不只是两种意志对立的关系、不同的主张的关系，而是远远超越这个简单的意志对立关系，而具有很丰富的情感内容，所以意志冲突的模式也不是完美的。而这方面，阿瑟·密勒的理论和实践可以向我们提供的经验很多：一是关于个人与社会之间的关系。他认为社会剧写的对象是人与社会的关系。在戏剧作品中，所谓人与社会的关系，主要体现形式是个人与个人的关系，这里的关系不能抽象化。而在戏剧的形式结构中，所谓个人与个人的关系，又是情境构成的重要因素。在戏剧创作的实践中，情境的构建具有重要的意义。二是阿瑟·密勒强调社会剧不能光停留在对盘根错节的社会关系的剖析和批评上，必须要深入人的内心，剧作家要想做好本职工作，必须是比过去更高明的心理学家。过去把人的心理生活世界封闭起来的做法在当代是徒劳无益的。因此剧作家在处理个人与个人，个人与社会的矛盾的时候，必须要深入到主体人物的心灵最深处，将人物内心深处的矛盾表现出来，从而使抽象的矛盾具体化，进而和具体情境契合，产生戏剧性。

阿瑟·密勒所倡导的社会剧在处理人与人之间的关系方面，既超越了问题剧，也超越了意志冲突论的模式，因此是值得我们学习和借鉴的，本部分内容主要针对阿瑟·密勒的几个主要剧本进行个案分析。

第一章 《都是我儿子》（以下简称“《都》”）

第一节 家庭和社会——《都》剧中的父子关系

《都》是在百老汇上演的第一部成功的密勒剧目。剧中的乔·凯勒是“二战”期间的工厂主，他事业发达，家庭和睦，私生活无懈可击，看似一位好父亲和好丈夫。然而，实际情况却并非如此。“二战”期间，由于担心生意受到影响，乔·凯勒曾下令把飞机引擎盖次品卖给军队，造成 21 架飞机坠毁，飞行员丧生。凯勒当飞行员的长子知情后，愤而在战场上献身。戏开演时已经是其长子去世的三年之后，凯勒一家平静的生活被长子女友的到来打破，一系列迹象引起全家人对于凯勒过去所做事情的询问和追索。最终女友拿出长子遗书，真相大白，凯勒在愧恨与悔过的心绪中说出：这些死者“都是我儿子”，然后开枪自杀身亡，以逃避良心和亲人的谴责。

该剧表明密勒的语言运用能力已有长足的进步，也同时预示着，密勒开始运用自己从易卜生那里所学到的技巧来展开剧情，塑造人物。幕启时，凯勒正在和他的朋友们正在愉快地闲谈，显现出一幅日常家庭生活和邻里往来的安宁景象。他们的谈话琐碎、轻松，充满着坦率和友好，还掺杂着善意的打趣，逼真地再现了人们想象中的在美国中部地区郊外别墅的后院里星期天早晨可能出现的情景。在该剧中，剧作家着重通过人物之间多种错综复杂的关系的建构来实现对于个人和社会之间的关系的阐释，而这其中最重要的则是凯勒和儿子克里斯之间的关系。正是这组人物关系，才使得密勒所阐释的个人、家庭、社会三者之间的关系得以具体化，也正是这组关系，对全剧的情节走向和矛盾的不断升级起到了关键性的作用。

在第一幕开始的时候，父子关系还很常规，父亲理解儿子，儿子敬重父亲，父子之间的关系平淡且融洽。克里斯全部的心思都集中一件事情上面，那就是关于和自己相互喜欢的女孩安之间的感情问题。这原本正常的男女情感关系，却因为有一个横亘在其中的弟弟拉里的存在而变得棘手而复杂——安曾是拉里的女朋友。最要命的是，当事人拉里已经去世了，母亲凯特却一直不肯相信，仍旧坚持着失踪的人还会活着回来的信念，执着地等待着已经离开的拉里。不仅如此，她还要求周围的人也都要遵守着这样的“约定”，和她一起坚信拉里还活着。而克里斯的困境在于，一旦自己宣布和安彼此喜欢的事实，就等于在某种意义上就宣告了拉里的死亡。而在固执的母亲凯特那里，自己的大儿子在没有完全确认自己的弟弟是否死亡之前，是绝对不能和弟弟的女朋友之间有任何瓜葛的，更何况还是订婚，这是她绝对不能接受的。所以克里斯在开场的时候，全部心思都集中在如何通过自己的努力来实现这一目标，顺利地让自己的家人（尤其是母亲凯特）接受下面这个事实：自己一定要和安在一起！

和执着等待失踪很久的儿子、迟迟不肯面对现实的母亲相比，作为父亲凯勒则显得“开明”得多，在得知克里斯邀请安来家里的真实意图之后，面对心怀忐忑的儿子，他表现出来的是出奇的“平静”和“开明”。我们在这一段父子之间的谈话过程中，看不出凯勒的真实态度，只是感觉到作为父亲的他似乎对于这件事有点漠不关心，随着克里斯的主动试探，凯勒才稍微显示出一点情感的倾向：你可以和那个姑娘谈恋爱，但是你必须明白那是你弟弟拉里的姑娘，而这件事一旦传到了母亲凯特那里，会变得很麻烦。

凯勒：我只是说……

克里斯：……你知道吗？如果我把这件事告诉妈，她为这事大发其火，这不也是你的事情吗……

凯勒：该装聋作哑的我就装聋作哑。那姑娘是拉里的姑娘……

而面对父亲的态度，克里斯是抵触的，但并没有表现出强烈的反感，他的口吻是商量的，这种谈话的气氛显示了父子之间自然、融洽的相处方式。凯勒在这里表现的完全是一个开明的、家庭观念极强的父亲的形象。而随着母亲凯特的上场，舞台上平静的谈话气氛被逐步破坏，当克里斯终于鼓足勇气向母亲说出自己的心事时，母亲的反应是激烈的，她十分明确地表示只要自己在就绝对不允许克里斯和安两人之间的感情升级，因为在她的心里，自己的儿子拉里并没有死，只是暂时的“失踪”，这引起了克里斯的不满，他开始和母亲争执起来，这个时候的凯勒的态度却发生了转变，他站在克里斯的一边，支持他和安之间的事，这引起了凯特的不满，但是凯勒依旧我行我素，看起来一副客观公正的样子。

在安出现以后，话题引到了她尚在监狱的父亲身上，凯勒展示了自己极富感染力的语言魅力，以一个过来人的身份谈论这件陈年旧事，好像过去的事情和自己没有半点关系，自己只是一个局外人。这使得儿子克里斯十分敬佩，尊敬和爱戴之情油然而生，克里斯发自内心地认为自己的父亲是胆识过人的英雄，在他的心目中，父亲是“一身是胆的乔大爷”。在此刻，父子之间的关系其乐融融，让人心生羡慕。而凯勒对于安和克里斯两人交往一事的支持态度，也让安，尤其是克里斯大为感动。不仅如此，他对于儿子未来的良好期许和为了儿子成才所付出的良苦用心，也让人心生感动。

克里斯：爹，你真叫我吃惊……

凯勒：……我要给你一个新起点，克里斯，我要给工厂起个新招牌——克里斯多佛·凯勒股份有限公司。

克里斯：……乔·凯勒就够好的了。

凯勒：……我要给你造幢住宅，石头的，造条汽车通到马路。我要你大展宏图，克里斯，我要你利用我给你造就的一切……开开心心的。

克里斯：(感动)我会的，爹。

在此我们看到的是父爱子、子敬父，父子之间和谐相处的情形，但是好景不长，这种融洽的气氛并没有持续多久。到了第二幕，随着安的哥哥乔治的到来，第一幕中原本平静的氛围被瞬间打破，随之而来的，是父子关系的激化。当克里斯发现原来是他父亲同意发运有残损的发动机部件时，一般性的话语已不足以表达他此时强烈的愤怒情绪，因此必须借助于惊呼和一些剧烈的行动。凯特打了凯勒一个耳光，克里斯则极度愤怒地猛击他父亲的肩膀。第二幕结束时，这种意料之外的冲突将剧情推向高潮。凯勒的儿子克里斯成了过于苛刻的调查员。

他向凯勒频频发问：

克里斯：你怎么干得出这种事情来？怎么搞的？

凯勒：你怎么啦？

克里斯：爹——爹，你杀害了21个弟兄！

凯勒：什么？杀害？

克里斯：你杀害了他们，你害死了他们！

——

此刻，通过前面包括乔治的质疑、母亲的口误在内的众人态度不一的讨论，敏感的克里斯已经预感到，自己一直崇拜的父亲，有可能就是几年前那起悲剧的幕后元凶。巨大的惊愕伴着内心的愤怒席卷而来，使得克里斯的内心五味杂陈。他肯定不希望事实是这样的，但是理智又让他不得不面对这残酷的现实，于是他在一连串质问之后，内心几乎是崩溃的，终于在得知真相之后，愤怒的克里斯夺门而出，只留下悲痛欲绝的凯勒一个人，忍受着道德的谴责和良心的拷问。

第三幕的时候，整个事件已经清晰了，有着较强的道德感的儿子克里斯，面对几近崩溃的父亲，始终还是坚持自己的观点，对父亲犯下的罪行不能原谅，而在得知自己的儿子拉里正是因为自己的行为而驾驶飞机自杀的消息之后，凯勒终于忍受不了内心的煎熬，选择了自杀。

该剧表现了道德观念的不同引发了父子之间冲突的情节，这是典型的密勒式“家庭”戏剧。乔·凯勒几乎不顾一切社会舆论，他所做的一切都是为了得到儿子的钦佩。如果说这位父亲对家庭的忠诚有些过分，那么反过来说这位儿子也是值得父亲为这个家庭献身的。尽管克里斯关心自己的家庭，他的朋友曾说他：“你是我所认识的唯一热爱自己父母的人。”但是他在战争中的军人生涯赋予他较高的生活准则。他指挥的士兵们“为了战友，牺牲了自己。……在战争中，一切都毁了，这你是知道的。但是在我看来，战争也产生了一种新的东西，产生了一种责任感，人与人之间的责任感”。克里斯的信念使人联想起劳伦斯·纽曼最后的愿望，一个建立在共同福利，而不是自私自利和互相排斥基础上的社会。

密勒曾谈道：“父亲、母亲等概念在我们意识到自身以前就无意当中被我们接受了。相反，朋友、教师、雇员、老板、同事、监护人等概念以及其他许多社会关系是在我们获得自我意识能力之后才接触到的……我们对家庭关系有亲身体验，而对社会关系只是有所了解。因而，前者是真实的最高形式，而且是必然如此，有无可争议的真实基础；而社会关系总是相对相互的，有偶然性，所以说完全是外界强加给我们的。”①

乔·凯勒始终认为，家庭关系要大于社会关系，因此在面对周围的人和事的时候，他都执着于这一点。所以面对大家，尤其是儿子克里斯的质问时，他振振有词，不肯承认自己的罪行。他的世界的全部，就是“这个世界有一个四十英尺宽的战线，它的终止点是家庭的房基线。什么也不能重于家庭，为了家庭的利益，甚至杀人也被视为正当”。他终身为之奋斗的全部目标是自己的儿子，希望自己的儿子过得好，愿意为了自己的儿子付出全部，甚至是生命。“我唯一的成就是我的儿子。……他所做的事情没有一件是我所不能容忍的。”作为一个父亲，他这样做是无可厚非的，但是，乔·凯勒的悲剧在于，他以为他所认定的标准，其他的人也都可以接受，这其中当然包括他的家人、他的儿子，但是他错了。实际上他并不了解自己的儿子克里斯，不了解在儿子的世界里，家庭固然重要，但是，脱离了社会，家庭就失去了存在的根基，是不能成立的。克里斯参加过战争，并且在战争中直面过残酷的死亡，也亲身经历过失去战友的切肤之痛。和自己的父亲相比，他热爱家庭，且重视家庭，将家看作自己生命中最珍贵之所在。但是，战争使他特别清醒地认识到，仅仅拘囿在家庭里面的人生，注定是不真实的，家庭的存在一定是以社会的存在为基础，家庭成员之间的关系固然珍贵，但是却无法脱离具体的社会关系而独立存在。所以，面对父亲犯下的“罪行”，他虽然不情愿，但是还是能客观地看待这一切，“21条”逝去的生命，每一个都是宝贵的生命，都值得被温柔相待，而造成这么大的惨剧，付出代价是必需的，不管这个人是谁！

密勒在《都》剧中，正是通过父子之间从相爱到对立的这种关系，将

---

① ［美］阿瑟·密勒:《阿瑟·密勒论戏剧》，郭继德等译，文化艺术出版社1988年版，第73页。

自己关于个人、家庭、社会三者之间的关系表达出来。一个人身处家庭之中，同属于所处的社会，既不能单独存在，又不得不面对周围的世界，这种相互依存又彼此牵绊的世界，正是剧作家对周围世界的看法。乔·凯勒十分看重家庭关系，将其视为自己终生奋斗的目标，且为了这个目标，他愿意铤而走险，不惜以身犯险，为的就是给自己的家人创造一个好的成长环境。但是事与愿违，自己酿下的祸根，却偏偏在自己的家庭成员之间变成了悲剧，社会上的审判可以逃避，良心上的谴责可以漠视，但是家庭内部成员之间的和谐相处，却不能坐视不理，何况付出的是儿子的生命。

第二节　引入讨论，使得情节戏剧化

"讨论"是易卜生引人注目的戏剧技巧，也是他戏剧的特色。然而，除了萧伯纳外，几乎所有的评论家都没有对易卜生的"讨论"予以重视，即使偶尔有人提起，也只是把它当作易卜生的戏剧缺陷。

从 1877 年的《社会支柱》开始，易卜生开始尝试将娴熟的"讨论"技巧运用到自己的作品中，并且取得成功。紧接着的《玩偶之家》则对社会问题展开了更全面的讨论。《玩偶之家》之后，易卜生更加频繁地运用讨论。《群鬼》中阿尔文太太与曼德牧师的讨论、《人民公敌》中斯多克芒医生与市长的讨论、《野鸭》中格瑞斯与瑞凌的讨论、《罗斯莫庄》中罗斯莫与吕贝卡的讨论，都是关于社会真理和信仰的讨论。

作为一名易卜生的追随者，阿瑟·密勒在自己的作品中，也开始尝试将"讨论"这种技巧运用到戏剧创作中，尤其是在《都》剧中，很多地方都运用这种技巧，将人物放置在特殊的"情境"下，让人物展开讨论，在讨论的过程中，将其戏剧化，从而收到良好的效果。下面就以《都》中几个场面的具体例子为证，来看看密勒是如何运用这项技巧的。

正如前面所讲，密勒在第一幕开始的时候，围绕着日常生活琐事展开，运用的语言也是简洁有力的。在剧情平缓发展，讨论显然是没有必要的，只有随着情节的发展，人物的对话越来越密集，事态的发展也越来越有力，“讨论”才被渐渐地使用。而使用“讨论”最多的人，毫无疑问是我们的主人公凯勒。凯勒第一次展示自己雄辩的口才是在第一幕的中间部分。那是在得知被自己陷害的合伙人的儿子——律师乔治到来的消息后，一帮人围绕着那件往事展开讨论的时候，密勒精心安排给自己笔下的主人公凯勒的一段话：

凯勒：听着，你照我这个办法去做，保险你就会平安无事。那天，我回到家来，我下了汽车——不停在家门口——停在街角上。可惜你不在这儿，安妮，还有你，克里斯，也可惜不在这儿；你们没瞧上这份热闹。人人都知道那天我出来，门廊都挤满了人，想象一下这情景吧，每一个人相信我是无辜的。大家都传说，我耍了个诡计，骗得了假释。所以我走下汽车，就朝街那头走去，走得很慢，脸上堆着笑。畜生！我是畜生！是把有裂痕的汽缸盖卖给陆军航空队的那个家伙、是造成21架P—40型飞机在澳大利亚失事的那个家伙。好小子，我沿着大街走的那天，我还是个天大的罪人呢。只是，我不是罪人，我口袋里有法院的文件，证明我不是，我就走啊——走——走过了门廊，结果呢？过了14个月，我又开了本州最大的工厂之一，又成了个受敬重的人，比以前更了不起啦。

克里斯：（佩服）一身是胆的乔大爷。

凯勒：（精神抖擞）你压倒他们的唯一的方法就是胆量！（对安）你最失算的一件事就是从这里搬走。这样你爹出来他就难做人了。我讲给你听这事就是这个道理，我希望看到他再搬回到这街面上来。

妈妈：（痛苦）他们怎么能搬回来呢？

凯勒：要等到他们搬回来事情才算完！（对安）要等到人家有同他打牌了，跟他说话啦，对他笑啦才算完。你同人家打牌才知道他不会是凶手。下回你给他写信，我希望你把我的话告诉他……

这是面对安的质疑，凯勒第一次用带有雄辩的口才尝试打消她的疑虑。在凯勒的陈词中，表面上看是在引导着安，如何面对已经入狱的父亲，以及将来出狱后需要采取的行动。但是，深层的含义却是，现身说法来引导在场的人（主要是安）的思维方式，从眼前对于究竟谁是事件的真凶的焦点，转移到一个人如何化解周围人的误解，从而间接地表明自己是一个经得起时间考验的、完完全全的清白的人。而接下来面对大家继续追问当年的真相，究竟是谁害死了那 21 名飞行员的时候，凯勒继续展示了他的富有雄辩的口才：

克里斯：那谁驾驶那些 P—40 型呢？猪吗？

凯勒：他这个人是傻瓜，可是别把他当成凶手。你们不懂吗？瞧这事害得她好苦！（对安）听着，你应该了解大战期间工厂是什么情况。你们两个都应当了解……他就把裂缝掩盖过去了……这是坏事，是错事，可那正是一个小人物干的事。要是哪天我能去，我就关照他一一报废吧，史蒂夫，咱们亏得起。可是一个人，他就害怕了。不过我知道他不存坏意。他认为这批货百分百的顶用。那是个错误，可不是杀人。你千万不能那样看待他。你懂我的意思吗？

凯勒声泪俱下地现身说法，真诚地维护“涉事”合伙人，站在他的立场上替他开脱。这段话果然打动了安，她于是说：“乔，咱们忘了吧。”刚刚形成的危机，被凯勒精彩的辩解成功化解，这一段落也暂时落下帷幕。下面的氛围变得轻松惬意起来，大家商量着去外面的酒店吃饭、喝香槟，凯勒也对安对这件往事表示出来的“大义灭亲”的态度很是欣赏，他笑眯眯地说“我喜欢这姑娘”，并且给她“迷住啦”，而克里斯更是心花怒放，还用“老色鬼”这样俏皮的话来和自己的父亲打趣，剧本情节发展到这里，气氛一片祥和。

剧作家密勒正是通过这种易卜生式的“讨论”的安排，来设置剧情的发展起伏。并且我们看到，随着剧情的发展越来越紧张，剧作家使用这种技巧的频率更高了，并且不光是凯勒，连他的儿子克里斯也加入了这样的讨论，在前面这段小危机刚刚化解之后，克里斯心情很复杂，一方面两个家庭危机的化解，对于他和安两人来讲，就有了在一起的可能，但是对于战争中失去的生命，他表示出了怜悯和惋惜，所以他敞开心扉，和安聊起了自己带兵打仗时候的感受。

克里斯：……你还记得，我在国外指挥过一个连队吗？

安：当然，记得！……

克里斯：要花点时间才能想得开呢？因为他们不仅仅是士兵。比方说，有一回接连下了几天雨，这小伙子来找我，把他最后一双袜子给了我。塞在我的口袋里。……我手下的弟兄全是这样的人，他们没有死；他们为了相互照顾而牺牲自己。我说的一点也不假；只要自私一点，他们今天就都健在了——可是在我看来，倒产生了一样新事物。一种责任感——把这种责任感树立起来，就像树立一种纪念碑似的——我活着也好，开银行存折也好，开新汽车也好，开新冰箱也好，我都感到不对头。我是说，你可以在一场大战中捞取这些东西，可是当你开着那辆汽车，你就应当知道这些东西是靠人们相互表示最大的爱而来的，正因为这一点，你做人必须稍微规矩些才是。否则的话，你手里所有的东西都是赃物，上面都有鲜血。这种东西我一样也不想要。我想这也包括你在内。

这段话应该是克里斯在该剧中说得最长的一段话，也是剧作家自己本人关于战争和人性的深度思考。克里斯正直的品行，在这段话里面展示得非常充分，这也为后面真相地揭开后，他对父亲的愤怒而又矛盾的态度埋下了伏笔。故事发展到第二幕，随着母亲凯特的一个口误，多年前的真相渐渐浮出水面。凯勒为了发财而昧着良心将带有瑕疵的产品交给军方，导致 21 架飞机失事的事实已经不容置疑。这引起了正直的克里斯无以复加的愤怒，他和父亲凯勒之间展开了一场激烈的讨论。

克里斯：……上帝啊，我听着！

凯勒：……你还是个孩子，我有什么办法！我是做买卖的，一个做买卖的人——你的本事不行：他们就叫你关门大吉，他们就撕毁你的合同，这在他们看来算不了一回事！你四十年心血全泡在一项买卖里，他们不用五分钟就叫你完蛋，我有什么办法，让他们夺走我四十年心血，让他们夺走我毕生心血吗……

克里斯：那你为什么让货装船运走？

凯勒：我原来寻思等他们检验出废品来我早就把工序重新搞好，这样我就可以给他们看看他们少不了我……

克里斯：那为什么你没有对他们说呢？

凯勒：来不及了。报纸，头版消息都登满了，21 架坠毁，来不及了。他们拿了手铐进厂来，我有什么办法……克里斯……克里斯，我是为了你才出此下策，这是个机会，我为了你才抓住这机会不放。我 61 岁啦，几时我才有机会再为你干些什么呢？ 61 岁的人是不会再有机会的喽，是不是？

克里斯：你明明知道飞机在空中靠不住。

凯勒：我不是这么说的。

克里斯： 你是生怕可能！老天在上，你是什么心肝的人啊？弟兄们靠了这些气缸吊在半空中。这一点你心知肚明！

凯勒： 为了你，这笔买卖是为了你！

克里斯： ……为了我？你生活在什么地方，你从什么地方来的？为了我？——我天天都在等着送死，你却在杀害我的弟兄，我是为了我才干的吗？你到底认为我在想什么，该死的买卖吗？难道你的脑子里想得到的，只有买卖吗？世界是什么？——是买卖吗？你到底什么意思？你是为了我才干的吗？你还有国家吗？你还算活在这个世界上吗？你到底是什么东西？你连畜生都不如，畜生也不害同类，你是什么东西？我应该怎么对付你才好？我应当把你的舌头从嘴里拔掉，我应该怎么办啊？（他挥起拳头捶了他父亲肩膀一下，然后踉踉跄跄地走开了，一边哭一边蒙住脸）我该怎么办啊？天呐。我应该怎么办啊？

凯勒： 克里斯……我的克里斯啊……

（幕落）

之所以费了一些篇幅来描述这场父子之间的讨论，一方面是想说明，作为第一部为密勒赢得声誉的成功作品，密勒从易卜生那里继承来的各种写作技巧已经在《都》中得到了很好的体现。紧凑的剧情、多年前被隐瞒的真相、交织在一起错综复杂的关系、关键时刻的口误等，这都是作为剧作家的密勒在写作上取得的进步；另一方面想说明的就是在这段激烈的、冗长的辩论里面，围绕着战争、人性以及由此造成的人与人之间的关系等话题，都表现出作为一名“社会剧”作家的密勒的兴趣所在。

通过前面的对白我们不难看出，天真无邪，一腔正义的儿子克里斯，在面对由父亲一手造成的“21个弟兄的性命”死去的悲剧时，克里斯的愤怒是那么的无以复加，此刻的他俨然是一个公正的法官，代表着人类的良知和道义，审判犯下罪行的父亲。我们在克里斯身上看到的，是正义和良知。作为当事人的凯勒，在面对“罪行”的态度上，也本能地采取了反驳，他讲出了自己的理由：“在战争中，有谁是没有错的呢?”“假如你面对这样的事情？你会怎么办?”从凯勒的大段台词中我们不难看出，剧作家对于这位老人的态度是矛盾的。一方面他确实犯下了不可饶恕的罪行，这全部是由于他不愿意担负相应的社会责任造成的。而另一方面，剧作家对他的批判也显然带有了一丝怜悯，设身处地地站在他的立场上来看待这场已经无法挽回的悲剧，并且提出了自己的感慨：假如没有战争，这一切还会发生吗?

密勒正是用这种法庭辩论式的写作技巧，让观众跟着剧中的人物一起思考眼前发生的一切。很显然，这样做取得了效果，我们随着凯勒憔悴的容颜和沙哑的音调融入剧中，怜悯之情渐渐生发出来，在这场悲剧中，没有人是无辜的。

第三节　从第三幕看《都》剧创作的得与失

如上所述，在前面两幕里面，密勒的创作技巧在于：通过对剧情矛盾的设置、化解、加重、使得剧本结构连贯紧凑，剧情合理发展。但出乎意料的是，到了第三幕，情况却有所转变。也恰恰是这种转变带来了人们对密勒创作手段的攻击和诘难。

密勒将剧中冲突推向高潮后，却给了它一个很草率的结尾。这在全剧的末段都有明显的依据，其中，最强有力的明证就是凯勒突然决定的自杀。实际上，最初凯勒是强硬地坚持自己的意见的，这迫使儿子克里斯的悲愤迅速攀升，甚至诅咒自己和父亲，一直到其最后决定抛弃家庭、事业和未婚妻。然而，剧情并没有按照观众的预想那样发展。克里斯不但没有死，反而给父亲读了拉里的来信，指责凯勒是杀害拉里的凶手，使得凯勒知道拉里早已了解他的罪恶并因此毁掉了自己。这样，剧情就发展到凯勒开枪自杀这一幕。恰恰是这封拉里的来信，不仅展示了克里斯的博爱哲学，而且导致了凯勒的自杀。值得注意的是，凯勒自杀前的对白直接表明了他开始不再强硬地坚持自己的观点、开始在道德观上自我反思并转向认可克里斯，正如他所说：“当然，他是我的儿子，但是我想，在他看来，他们都是我儿子。我想他们是的，我想他们是的。”

即便凯勒自杀前的这段话表明了凯勒观点的转变，但并没有很好地揭示这一转变的原因与过程，更没有恰如其分地刻画人物思想转变时的心理活动。因此，从整个剧情的发展来看，这样的一段话本身是不明确的。但如果我们从全剧的推演来看，或许可以找到更好的解释。从凯勒自杀之前的剧情来看，尽管他一直有自己的主张并强硬地在维护着，但随着剧情气氛的紧张进展，他在意识到两个儿子都对他予以反对的时候已经处于感情崩溃的边缘。在此之前，因为他一直持激烈的反对态度，经过前两幕不断加剧的紧张气氛，凯勒又了解到两个儿子都反对他的做法，他的感情堡垒崩溃了，因而才不得已用自杀的方式结束自己的生命。这种解释或许更有说服力，因为凯勒在前两场中曾说过，如果他同克里斯的关系僵化了，“我就自杀”。但密勒赋予凯勒的最后几句话并不足以显示他的转变，因为全剧中作者赋予凯勒的形象是一个顽固的坚持自己观点的人，是一个将自己的生存建立于做父亲的骄傲之上的人。因此，对于凯勒而言，间接害死一个儿子、直接使另一个儿子远离自己的事实是他无论如何都承受不了的。但遗憾的是，作者在剧末却草草收尾，甚至有一些粗糙，这显然是缺乏说服力的。

整体而言，该剧结局的仓促与缺陷是分散在戏剧情节中的各种手段综合作用的结果。即凯勒的自杀是一个有深意的舞台场景与一封来自儿子对父亲的控告信共同导致的。除此之外，这样草率的结局也是其他剧情发展过程中的不当因素共同作用的结果，比如戏剧中的巧合：乔治探望身在监狱的父亲居然与安和克里斯决定结婚发生在同一天；又比如戏剧中预言性的象征：刮断的树的多次出现意味着隐喻着美好愿景的破灭；再比如凯特那句起到推波助澜作用的口误；等等。客观地看，在前两幕中，由于恰到好处地融合在了剧作者的说明性手法中，这些常规的戏剧手段由并没有什么不恰当的地方，也不会显得突兀。但这些因素存在的一个问题是：在最后一幕里，这些戏剧手段成为唯一的不可替代的描写方法，因而显得有些孤鹜和不协调。

从旁观者的角度或者为密勒辩护的角度来看，可以把由上述原因所导致的《都》的草率结局以及在结局处剧作者随意的描写和粗糙的语言结构理解成密勒似乎在转移剧本的人物中心、转移观众的注意力——由父亲凯勒转向儿子克里斯。真实的情况也的确如此，当克里斯在第二幕提出最后一个问题“我该怎么办”之后，剧作者似乎也有意无意地准备抛弃对凯勒自尊的重视，而将注意力放在克里斯这样一个崭新的人物形象的刻画上。这样的一个人物，是人类互相依存理论的呐喊者，但剧作者却用了抽象的语言来刻画这个已经成熟的人物。事实上，在剧末，剧作者已经不再使用前两幕中他最为熟悉和驾轻就熟的表达方式和修辞风格，而是以一种晦涩的说教式语言风格。这表现在克里斯同他的三个伙伴觉悟后发表的声明中。

我们可以从凯勒与克里斯的不同对话以及其他相关人物的对话中找到这样的语言风格和修辞风格的差异。从凯勒为自己的犯罪行为动机辩护来看，他说：“不交钱能把枪支和汽车运出底特律吗？枪支和汽车是干净的吗？它们是美元和美分，是廉价的商品；战争与和平，是廉价的商品，什么不沾有铜臭啊？”这是凯勒的自问自答，虽然问题的内容将他的顽固淋漓尽致地表达了出来，但问题本身则恰恰地将凯勒狭隘和强迫的性格刻画得入木三分。从克里斯的角度来看，剧作家尽管在剧末将注意力转向了这样一个具有明确信条的人，但作者并没有给予其恰如其分的语言修辞，只是通过克里斯的嘴表达了个人具有社会责任感的重要性。事实上，克里斯所象征的人类之间互相依存的主张恰恰需要剧作家赋予其更多更生动的概念来阐释。遗憾的是，剧作家恰恰把这个问题简单化了。从其他三名对世界上存在的自私自利行为表示厌弃的年轻人的对白中同样可以发现剧作者在剧末的草率以及创作手段的一些不成熟。尽管剧作者试图通过他们来强化对克里斯的肯定，实际上剧作者也确实达到了这样的效果。但客观地讲，剧作者赋予他们的语言和修辞风格是刻板的。如乔治在诉说他对父亲的态度时，说道:“我在医院学习的时候，似乎一切都是理性的。但是毕业以后，我了解到这个世界似乎根本不存在法律。”又如吉姆，他放弃了成为一名学者的梦想:“这些神秘的小范围的革命总是消亡。妥协是经常的……每人都有自己的司命星；反映着一个人的正直的引命星。人一生都在探索着这颗星，一旦它陨落了，它将永远不再发光。”

不难看出，在剧末，克里斯以及相关人物的语言往往是带有说教性质的道德灌输，尽管这些说教是支持克里斯而反对凯勒的，可以理解为作者有意地转移人物中心的策略，甚至这些说教可以被用来解释凯勒开枪自杀前讲演用意含混的原因，但不可否认的是，这些道德性的说教也带来了无法避免的不良效果——割断了中心人物的发展线索、弱化了戏剧发展的紧张氛围，从而导致了全剧前后不一的戏剧效果。最直接的表现就是第二幕中父子冲突明确之后，克里斯玩世不恭的理智变成了唠唠叨叨的失望，他说:“我们过去常向扮演狗的人开枪，但是那时真正的尊严还保存着，因为你是在用化妆保护你自己。可是这里是什么呢?这是一个狼狗聚集之地。你在这里谁都不爱，你吃人!这就是原则，这就是我们赖以生存的原则——碰巧这回吃了几个人，就是这样，这个世界就是这样的。我怎么能不让他这么想呢？那有什么意义呀？这是一个动物园，一个动物园！"

从密勒的主观意愿来看，他之所以同时刻画父亲的失败和儿子的绝望，其直接目的在于对这样一个宗族世界观发起最后的彻底的斗争。剧作者这样的主观愿望是好的，是其社会剧主张的直接体现。但是，这样的转移，不可避免地造成了全剧感情的中断。尽管《都》的前两幕是极为成功的，淋漓尽致地表现了密勒作品的特色——通过一种反高潮的谴责，遵循精心设计发展进程来揭示危机，但这种成功并不能掩盖剧末的些许不足，即密勒过多地将注意力放在剧本的社会功能方面，从而限制了他用语言来刻画人物内心世界演化的才能。

总之，从剧作的性质和主题来看，该剧虽然以"二战"为背景，但作者更多地从道德层面进行剖析，谴责凯勒的利欲熏心和自私卑鄙。克里斯明白真相后对父母说，他们只是生活在自私自利的个人天地中，而外面还有一个更广大的世界，密勒通过此剧强调国家利益高于个人利益，提倡家庭幸福应该建立在社会良心和责任感之上。该剧中的父子冲突、自我毁灭和社会责任感等在密勒以后的剧作中反复再现，这也是密勒剧作中不变的主题。

第二章 《推销员之死》

第一节 《推销员之死》：阿瑟·密勒的改变及其评价

毫无疑问，在经历过第一部剧作《吉星高照的人》上演并不太成功的现实之后，阿瑟·密勒开始尝试用一种新的方式来阐述他关于生活在社会中的人的看法，并且开始用一种全新的方法呈现出来。沿着这样的途径，他写出了《都是我儿子》，这为他赢得了良好的声誉，而接下来的《推销员之死》这部作品的诞生，则标志着他在这条探索道路上登上了一座高峰，他终于找到了一条正确的途径，将往事和身处其中的现实适度地连接起来，并且摒弃了前面一贯使用的技法，悄无声息地获取了这种秘方，这种往事和现实的摩擦，为剧本注入了全新的生命：有限的舞台时空被无限放大，人物的过去和现在之间不需要借助任何桥梁就可以自由切换。这种全新的创作方法不仅解决了阿瑟·密勒这个一向关注社会、关注生活在社会中的人和人之间的关系和处境的剧作家在展开创作时候面临的困境，也为他赢得了世界性的声誉。

密勒曾这样说："在生活当中，事事都在我们的头脑中同时并存，并没有什么'先来后到'之说；人的头脑中并没有什么事需要被'提出来'，他时时刻刻都生活在自己的往事之中，现实不过是使他的往事得以注意，察觉并起一种反应罢了。”[①] 这些话也可以视作我们读解剧本时的一把钥匙，借助它，我们可以走进威利 · 洛曼的内心世界。

在《推销员之死》中，主人公威利 · 洛曼确实经常在不自知的状态中，进入过去的生活场面，在那里，我们看到了威利 · 洛曼一家的生活面貌。透过这些往事，我们看到了威利 · 洛曼是如何一步步从过去的自己成为现在的自己。斯丛狄认为，这些由主人公回忆起的生活面貌的“场面只是展示叙事性的对象，即被回忆起来的自我本身，过去的推销员以及他如何与他的家人谈话”。这样的理解不免有些局限，是值得商榷的。在我看来，这些往事与其说是单纯的对于过去的叙述，不如说是对主人公内心戏剧性的外化。每一段回忆都不能被看作一种客观的往事再现，而只是属于威利 · 洛曼主观的过去，是威利 · 洛曼主观理解和经历的世界。

斯丛狄认为阿瑟 · 密勒完成了一个戏剧的悖论，“以舞台方式再现多个人的过去，但是只服务于某一个人的意识”[②]。而事实是，这舞台上再现的多个人的过去，都只是出于某一个人的意识。年轻的林达、比夫、哈比都不是真正的他们，而只是威利 · 洛曼主观世界中的他们。斯丛狄说：“这些人不再是独立的戏剧人物，而是像表现主义戏剧艺术的投射形象一样，与核心的自我有关。”这是无可厚非的，而他接着指出“却对其他形象没有任何影响”这就不对了。确实，在整个剧本之中，这些属于威利 · 洛曼的主观幻象其他的人物完全看不见，也不会有任何影响，这是符合这一形式的规定性的。但是，我们不能否认的是，这些回忆对于威利 · 洛曼的影响犹如

---

① ［美］阿瑟 · 密勒：《阿瑟 · 密勒论戏剧》，郭继德等译，文化艺术出版社 1988 年版，第 125—126 页。

② ［德］彼得 · 斯丛狄：《现代戏剧理论》，北京大学出版社 2006 年版，第 148 页。

雷击般强烈。那么，威利·洛曼受到刺激之后的所作所为，他每天在家里浑然不知地陷入回忆的这些举动，对身边的人来说，却是有着极大影响的。正如比夫所说，“他没有人格……在自己屋里——把自己头脑里乱七八糟的东西都吐出来”。这无疑可以看作主观回忆对他人带来的间接影响。

下面就让我们看一看，阿瑟·密勒是如何在自己的创作过程中，将这种主观幻象和自己的内心世界完整地结合起来，从而在往事和现实之间形成了一种摩擦，来激发观众观看这部剧时的内心情感，而这种摩擦，无疑是极具戏剧性的。

第二节　戏剧情境的构成

关于戏剧情境的内涵，谭霈生先生的论述十分精到。他认为一般包括三个部分：“其一，人物活动的具体环境，如剧中人物动作展开的时间、场所等等。这种因素对人的活动当然具有一定的影响力。其二，事件，是构成戏剧情境的一个重要因素。例如，像朱光潜在评述黑格尔的‘情境’说时所指出的，在莎士比亚的《哈姆雷特》中，构成戏剧情境的一个重要因素是：克劳迪思谋杀老丹麦王并夺妻篡位这个事件。其三，特定的人物关系，是构成戏剧情境最重要的因素，也是最有活力的因素。”①

那么在《推销员之死》这部作品中，剧作家阿瑟·密勒是如何在现实和心理两方面，建立自己的戏剧情境，从而大获成功的呢？让我们回到剧本，看看该剧发生的具体环境是怎样的。

---

① 谭霈生：《谭霈生论文集（一）》，中国戏剧出版社2005年版，第403页。

一、环境

剧本开场的时候，威利 · 洛曼已经 60 多岁了，到今年的 3 月份，他已经在推销员的岗位上工作了 36 年了。36 年对于任何人来讲，都足够漫长了，它意味着这份职业耗尽了一个人的一生。而此时的老威利 · 洛曼并没能安享晚年，而是面对着各种各样的问题，在苦苦挣扎。在大幕拉开的时候，我们看到的是一个疲惫不堪、心力交瘁的老推销员。从他和妻子的对话我们可以得知，威利 · 洛曼刚刚侥幸地逃过了一场车祸，在开车去杨克斯以北的地方的时候，他竟然将车一直开到了路边，差点酿成了大祸。这也使得他看上去是那样的疲惫和沮丧。夜晚回到了家中的老威利 · 洛曼，惊醒了妻子和儿子们。

不过，通过威利 · 洛曼妻子林达对丈夫的安慰可以得知，威利 · 洛曼发生今天这样的情况已经不是第一次了，而且前几次的车祸据说并不是意外，倒像是故意制造的。这种不正常的表现引起了我们的注意，威利 · 洛曼怎么了？为什么会在应该享受天伦之乐的年纪，却遭遇这样的生活窘境？

这个问题随着剧情的推进得以解答，实际上，威利 · 洛曼的两个儿子正是威利 · 洛曼的心病，尤其是大儿子比夫——这个原本是中学里面备受瞩目的体育明星、曾被父亲寄予厚望的孩子，后来却因为数学不及格而没有考上大学，变得一蹶不振，心灰意冷。虽然比夫在社会上尝试过多种多样的工作，但终究还是一事无成，34 岁的时候，又遭受挫败，不得不回到家里来。

面对越来越差的身体和需要支付的各种账单，威利 · 洛曼面临着异常巨大的压力，甚至还在煤气灶旁边放置了一块小橡皮管，准备自杀。面对这种情况，两个儿子依旧不理解，对他漠不关心，这使得妻子林达十分愤怒，终于，在迫不得已的情况下，对两个儿子说出实情。这也让比夫深为震撼，于是他怀着内疚，决定要干点什么，用实际行动来挽回父亲的“生命”。于是，他想到了自己多年前的雇主——比尔·奥利弗。他想去找他，获取一笔投资从而和弟弟一起合开一家体育用品商店。看到儿子这种“奋发向上”的精神，威利·洛曼大受感动，决定也去找老板霍华德谈谈，恳请他将自己留在纽约，不用再东奔西跑。一家人为即将实施的计划兴奋不已，威利·洛曼也终于安安稳稳地睡了一个好觉。

残酷的现实却给了他们一个措手不及，老板霍华德十分决绝地拒绝了威利·洛曼的请求，不管威利·洛曼怎么说，他还是坚持将威利·洛曼辞退，认为他已经不适合再代表公司去推销了。受到重挫的威利·洛曼，来到好友查利的办公室借钱，巧遇查利的儿子——比夫的同学伯纳德，他准备去最高法院打一场官司。在威利·洛曼的追问下，伯纳德讲起了往事：多年前的夏天，比夫在数学考试不及格之后，曾经去波士顿找威利·洛曼求救，回来后就一蹶不振往事。这也引起了威利·洛曼的回忆，他才明白之所以比夫沦为今天这种惨状，是因为发现了父亲和一个女人鬼混。心怀内疚的威利·洛曼赶去和两个儿子喝酒，却得知比夫去找奥利弗谈事情，却将人家办公室的笔偷走，这犹如一记重拳，彻底将威利·洛曼击溃，看着两个儿子丢下自己去和两个妓女鬼混，他心灰意冷地离开酒馆。

回到家后，林达忍不住心里的愤怒，将两个儿子大骂一顿，并且让大儿子跟威利·洛曼和解，这样就能救他一命，但是愤怒的比夫拒绝这样，他把自己和父亲以及弟弟逐个指责一番，最终失声痛哭。在儿子的眼泪中，威利·洛曼感受到了来自儿子的爱，这让他觉得这一切的付出都是值得的。于是，随着哥哥本的幻象的出现，他心中渐渐生出一个要自杀的念头，以此换来两万块的补偿金，作为比夫事业的帮助，这种念头反复在他的脑海中出现，最终，他选择了自杀。在他死后，林达伤心欲绝，比夫决定开始一条新的道路，只有威利·洛曼的墓碑，孤零零地躺在那里。

剧本中的环境一方面是围绕威利·洛曼一家人的处境展开的，同时，还有一部分围绕是威利·洛曼的心理建构的，现实的环境和心理的环境一起，构成了他整个的精神世界。这种独特的世界的建构，也是《推销员之死》能够大获成功的很关键的一点。

二、事件

和很多剧本大量事件密集分布、环环相扣不同，该剧的事件不多，主要是围绕以下事件展开的。

1. 年老的推销员威利·洛曼面对各种生活困境，心力交瘁，有了自杀的念头。

2. 比夫·洛曼一蹶不振，偷盗成性，是因为少年时期目睹了父亲和女人鬼混的真相。

3. 老威利·洛曼准备辞职，遭到拒绝。

4. 对儿子怀有一丝希望的威利·洛曼，被比夫竟然在找人借钱的时候偷东西的事实所击溃，最终彻底灰心。

5. 威利·洛曼被儿子对自己的“爱”感动，为了帮助儿子而选择最终自杀。

这些事件构成了《推销员之死》的剧情，而这些事件里面，居于核心地位的事件应该是“比夫发现父亲和陌生女人鬼混”这件事，其余的事件都是围绕着这一事件展开的，这件事的发生也直接导致了其他事件的发生，在《推销员之死》整个剧本中，居于核心地位。

威利·洛曼最看重的是大儿子比夫的未来和前途，这一点甚至比他自己在推销员事业上面所取得的“一切”都重要得多。作为社区的明星，比夫·洛曼从小就是学校里面的体育尖子生，是球队的队长。而小时候的他无论走到哪里，都是众人的目光焦点所在。这也使得威利·洛曼十分得意，他不仅在邻居面前夸耀，甚至在自己最为倚重的偶像本大伯的面前，也毫不吝啬地夸奖比夫，认为他“人缘又好”，将来也一定是“最有前途的”。可为什么就是这样一个从小被寄予厚望的好孩子，在之后的生活中却成了一个换了无数个工作、居无定所、34 岁依然一事无成的失败者了呢？这是老年的威利·洛曼最大的心结，也是他一直没有想明白的一件事情。相信观众从刚开场的时候，也会带着这样的疑问——这中间到底发生了什么？

随着剧情的发展，剧作家阿瑟·密勒一点点透露这方面的信息。在林达聊起父亲有自杀倾向的时候，提到了一个女人，却没有意识到这极大地刺激了比夫，他有点失态了。

林达：好像有个女人……（她的话被打断，趁此歇了口气）

比夫：（尖刻而又不失分寸）什么女人？

林达：（同时）……这个女人……

林达：什么？

比夫：没什么。说下去。

林达：你说什么？

比夫：没什么。我只是说什么女人。

通过这场戏我们可以清晰地看到，对于比夫来讲，日常生活中养成的很多陋习（包括偷教练的球、偷附近大楼前面的建筑材料等）固然和威利·洛曼的纵容有一定的关系，这些被纵容的陋习某种程度上使他养成了“顺手牵羊”的习惯，导致了他的不幸的开始，但是，通过刚才的尖锐对话的我们可以得知，时隔多年，比夫心中的隐痛还是没有消减，而是变得越来越重。在听到父亲之所以有自杀倾向的事实之后，母亲提起的和女人相关的话题刺激了比夫的神经，他开始表现失态。那么既然如此，是不是那次数学考试不及格导致了他的今天呢？这件事背后又是否另有隐情呢？后面我们看到，考试不及格是他受挫的原因之一，他因此没有上成大学，但是，这还不是他一蹶不振的根源。那么，根源究竟是什么，密勒是通过威利 · 洛曼和比夫少年时的好友伯纳德的对话来一点点揭示的。

威利：你怎么——怎么成功的？为什么他老吃不开？

伯纳德：这个我弄不清楚，威利。

威利：……你是他的朋友，小时候的朋友。我有些事情实在弄不明白。自从埃贝特斯球场那场球赛结束以后，他的气数也就此告终了。从十七岁起他就一直没有交过好运。

……

伯纳德：……你想听我直说吗？

威利：……我尊重你的指教。

伯纳德：……我经常在寻思，这事多么离奇，我知道他已经对自己的生活不抱希望了。在波士顿出什么事了，威利？

（威利把他当成外人似的直直地看着他）

伯纳德：因为您问起我，我才提起此事。

……

这是威利 · 洛曼在鼓起勇气向老板霍华德提出调回纽约的请求被拒绝之后，心灰意冷地来到查利这边借钱时候，偶遇比夫年少时的伙伴伯纳德的时候。伯纳德虽然没有直接给出威利 · 洛曼比夫迅速堕落的具体原因，但是他提到了一个关键性的事件，比夫数学不及格的那年暑假，他只身一人去波士顿寻找父亲，期望获得父亲的帮助，去暑期学习班学习，准备重整旗鼓开始人生的关键时刻。此刻，威利 · 洛曼彻底明白了，但是此刻剧作家并没有着急立刻揭晓答案，而是让威利·洛曼来到了之前和儿子约好的酒馆，在这里，他的心绪已经变得不淡定了。

两个儿子正带着两个妓女在喝酒，威利·洛曼的思绪陷入那年的夏天，当时他正在和一个女人在旅馆鬼混，而比夫却出人意料地找到了他们所在的旅店。尽管威利·洛曼竭力隐瞒，但还是被儿子发现了这一事实。威利·洛曼以为，这件事只需要安慰一下这个孩子，用不了多久，孩子就会忘记这件事，这一切也将随之而去。但他完全没有想到的是，正是因为这件事，一向在儿子心中伟大的父亲形象轰然倒塌，成为一个伪君子的形象。但是比夫也没有直接将此事公之于众，而是回去后大哭一场，将印有大学字样的球鞋扔进了锅炉里面烧掉，从此一蹶不振，再无成功的可能。在意识到当时自己的过错造成的今天的悲剧之后，威利·洛曼还是怀着一种自我安慰的侥幸心理来酒馆参加儿子们约定好的酒局，但是两个儿子却不管他的死活，一心只和两个来历不明的妓女鬼混，甚至还将老威利一个人抛下，带着妓女离开，这彻底摧垮了威利·洛曼的最后一道心理防线，他已经没有任何退路了。

通过上面的分析我们不难看出，“波士顿女人”事件，是整个《推销员之死》的各个事件中居于核心地位的事件。阿瑟·密勒通过各种方式的暗示，一步步引导着我们，跟随着一直疑惑的老威利一起，将“真相”公开。正是因为这一事件，原本有大好前程的比夫，开始走向了堕落的深渊，他不断换工作，从这个城市到那个城市，不断地寻找自己的未来，但是都没有任何的改变，终于在忍受不住外面世界的辛苦回到家里，而这种状况又引起了父亲的担忧，开始为他的前途着想。一方面是现实中无法回避的困境，另一方面是满藏在心底的无法排遣的内疚，留给威利·洛曼的只有一条路，就是死亡。

丹纳说：“人具备的性格显然是多多少少有益的，或者是有害的，或者是混杂的。我们天天看到一些人和一些社会发达、增长，失败、倾覆、消灭；倘从总的方面考察他们的生活，他们的失败总是由于总的结构有缺陷，某个倾向发展过度，地位与能力比例不称。”[①] 正是在这个意义上，威利·洛曼的悲剧才更让我们觉得悲伤。

三、关系

前面讲到，关系是戏剧情境的重要构成要素之一。并且，按照谭霈生先生的“情境论”，这应该是在构成戏剧情境三要素中最为核心的一个部分。我们经常讲，一部作品只有将里面的关系设置好了，人物之间的盘根错节的复杂性才能得以体现，也正是因为有了这些盘根错节的关系，一部剧的事件才得以确立，从而产生应有的戏剧效果。那么，在《推销员之死》中，剧作家又是如何来设置这种关系的，以及这里面形形色色的各种关系之中是否存在着互相依存的联系，让我们回到剧本中去。

《推销员之死》里面的关系很多，包括以威利·洛曼为中心的他和周围人的关系，比如他与妻子相濡以沫的关系；他和两个儿子之间既对立又包含殷切希望的矛盾关系；以及他和来自外部世界的或友好（邻居查利）或对立（老板霍华德）的关系；还有与一个自始至终都出现在他的脑海中的、成功人士的代表本大伯的关系等。可以说，阿瑟·密勒在塑造威利·洛曼的时候，是将其放置在盘根错节的社会关系中来进行塑造的，也正是因为这些关系的多样性，因此所引发出来的事件才是错综复杂的。就我个人而言，在全部的关系中，有两组关系必不可少、具有决定性的意义的：一是威利·洛曼和大儿子比夫之间既对立又统一的父子关系；二是经常出现在

---

① ［法］丹纳：《艺术哲学》，凤凰出版传媒集团 2012 年版，第 368 页。

他潜意识里面的、他和本大伯的关系。在全部的关系中，正是这两组关系，构成了威利内心深处最为丰富的人格和心理层次，从而使他成为戏剧史上的经典人物形象之一。那么，剧作家是如何构建这两组关系的呢？这两组关系是如何在威利·洛曼的身上得到统一，从而内化为他的动机，引导他做出行动的呢？

我们可以看到，这两组与威利·洛曼息息相关的人物关系，在性质和功能上都是极为不同的。威利·洛曼和大儿子比夫的关系，是一组现实的社会关系，也是全剧中观众可以清晰地看到的一组关系。父子二人从大幕拉开的那一刻，就存在着对抗和矛盾，这也是全剧发展的原始动力。而与此同时，威利和本大伯的关系则要隐蔽得多、复杂得多，这两组关系同时存在于威利·洛曼的脑海中，对他产生作用。

（一）**威利·洛曼和比夫·洛曼——现实的爱和羁绊**

毫不夸张地说，是儿子比夫支撑起了威利·洛曼的一片天。在儿子比夫身上，他倾注了自己全部的爱，这种爱在现实的压迫下变得有些紧迫，对于比夫来讲尤其如此。威利·洛曼是一个推销员，用查利的话说，“对于一个推销员来说，生活是没有最低保证的。他不是把螺栓拧在螺帽里的工人，不是研究法律的，也不是开药方的。他是一个上不沾天、下不着地的人”。这个特殊的职业性质，决定了他只有将更多的理想倾注在自己的后代上面，而比夫则是这个希望的最佳人选。比夫从小时候就流露出这种气质，在社区他是孩子们的首领，在学校他是球队队长，还在上中学的时候，就有几家大学愿意接收他，可以说，未来对于比夫来说是一片灿烂的。但是，就在比夫 17 岁的那年夏天，这一切都因为一个意外事件的出现而被打破。比夫因为成绩不及格，独自一人跑到波士顿去寻求父亲的帮助，不料却发现了父亲对母亲不忠的秘密，从而对生活丧失了信念，变得一蹶不振。

从此以后，比夫走上了一条不断换工作、却各种工作都做不好的恶性循环，更重要的是，他的精神世界已经坍塌了。

大幕拉开的时候，是比夫在西部一个农场工作了一段时间却不堪忍受外面的苦难而逃回家来，这遭到了来自父亲的严厉批评，两人于是吵了起来。负气出门的威利·洛曼，原本就精神恍惚、神志不清，遭受这一重创后更是雪上加霜，于是开车撞上了沿途的马路，险些酿成大祸。而这些情况在他拖着疲惫的身躯回家之后，才由妻子林达的口一点点讲出来。但是两个儿子却并没有那么强烈的反应，还是沉浸在寻花问柳的世俗生活中。随着威利的病态越来越加重，尤其当母亲拿出威利放在煤气灶旁边的小管之后，比夫慢慢意识到事情的严重性，开始有所触动，决定去找曾经的老板奥利弗去借钱。这个情况极大地鼓舞了威利，让他重新燃起希望，等待着儿子带回来的好消息。

与此同时，威利·洛曼也决定去找老板谈一谈将自己调回纽约工作的事情，但是却遭到了拒绝。威利在这个过程中，也在不断地反思，究竟是什么原因造成了今天的儿子的失败，最终，他在邻居的孩子伯纳德的口中，明白了正是当年自己犯下的错，导致了儿子颓败的人生。怀有深深自责的威利，在和比夫激烈的争吵中明白了儿子其实对自己还是很有情感后大为感动，最终决定自杀，用生命换取两万块钱来作为儿子以后生活的保证金。可以说，威利·洛曼和比夫这对父子关系的变化，直接导致了剧中其他人物关系的变化，从而推动剧情向前发展。这对人物关系在全部的人物关系中，处于核心地位。

（二）威利·洛曼和本大伯——心理暗示的外化

现实给了威利·洛曼无尽的苦难，事业发展缓慢、家庭并不和睦，这让他的生活充满了负担，变得沉重。而本大伯，则是威利另外一个世界的存在，那个世界充满着成功、充满着传奇。通过威利的自述我们可以知道，威利一家是由父亲带着走向这个世界的，在幼年威利的世界里，走南闯北的父亲就是成功的代表，父亲象征着可以掌控自我生活的成功人士。到了自己的哥哥这里，同样也是如此。威利年轻的时候，本来是有机会和本一起出去闯荡的，但是因为妻子林达的劝说，最终还是留在了城市，做了一名推销员，这也令他一直耿耿于怀。在他看来，假如当时自己能够勇敢地迈出这一步，那么等待自己的将是和本大伯一样的光辉灿烂的前途。所以，在威利·洛曼的世界里面，除了现实世界的各种关系之外，他和本大伯这种特殊的人物关系，同样具有很重要的用意。本大伯的第一次出现是在威利·洛曼和查利大叔聊天的时候，在遭遇了现实生活中两个儿子颓败的生活状态和日渐老去的身躯的当下，本大伯就开始出现在威利的幻想中。

本：真太糟糕了。妈可是个标准的贤妻良母。

威利：呃？

本：我真希望见见老娘。

查利：谁死了？

本：你有没有听到爸的消息？

威利：——你说谁死了是什么意思？

查利：（吃进一笔赌注）你在说什么呀？

……

在这段出场中，本大伯和威利一起回忆起了童年往事，包括本“17 岁闯进丛林地带，到 21 岁才闯出来”的英勇事迹。接着在本的口中，我们也得知了威利·洛曼的父亲是一个怎样的人：

本：爹是个很了不起的人，是个心很野的人……我们的车子就停在镇上，一路上兜售着他自己做的笛子。爸真是了不起的发明家呀。光一个小玩意儿，一星期里挣的钱就比你这种人一辈子里挣的还多。

通过这段回忆，我们可以看到威利的内心，有着对于当年没有选择和本大伯一起去丛林冒险的悔恨和不甘，在残酷的现实面前，他总是以此为借口，来逃避现实的生活。到了第二幕，威利·洛曼鼓起勇气去和自己的老板霍华德求情，遭到无情的拒绝之后，遭受重创的威利再一次见到了本大伯，并迫不及待地询问对方成功的秘诀。

威利：本，你是怎样起家的？讲讲你的秘诀吧！你已经把阿拉斯加的买卖结束了吗？

本：要是你办事心中有个数，那就费不了多大功夫。只是短期出门办点事罢了，一个钟头里就要上船。想来告辞。

威利：本，我一定得跟你谈谈。

本：（看了一眼表）没时间了，威廉。

……

在这段话中，阿瑟·密勒也写出了威利·洛曼自身存在的矛盾之处：他渴望外面丛林冒险，征服世界的精彩生活，同时又在关键时刻犹豫不决，瞻前顾后。在本邀请自己一起去冒险的关键时刻，他听从了妻子林达的建议，决定留下来做一个推销员。他还将自己遇到的一个成功的推销员的成功的例子讲给本大伯听，在他看来，没有谁能够像那个成功的推销员大卫·辛格曼一样，“在84岁的时候还能在31个州里招揽买卖”，这是他最终决定放弃野外冒险的生活，留下来在这个城市里面做一个推销员最大的动因。而这在后面地面对不幸的生活的时候，他自己是意识不到这一点的。一方面，他羡慕本大伯的经历，一直期望从本大伯那里获取成功的秘诀。另一方面，他又渴望安定的生活，愿意在日复一日的城市中，开着车去推销自己的商品。

这种矛盾的性格反应在对待儿子比夫的态度上面也是一样，在他的嘴里，一会儿觉得“比夫并不懒惰”，一会儿又觉得他“过分懒惰，简直过分”；他口里最在乎的“好人缘”，是他认为获得成功最应该坚持的品质，但是面对儿子从学校教练那里偷球回家的“恶习”却视而不见，认为那是“招人喜欢”的表现。而这两种矛盾的心态，也直接导致了他不幸生活的开始，最终将他推向不可挽回的深渊。

剧作家正是通过这两组核心人物关系的设置，展示了威利·洛曼丰富多变的性格特质。通过整个剧本我们也不难看出，这两组关系是相辅相成、互相补充的。威利的内心渴望成功，却又在生活中找不到通往成功的正确道路，在人生选择的关键时刻，充满着自我矛盾。他一心想将孩子培养成一个有“好人缘”的、受人欢迎的人，却在生活中不懂得如何引导孩子走上正确的道路。对孩子的“恶习”视而不见，认为那是理所当然的；在孩子重要的人生时刻，却又以“对家庭不忠”的虚伪形象来火上浇油，最终酿成悲剧。可以说，比夫是他现实生活的全部理想，他真实地存在于威利的身边，用颓败和失望来刺痛他的神经，让他痛苦万分。本大伯是威利的希望所在，是他在困苦不堪的残酷现实里的一个梦，是他借以逃避这个残酷世界的避风港。现实在痛苦中召唤，灵魂想找个栖息之地逃避，这种召唤和逃避最终形成了一个梦，威利·洛曼一旦走进去就无法自拔，深入痛苦的深渊。

阿瑟·密勒作品漫画图

第三章 《萨勒姆的女巫》《桥头眺望》和《回忆两个星期一》

研究阿瑟·密勒的专家、美国著名评论家伦纳德·莫斯在著作《阿瑟·密勒评传》里面，将《萨勒姆的女巫》《桥头眺望》《两个星期一的回忆》称为“社会问题剧”。为什么莫斯单独将上述几个剧本列为“社会问题剧”，却没有将《推销员之死》《堕落之后》等重要剧本列入其中呢？按照这个标准，《推销员之死》中关于年老的推销员在自己所处的时代找不到出路，面对残酷的现实只能用牺牲自己的方式来换取区区2万块钱的商业保险金，来作为自己儿子将来“创业”的心酸故事，难道还不能称为重大社会问题吗？《堕落之后》中关于律师昆廷和三任妻子之间的关系，里面提及的关于忠诚或是为了利益出卖同伴，最终导致律师卢自杀的惨痛现实，难道问题还不够重大吗？显然，莫斯在这里将上述剧本归类在其中，其出发点一定是有不一样的地方，这种说法是否成立呢？假如不成立，他错误提法的依据又是什么呢？让我们回到密勒，听听他是怎么看待这几个剧本的。密勒认为：“剧本有两种情况，或是致力于完整地回答那些普通的问题而使角色丰满起来；或是取代前者只回答较为有限的一组问题——因此，决定剧本的风格究竟是现实主义的还是非现实主义的，不是剧本使用的语言（诗文、俚语或平淡的散文），而是提出和回答的这些问题的性质——一部剧本的写作与上演的风格，是由一向存在的某种有机联系而不是由作家本人的气质确定的——前两部剧本（《都是我儿子》和《推销员之死》）是怀着对尽可能多的普通问题作出回答的意图而创作和上演的；而《萨勒姆的女巫》《两个星期一的回忆》和《桥头眺望》在设计上没有体现这种意图，因而在这种情况下它们背离了现实主义。"①

按照剧作家本人的阐述，决定一部剧风格的不是剧本使用的语言，而是写作与上演的风格，那么这种说法是否准确，用这样的标准来划分又是否合理呢？接下来让我们走进上述几个剧本，深入分析它们的内涵，看看原因所在。

第一节　关于几部剧中的“社会问题”的探讨

毫无疑问，在莫斯所著的这本书中，被归类为“社会问题剧”的几个剧本，包括《萨勒姆女巫》《桥头眺望》《回忆两个星期一》，无一例外都揭示了“社会问题”，有着重大的现实意义。

一、《萨勒姆女巫》和“麦肯锡主义”

在很多戏剧爱好者看来，阿瑟·密勒应该是一个典型的“社会剧”作家，他擅长描写社会不公平现象，如美国社会中排斥犹太人和资本主义制度对“普通人”的压榨和剥削。《萨勒姆的女巫》(又名《严峻的考验》)更是进一步证实了这一点。大部分的评论家都认为:《萨勒姆的女巫》一剧影

① ［美］罗伯特·马丁:《阿瑟·密勒论剧散文》，陈瑞兰、杨淮生译，生活·读书·新知三联书店 1987 年 7 月版，第 120—121 页。

射了20世纪50年代中期在美国引起很大争议的参议员约瑟夫·麦肯锡，其对共产党颠覆罪进行的调查在美国国内引起了很大的争议。

密勒选用了1672年发在萨勒姆村的一件同样臭名昭著的历史事实，间接地表达了自己对麦卡锡等人的谴责，同时也提出了一个引人深思的问题：狂热的政治运动背后，处在事件中心的人将如何面对？为了“掩盖”这种直接指责所能带来的“可能性后果”，密勒修改了故事发生的地点，将这出戏的背景地选在了马萨诸塞的殖民区。在这个政教合一的地方，政府对全部清教徒所采取的是“神权政治”。

这场悲剧的缔造者是副行政长官丹佛斯。而剧中不断借着“信仰上帝”的名义从事着指控别人的颠覆分子，则是披着普通村民外衣的“魔鬼”的爪牙。虽然如此，剧中的时间、地点，以及相关人物，都和当时美国政坛的“麦肯锡主义”所代表的政治运动“相去甚远”，但是细心的观众很容易看出剧情与现实的相似之处。

作为该剧的创作者，密勒也承认剧本与当时的社会现实有着不可否认的联系和无法回避的内在相似的地方，但是他坚持说他的目的是表现比麦卡锡的调查更广阔的社会问题，是借该剧引发更多人去思考悲剧发生的背后的更为深刻的原因。在那场惨绝人寰的惨案中，每个人都有意无意地充当着某种角色，对事件起着推波助澜的作用。这很难用对和错来形容，身处其中的人们，或为了自保、或为了某种现实的利益，都站在自己的立场上对整个事件发出自己的声音，这才是剧作家想时刻提醒我们的。

密勒认为麦卜锡参议员的活动是一种“人格化了的道德崩溃”，象征着一种可能发生在任何时代的人性的丧失和疯狂。

密勒的主要意图是描写人的歇斯底里；他想要使人们明白，自封的或抱有个人目的的“人民救星”是如何煽动起人们歇斯底里的情绪的，以及这种被煽动起来的歇斯底里的情绪所带来的后果有多么可怕。不仅如此，密勒还进一步指出，这种错误的做法背后，随之而来的社会和心理的后果是什么？如何才能避免发生这种现象？对此，阿瑟·密勒曾经严肃地指出："不仅仅是麦卡锡主义的猖獗，而是一些看起来更古怪更神秘的东西引起了我的注意。事实上是一种来自极"左"的、政治的、客观的、有见识的、不仅能够制造恐怖、还能制造出一种新的主观真实，一种最终甚至能在全民中导致神圣共鸣的、真正神秘气氛的运动打动了我。这些人的恐怖是公开策划、有意识制造的，然而他们仍然感到恐惧。"[①] 上述这段话清晰地揭示了作为一个有"社会责任感"的剧作家，是如何想通过具体的社会事件，来表达自己对于整个社会存在的"问题"的忧虑和判断。公开策划的恐怖让很多人失去了宝贵的生命，甚至参与其中的每一个人，也都会"感到恐惧"。所以正是在这个意义上，《萨勒姆的女巫》可以说是一部"社会剧"，因为它用历史先例和当前的实际分析了一种社会现象，并且对这种社会现象所能带来的恶果，进行了预见性的揭示，以此惊醒人们，时刻保持理性的思维，以防止悲剧的再次发生。不过，这毕竟是一部戏剧作品，不可能当成新闻报道或者新闻纪录片，虽然该剧重点描写了这种社会现象的"主观真实"，但是也并不意味着，从作品本身的台词和对话以及字里行间流露出来的情绪上面，来判读它的政治倾向和其中隐喻的主题。

阿瑟·密勒在剧本的前面附上了一大段说明，解释了引起清教徒狂热情绪的社会原因和宗教原因。在解释这些原因的时候，剧作家密勒秉承的是一种较为客观的视角和理性的思维方式。在指出造成这个巨大惨案背后的人所负有的不可推卸的责任的同时，他也承认并非每一个促成了这种狂热的人都是坏人，有一些人只是身在其中、不明就里地跟随这场狂热的运

---

① ［美］罗伯特·马丁：《阿瑟·密勒论剧散文》，陈瑞兰、杨淮生译，生活·读书·新知三联书店 1987 年版，第 178 页。

动起了推波助澜的作用罢了。

在密勒的观点里面，像丹佛斯副行政长官、赫尔牧师以及哈桑法官之类的官僚们，是整个惨案酿成的最主要的责任承担者，他们都是别有用心的。他们以公众利益的名义，犯下的是无法弥补的弥天大罪。

通过阿瑟·密勒在剧本前面的说明我们可以得知，萨勒姆是一个政教合一的权力机构统治者，这个机构的作用在于维护这里的团结，杜绝任何可能使它毁灭的不团结行为，无论是物质的还是思想的，对这个政权的任何不满情绪，都将受到严厉的制裁。在这里要驱逐的主要敌人是魔鬼。按照当时的政治政策，国家当局在当时，需要找到合适的人来支持清教徒的信仰，密勒对这一问题的结论显然是影射当代现实的。他认为："把魔鬼作为一种武器，这种需要可能是很明白的，在任何一个世纪，魔鬼这个武器都被反复设计并用于鞭笞人民，以使其屈从于某一种宗教或宗教国家。政治政策被等同于精神权利，而这种政治政策的反对则被视为恶魔的恶毒行为。"①

然而这种宗教政治对人身带来的伤害，要远远大于政治上的伤害。"长久以来在内心里隐藏的对邻居的仇恨，现在可以公开并进行报复了……对土地的奢望，现在可以提到道德的高度来认识。"② 剧中这些利己主义的动机都被作者以细致入微的情节和丰富饱满的人物描写了出来：普特南和普洛克托为木头争吵起来；教区的主教帕里斯并不是虔诚于上帝，而是挖空心思地琢磨劈柴和蜡台；还有爱好打官司、一生中无数次作为原告站在法庭上的詹理斯。在歇斯底里爆发前的那场巨大骚动中，作者还深入写出了人

---

① ［美］伦纳德·莫斯：《阿瑟·密勒评传》，田路一、王春丽译，中国戏剧出版社 1991 年版，第 66 页。

② 同上。

物在这次重大事件中的自私自利的动机。与此同时，密勒还写出了被迷惑是一种由无耻之徒蓄意引起的精神状态。阿碧格和普特南夫妇用来控制受惊吓的、轻信的以及意志薄弱者的方法确实是恶魔的行径，但是这一切的前提是他们首先是使受害者陷入思想混乱，然后又巧妙地灌输给他们一种表白自己的言辞。这种表白，一方面使受害者从惶惑中解脱出来，另一方面又达到了他们自己恶毒的目的。

二、《桥头眺望》和“美籍意大利移民”问题

如果说阿瑟 · 密勒在剧本《萨勒姆的女巫》中，侧重讲述的是愚昧专制的当局如何利用不明就里的民众肆意草菅人命，以维护其权利所引发的观众对信仰和忠诚的思考，那么到了《桥头眺望》里面，阿瑟 · 密勒将剧作的视角，从马萨诸塞州萨勒姆小镇的村民，转换到远渡重洋、从意大利来美国谋杀的“美籍意大利移民”的问题上，剧中的主人公艾迪，以及围绕着来投靠他们的马可、鲁道夫兄弟两人的故事，都是在上述背景下展开的。

意大利人是美国社会欧洲移民的重要组成部分。早在 1820 年，第一批意大利移民就乘坐轮船到达纽约。尽管这艘轮船被挤得满满的，甚至每个人都只能半躺着，但这些意大利人却满怀着对新生活和新大陆的向往。之后，从 19 世纪晚期到 20 世纪中期，意大利很快成为向美国移民人数最多的欧洲国家，同时成为向世界范围移民人数最多的国家之一。不过后来的事实表明，到达美国的意大利人并没有平等地融入美国社会，也没有成为平等的新美国人，而是分化为南意大利人和北意大利人。思考这一问题，或许应该回到意大利本身，即意大利社会本身的南北差距。

从历史和经济的角度来看，意大利南北两地传统上在地理环境和社会

发展水平两方面存在着较大差距——北方较为发达而南方则落后，北方人的生活状态是富足、健康；而南方人则是贫苦、疾病、悲惨。究其原因，肥沃的土地和适宜的气候为北意大利农业发展和工业化提供了天然保障，而土地贫瘠和气候恶劣则导致了南意大利的不发展。除此之外，南北意大利人在文化传统、价值观等方面都存在着较大差异。让人难以想象的是，这种本土化的差距能够远渡重洋，在大洋彼岸的美国继续深化下去，并造就了南北意大利人在美国截然相反的两种生活状态，即富裕的北意大利人凭借其传统的经验很快在美国加利福尼亚安家落户，并通过农业种植生根发芽。而南意大利人为了解决家庭贫苦问题，不得不选择到美国的大城市出卖体力，他们的初衷并非要做真正的、永久的美国人，而仅仅是希望能实现发财梦从而尽早回到意大利。

不仅同一时期到达美国的意大利移民在美国社会的发展中出现了阶层化，甚至在不同时期到达美国的意大利移民也逐渐地被打上了社会等级的烙印。这种同族移民在异国的分化成为移民目的地民族关系的重大因素之一。从时间先后顺序来看，早期到达目的地的移民无论是在物质生活还是在精神生活、社会生活等方面都有先天优势，这表现为他们对当地政治制度、法律体系、社会规则和文化传统的习惯和遵守，表现为他们已经得心应手的融入当地并能够与当地人友好相处。与这种先天优势直接相关，存在的一个问题是：早期到达的移民能够在多大意愿的基础上将这种优势用以减轻后来者的种种不适应带来的困苦？对于此问题的回答，应该从种族类别和历史时期两个角度展开分析。以到美国的众多移民而言，掌握先天优势的移民对本民族后来移民的态度有三种：一是出于同情心与民族血缘将这种优势与经验毫无保留地授予后来者的本族弟兄；二是出于维护自己既得利益而防范甚至严加指责后来者；三是居于两者之间。以意大利到美国的移民为例，来自北部的意大利人显然属于上述第二种做法，他们看不起南部意大利人，甚至不承认南北意大利人是一个种族的，对他们到达美国的行为是嗤之以鼻的。当然，从伦理道德的角度，我们认为北部意大利人的做法值得商榷，但从南部意大利人的特质来看待这个问题，同样重要。

在美国的移民史上，南部意大利人是最先从美国返回意大利的。这种景象在美国实属罕见，但考察意大利移民史，我们发现，这却是平平常常的事情。19—20世纪，意大利移民的一大特点就是暂时性移民。有关研究表明，男性因素往往成为移民稳定性的一个重要指标。从爱尔兰人和犹太人的移民历史来看，是否全家集体移民成为决定能否永久移民的一个关键因素。反观意大利人，特别是南部人，移民美国时候男性的比例相当高、女性和孩子的比例相当低，这实际上意味着他们最初的移民带有不稳定性、试探性、暂时性。因此，对于南部意大利人而言，尽管在美国受到本地人以及北方意大利人的不公正对待，但他们并不会因此沮丧或失望，因为他们本身就有在美国挣钱后归国安居乐业的打算。

以上论述表明，意大利国内的南北差距以及由此导致的意大利人到美国之后的分化，既与北方意大利人的价值观有关，又与南方意大利人的价值观有关，这两种不同的价值观以及由此导致的美籍意大利移民的两种完全不同的景象对意大利和依然在美国定居的意大利人都带来了无法抹去的影响和作用。就意大利而言，在美国短暂移民又返回意大利的南部人，在给意大利带来巨大物质财富的同时，也传播了美国较为先进的思想观念，从而为意大利带来了新鲜血液；就长期定居美国的意大利人而言，他们很大程度上成为自食其果的受害者。因为当整个民族无法真正融入美国的时候，这个民族的少数人在美国势必不可能成为强势群体。

以上对意大利移民的历史、现实和问题的考察，实际上是在回应着密勒的创作主旋律。《桥头眺望》恰恰就深刻地再现了意大利移民问题。剧中的主人公埃迪和妻子贝特丽丝，以及外甥女凯瑟琳，正是早期通过移民手段来到美国的“意大利人”，因此他们也通过自己辛勤的劳动，在美国这个繁华的、充满机会的大都市里面赢得了自己的一席之地。而该剧另外的主人公——年轻的卢道夫兄弟，正是后期到达美国来的意大利移民。他们通过不正当的手段，躲在船舱里面，冒充海员来到美国，不仅要时刻提防着无处不在的警局“调查员”的威胁一旦被他们发现，就会被遣返回国；同时，还要面对来自“意大利人”内部之间的人际关系，一旦处理不好，也同样会面临被“遣返”的厄运。

剧作家正是有感于这样的社会现实，以自己的视角塑造了《桥头眺望》中的几个主要人物，来表达他对于此种社会现象的看法。

三、《回忆两个星期一》：赤裸裸的现实和心中压抑不住的欲望

与《萨勒姆的女巫》《桥头眺望》相对比，独幕剧《两个星期一的回忆》所反映出来的美国大工业化社会中普通人的现实境遇，就显得普遍得多，也深刻得多。它试图用一个年轻人身居杂乱世界的感受，来表达剧作家对于当下社会的态度。《回忆两个星期一》于 1955 年 9 月 29 日在纽约考罗纳特剧院上演。在密勒看来，这是“一部哀婉的喜剧”。剧作家创作的初衷，并不是要控诉什么制度，或者对此现象发表什么高深的看法，只是用类似于散文的笔触，客观地再现一种生活状态。对此，密勒曾经谈道：“一个青年在许多人之中工作了两年，分享了他们的艰难、胜利和希望；到他该向前走自己的路的时候，他期待某种值得留念的时刻，期待他们向他表示他一直是待在他们中间的，而且和大家是息息相通的。然而在日常例行公事的海洋包围之中，他们却几乎没有注意到他的离去。”①

① ［美］罗伯特·马丁:《阿瑟·密勒论剧散文》，陈瑞兰、杨淮生译，生活·读书·新知三联书店 1987 年版，第 193 页。

通过剧作家的这段话我们不难看出，密勒在该剧中试图阐述的，有别于前面几个剧本中关于社会生活的“重大问题”，是将该剧当作“发给亚文化群的信息”。这个亚文化群对于美国社会的重要意义在于，美国的“经济支柱就扎根于这亚文化群”。在密勒看来，剧中的主人公所在的工作环境，“那里是我们社会的最黑暗的非洲”，作为剧作家，他的意图是“从其内部传达到我们的文学或舞台上的只是最肤浅的启示而已”。

该剧是一个独幕剧，剧中没有明显的主角，而是塑造了一大批在任何工业化社会的操作间里都随处可见的“普通人”。身处贫瘠却仍然坚持梦想的伯特，这个每天利用上班途中乘地铁的时间来看托尔斯泰厚厚的书的年轻人，尽管工作环境充满着嘈杂和喧闹，也不得不面对来自老板的冷嘲热讽或者来自年长的拉里的训斥，但是还是不改初心，保持着对未来的希望。每个月从仅有的 15 块钱里面省出 13 块钱，为自己将来去读大学时刻做着准备。现实有时候让他迷茫，外面的世界充满了未知，他却总是坚定着自己的内心，即使周围的人一个个发生着变化，来来去去、走走停停的生活中的过客在以不同的方式“腐蚀”着他，磨灭着他心中的理想。但是，最终，他还是通过自己的努力，实现了理想，带着对未来大学的憧憬，逃离了这个“喧闹的世界”。这个人物也是该剧中，唯一一个充满了活力和希望的角色，伯特的出现，给整部增添了一抹亮色。

这部剧中，和满怀希望的伯特交流最多、也最为相近的是肯尼思，这个爱尔兰移民来的年轻人，在第一个星期一的时候呈现的是一种充满活力的状态，他不仅会念诗，还会俏皮地和醉汉汤姆逗趣，整个人都处于一种积极向上的状态。这也就是为什么，伯特愿意和他走得这么近的原因。但是随着剧情的发展，夏天过去后，当冬天再次来临的时候，无奈的现实已经磨灭了理想，他也渐渐变得现实起来，和周围的环境更融洽了。最后面对即将离开的伯特时，肯尼思已经变得徒增羡慕却只能随波逐流了。

除了伯特和肯尼思，该剧还塑造了形形色色的人物，有40岁还没有结婚的老处女，有年轻漂亮但是思维跳跃的帕特里夏，还有粗暴严厉但心地善良的拉里，以及严肃刻板的经理，事事漠不关心，嬉皮游戏人生的小丑员工等人群，在单调乏味的生活中对生活还抱有那么一点点的希望，正如密勒自己谈到的："我写这部剧部分是出于想在贫困是公开而赤裸裸的现实中再次生活一下的渴望，同时也是希望为自己说明：希望的价值，为什么要产生希望，还有些至少懂得如何忍受那毫无希望的痛苦的人们所具有的英雄品质。"[①] 正是这些生活在社会底层、但并没有全部屈从于现实生活的人们，构成了美国大工业社会下的众生相。

第二节　荒原与人：几部剧中的人和社会的关系探究

在谈到社会剧的时候，我们很容易走进一个误区，认为"社会剧"的核心是关注社会上面发生的重大问题，以及对这些重大社会问题提出"改革治病"的良方，这样的剧作才是真正的"社会剧"。正如本文前面所讲的，易卜生从进入中国开始，就不是以一名艺术家的身份，而是以一名社会改良家的身份。在中国话剧的发展史上，这一点曾经长期被误读。而作为一名普遍被西方学者和评论家认为是一个"社会剧"身份的作家，阿瑟·密勒在戏剧创作的时候，并没有受到上述思潮的影响，而是有着鲜明的创作态度。他认为社会剧仅仅是"附带地指控社会而已"，所以他关注社会现实，关注生活在不同社会中的人的生存境遇和苦难生活，但是归根结

---

① ［美］罗伯特·马丁：《阿瑟·密勒论剧散文》，陈瑞兰、杨淮生译，生活·读书·新知三联书店1987年版，第194页。

底，他创作剧本的全部重心所在还是“人”以及“人和社会”之间的关系。作为一个有着鲜明创作理论的剧作家，他更是在自己的作品中亲自实践了这一点。

一、《萨勒姆的女巫》所彰显的人与社会的关系

《萨勒姆的女巫》(以下简称“《萨》”)是密勒的代表作之一，也是他的戏剧作品中上演次数最多的剧目之一。让很多观众和评论家不解的是，密勒完全可以按照《推销员之死》(以下简称“《推》”)成功的路子，继续创作和《推》同类型的剧本。但是，他没有这么做，而是另辟蹊径，决心用一种不一样的方式创作。他“希望找到写出一部尖锐剧本的方式，这样的剧本要从主观主义的陷阱中把那令人辗转不安的、单一的、规定好的过程拉出来，以显现它造成公众恐怖的罪行，是它在剥夺人的良心，剥夺人的自主权。这个主题与前几部剧本的主旨不无关联”[①]。

《萨》这个剧本以独特的视角、特殊的事件以及和当时政治的特殊关系，常常被认为是密勒借以对抗当局对其采取不公正“待遇”的一部作品。故事的背景是美国马萨诸塞州萨拉姆镇1692年发生的一场惨案，剧本根据真实历史改编，剧中主要人物的原型，也都是在当时的文件中有记载的。故事围绕主人公普洛克托展开，这个35岁上下的庄稼人给人的感觉是“沉稳而富有信心”，当他从喧闹的人群中走来的时候，身上“隐藏着一股尚未发挥出来的力量”仿佛是这个布满“女巫”疑云的小镇的一股坚定的力量。

因为几个女孩子深夜在树林中围绕着一口大锅跳舞，之后其中的一个

---

① [美]罗伯特·马丁:《阿瑟·密勒论剧散文》，陈瑞兰、杨淮生译，生活·读书·新知三联书店1987年版，第180页。

小孩子——当地牧师巴里斯的女儿贝蒂昏迷不醒。这原本是一件很小的事情，但却被别有用心的地主普特南夫妇搞得沸沸扬扬，造成了“小镇上隐藏着歹毒的‘女巫’”这一风言风语盛传的混乱局面。普洛克托作为全剧中心人物的原因很多，其中之一他的现任女仆玛丽·沃伦是那晚在树林里面跳舞念咒的当事人之一，这无疑给他原本平静的生活带来了不可避免的麻烦，使得他无法置身之外。更为重要的原因，剧作家给他安排了一段不能回避的“旧事”——整个“女巫”事件中最主要的煽动者阿碧格，曾经是他的女佣人，且与他有过奸情，这也直接导致了普洛克托的妻子辞退了阿碧格，并且减少了去教堂的次数，理由是“不想和那个脏东西坐在一起祷告”。这也为后面妻子伊丽莎白被指控埋下了伏笔，成为普洛克托无法面对的旧疾。

不同于《推》剧中老年的威利·洛曼因为疲于应对高强度的工作以及面对两个不成器的儿子的内疚所形成的经常喃喃自语的状态，普洛克托所面对的是更为复杂和严峻的现实。在塑造普洛克托这个人物的时候，一方面，作者要将其放置在错综复杂的事件纠葛中去；另一方面，还不能不兼顾他的个性化的塑造。然而纵观整个剧本，在《萨》剧中，阿瑟·密勒似乎并没有做得很好，正如他自己谈的“在《萨勒姆的女巫》中还试图超越那发现并揭露主人公的内疚的境界，这种内疚扼杀了个性。在我过去的作品里，我对这个主题的感受日益深切，并且也意识到像过去那样把剧本的基础仅仅建立在揭示内疚上以及使剧本完全依仗在一种向应受惩罚的人索取代价的命运上是不够的”[①]。通过上述的话我们也可以感知到，阿瑟·密勒并不满足于依靠这种“内疚”来揭示应该受惩罚的人物的命运，而是将全

① ［美］罗伯特·马丁：《阿瑟·密勒论剧散文》，陈瑞兰、杨淮生译，生活·读书·新知三联书店1987年版，第180页。

部的笔力集中在主人公的心灵最深处的隐痛的展示上。

剧本一开始，小镇的人们都深信牧师巴里斯的女儿贝蒂的昏迷不醒与“女巫”的迫害有关时，这位一向以正直和坚定而著称的硬汉并没有将这些看得很重要，而是认为这仅仅是几个小孩子的“小把戏”而已，所以他面对整个事件，表现很“轻松”的态度，这从他第一次和阿碧格在巴里斯主教的家里见面时候的状态就可以看出。当时的他面对含情脉脉的阿碧格，尽管采取了回避的态度，但是还是似乎带有一种成年男性对心爱女孩的一种特有的“默契”在里面。这种大意的态度一直延续到第二幕的开始才发生了改变，只是当他意识到问题的严重性的时候，为时已晚。

第二幕是以一种类似于契诃夫式的日常的、琐碎的笔触来开始的。幕启的时候，普洛克托外出干农活刚刚回到家。尽管夫妻两个都是带着一种表面平静的语气在对话，但是细心的观众不难看出，两人之间存在的矛盾已经到了爆发的边缘。终于，在谈到萨勒姆镇的这场灾难时，普洛克托漫不经心的态度引起了妻子的爆发，她终于将矛头对准了普洛克托最隐蔽的伤口，直接指出，为了事态不至于进一步发展成无法回避的悲剧，他应去法庭“揭露那个婊子”的真面目。突如其来的问题让普洛克托猝不及防，他陷入了犹豫之中，而正是这种犹豫进一步激怒了妻子，让她将整个事实揭露出来。但是现在这个时刻似乎有点晚了，警长带着人已经到了他家，要带走他的妻子伊丽莎白，理由是妻子遭到了阿碧格的指控，说她使用巫术来陷害她。尽管怀着很大的愤怒，但是普洛克托无力回天，只能眼睁睁地看着妻子被带走，同时带走的还有在村里一向有着良好声誉的善良的老奶奶吕蓓卡，以及詹理斯的妻子。眼看着眼前这场闹剧一步步演变成更大的悲剧，普洛克托的内心五味杂陈，他终于决定要站出来，用自己的正义来制止这场闹剧。

关于从前面创作的《全》和《推》两剧后，为何要创作类似于《萨》

风格的作品，密勒曾谈道："如果《都是我儿子》和《推销员之死》所受到的赞赏使我感到这个世界是个友爱的地方，五十年代初期的事件却迅速地将那种温暖转变为幻觉。不仅'麦卡锡主义'的崛起使我受到冲击，而且还有某种似乎更为怪诞和神秘的东西。这就是来自极右翼的一个政治的、客观的、可知的运动居然会制造出不仅是恐怖而且还有一种新的主观的真实性——一种确确实实的神秘气氛，它甚至逐渐呈现出一种神圣的反响。"①

政治运动，不仅可以制造出恐惧，更为严重的后果是它能制造出一种"主观的真实性"，在这个人为制造出来的所谓的"真实性"里面，人们已经丧失了基本的理智和判断，开始变得疯狂且躁动起来。善良的人们，诸如吕蓓卡、伊丽莎白等人，几十年来在村里面都虔诚信教，笃信上帝，却仅仅因为几个孩子毫无根据的指控，就被认定为有"通巫"的嫌疑，要被带去法庭问话。这一切在现在的人看来简直荒谬至极，但当时却被堂而皇之地执行，且将要进一步扩大下去，这才是剧作家阿瑟·密勒在《萨》剧中，想提醒我们要警惕的。良好的品行在无耻的谎言前面显得如此不堪一击，这样的世界竟然存在于文明发展到一定程度的今天，简直叫人心生寒意。

居心叵测的人煽动民众的情绪固然是可气的，但是普通民众在是非颠倒的情况下所表现出来的态度，则更让剧作家感到痛心。"由如此显然荒诞的人们推行得如此实际而又卑鄙的'事业'居然能够使思想本身瘫痪；更糟的是，居然使人们在内心翻腾起那样有说服力的阵阵'神秘的'云团似的感情来。仿佛整个国家重新诞生了，某些基本的正直原则都被遗忘了，而在一两年前没有人会想象到这些正直原则能被改变，更不必说忘却了。

① ［美］罗伯特·马丁:《阿瑟·密勒论剧散文》，陈瑞兰、杨淮生译，生活·读书·新知三联书店 1987 年版，第 177 页。

我震惊地瞧着多年的老相识从我身边走过时连头都不点一下；再说，这种惊诧还来自我的想法，我不能放弃它，即人们心中的恐怖是故意地被勾画出来并被操纵着的——这种想法构成了《萨勒姆的女巫》中一字一句的基础。”①

为了打破这种局面，挽救这些正直无辜的人，普洛克托也采取了办法积极对抗。他一方面联合诺斯大爷和詹理斯老人，集合了村子里面“有名望，有声誉”的一百多人联合签名，来证明自己的老婆等人是清白的；另一方面，他说服了自己的女仆玛丽沃伦，让她出面向丹佛斯副总督来说明实情，他本以为这样一来，就能救出自己的妻子及其他人，但是，事态比他想的要严重得多。顽固冷漠的丹佛斯副总督——这场血案背后的最大执行者，当然不会就这么善罢甘休，一定会想尽办法来隐瞒事实，将错案一直错下去。所以在普洛克托带着玛丽来到法庭的时候，丹佛斯对玛丽进行诱导性地质疑，试图寻找出她身上的破绽，但是此刻的玛丽还是很坚定地承认自己和那帮女孩子都是骗人。此刻，老奸巨猾地丹佛斯将阿碧格等几个女孩一起叫过来，让她们当面对质。果然，在狡猾的阿碧格的攻势下，玛丽开始表现出招架不住的劣势，这也引起了普洛克托的愤怒，他“一边揪住阿碧格的脖子”，一边“大骂她是无耻的婊子”，并且孤注一掷，冒着身败名裂的风险，将自己与阿碧格通奸的“丑事”当着大家的面说了出来，试图用这样的方式来揭露阿碧格的真面目。但是，丹佛斯并没有彻底认输，而是让人将伊丽莎白带过来，不让她和丈夫有任何的交流，问她自己的丈夫和阿碧格通奸的事是否属实，善良的妻子为了保住丈夫的名声，本能地否定了，而这也正好中了丹佛斯的奸计，他对前面的对于阿碧格品行的指

① ［美］罗伯特·马丁:《阿瑟·密勒论剧散文》，陈瑞兰、杨淮生译，生活·读书·新知三联书店 1987 年版，第 177 页。

控予以否认，咄咄逼人地质问普洛克托。

而此时，承受着巨大压力的玛丽，在阿碧格等人的威胁和蛊惑下，竟然鬼迷心窍地反过来咬定普洛克托不放，说他才是魔鬼派来的恶人，自己前面这样做完全是因为受到他的威胁，这就将普洛克托逼到了绝境，从而也使得整个事情陷入一个无法挽回的地步。普洛克托入狱后，经过了良心的忏悔，也意识到自己在这场惨剧中所负有的责任，最终，为了维护自己心中“正直”的名声，决定放弃生命。

可以说，阿瑟·密勒在创作这部剧的时候，不仅仅关注的是“灭巫”这场外部运动给当地人民所造成的巨大的惨痛代价，更关注的是在这场运动背后，个体的生命在这其中所感受到的对于社会、人生以及信仰的看法；是用普洛克托这样的有血有肉的具体人物的思想上面逐渐变化的过程，来揭示一场运动背后处于各方势力的人的立场，另有目的的恶人是如何利用心智不全的人们逐渐煽动起潜藏在人的内心的恐慌，从而将一场闹剧酿成了流血的悲剧。而在这其中，作为悲剧主人公的普洛克托身上，既非是十全十美的圣人（他和女仆的通奸即是污点），也并非十恶不赦的恶魔，他是一个怀有极为强烈的“道德感”的健全的人，同时又因为“欲望”的诱导下犯了错误。这个错误起因或许并不是这场欲望的直接结果，但是毫无疑问，正是这场特殊的错误所造成的后果（阿碧格被辞退，对伊丽莎白心怀不满），在某种意义上面推波助澜了这场悲剧。而普洛克托最后的自我毁灭，也多少带有某种古希腊意义上面的宿命感，好在剧作家还是成全了他，让他最终坚守了美好的品行，获得了重生。

二、《桥头眺望》所彰显的人与社会的关系

欲望驱使下的人，在社会和伦理道德时面前承受着极大的压力，这种

情绪往往会让自己陷入无所适从的境遇。假如解决得好，可能会适可而止，但是更多的情况下，它所引发的只能是无法回避的悲剧，在这一点上，《桥头眺望》（以下简称"《桥》"）和《萨勒姆的女巫》具有一定的相似性。

作为《桥》剧的主人公，阿瑟 · 密勒笔下的埃迪 · 卡博恩和普洛克托天然地具有某种相似性。一方面，他们都生活在社会底层（普洛克托是个农民，埃迪是一个生活在贫民居的码头装卸工），却敏感自尊，对自己的名声看得比性命还要重要。（普洛克托最后宁愿牺牲性命也不愿意失去自己的名声，而埃迪最后明明可以避免被杀死的厄运，却为了被马可在众人面前对其羞辱的事情，誓死要捍卫自己在整个街区的名声）。另一方面，两者同为中年人（普洛克托 35 岁左右，埃迪 40 岁），在平淡的生活中却总是遭受着来自"情欲"方面的挑战，一面竭力维护自尊所恪守的道德底线，另一面却又无法压抑的欲望所带来的挑战禁忌，渴望新生的蛮力。这两者交织在一起，往往就是阿瑟 · 密勒笔下人物的困境。很显然的是，在面对这种困境的时候，两者的结局并不相同。普洛克托最终失去生命的代价换来了所谓的"正直的品德"，而埃迪 · 卡博恩却在并不自知的欲望驱使下，最终失去了生命。

和阿瑟 · 密勒创作的很多剧本一样，《桥》也是根据剧作家所见所闻的真实事件加工而成的。"我早已知道《桥头眺望》的故事——一个了解埃迪原型的滨水区工人告诉我的。我过去一直没想要把它变为戏剧，因为它过于完整，所以没有我可以添加的东西——我怀着实验的心绪把它写下来了——看它可能具有什么意义。我保持了故事情节，尽力不改变它的原貌。我要观众像我第一次听到它那样去感受它——不是怀着揪心的同情而是怀着惊诧的思绪，因为在讲故事的人开始说话几分钟之后，我就已经猜到了它的结局。我要创造悬念，但不是通过压下信息的手法。它一定是富于悬念的，因为人们很清楚它会怎样结尾，因而主要的感情将是想阻止埃迪并且告诉他他正在玩忽性命。因此，由于比主人公知道得更多，观众宁愿自动地通过概念化了的感情去观望他的生活。”[1]通过上面我们不难看出，密勒在该剧中希望创造的悬念，不是通过压下信息的方法，而是采用“情感”这一媒介，让观众自己去自动去体会主人公埃迪·卡博恩的内心世界，看着他是如何在不自知的情感驱使下，一步步走向毁灭的。

作为早年间跟随父辈们移民美国的意大利后裔，埃迪·卡博恩的生活总体来讲还是很舒适的，繁重的劳动消磨了他绝大部分的时间，让他无暇顾及滋生在体内的对于未知世界危险的欲望，而外甥女凯瑟琳的存在，又让他乏味的生活中充满了某种实实在在地安慰。假如可以，他宁愿让这个年轻漂亮的外甥女一直在自己的家里住下去，直到永远。所以在剧本一开场的时候，阿瑟·密勒就安排了一场家庭晚宴的戏，来写埃迪和妻子贝特丽丝，以及外甥女凯瑟琳三人之间的关系。通过三人的言谈话语我们不难看出，埃迪对这个外甥女所表现出来的关心和爱护，似乎超过了正常的外甥女和姨夫的关系，存在着某种“暧昧”的情愫。所以在妻子贝特丽丝欢天喜地地将外甥女想要去工作的消息告诉埃迪·卡博恩的时候，他的态度是强硬的，他不愿意让凯瑟琳去工作，因为他觉得她“太小了，还应该在学校继续学习”，这引起了妻子的不满，也使得凯瑟琳很失望，晚餐的气氛从一开始的和谐变得有点压抑，最终，埃迪还是勉强地同意了凯瑟琳提早去工作的提议，晚餐的气氛稍微好转。接着，埃迪将妻子的两个表弟已经从意大利偷渡过来晚上10点就会到的消息告诉了家人，这引起了妻子的激动的和兴奋，她有点不知所措，一会儿手忙脚乱地想给即将到来的亲戚们做鱼吃，一会儿觉得桌布有点旧了，应该早一点换下来。此刻的埃迪表现

---

① ［美］罗伯特·马丁:《阿瑟·密勒论剧散文》，陈瑞兰、杨淮生译，生活·读书·新知三联书店1987年版，第206页。

出来的还是一种善良友好的态度，当妻子问亲戚的到来会不会影响他们的生活时，埃迪甚至用一种调侃的语气说，只要“他们不会让我去睡在地板上”就心满意足了。晚餐的气氛回到当初的轻松惬意，直到两位不速之客的到来，紧张的气氛开始一点点在这个平静的家里弥漫开来。

远道而来的妻子的两个表弟卢道夫和马可的到来，给这个原本单调压抑的家带来了一丝生机，能跳会唱的弟弟卢道夫是照进整个家里的一抹亮色。但是与此同时，围绕在埃迪和凯瑟琳、埃迪和妻子、卢道夫和凯瑟琳、埃迪和卢道夫几个人之间错综复杂的关系，也进一步升级，变得复杂起来。在剧作家的设计里面，埃迪是处于所有关系中的核心，是全部关系的最能搅动全局的中坚力量，他和其他人的关系的变化，直接就会导致另外的人之间的变化，从而将整个事态的走向改变。密勒将主人公埃迪放在一个特别的环境里面，他内心不愿意面对的对于外甥女凯瑟琳的特殊感情，在外甥女和远渡而来的偷渡客卢道夫之间暗暗滋生的情感这两者之间，形成了一个尖锐的矛盾。与此同时，偷渡客们一旦被发现就会被遣送回国的命运，也像一把尖刀，时刻悬在埃迪为首的这一家人的心头，使他们心有余悸。

渐渐失去对凯瑟琳的控制，埃迪的内心是极其不愿意面对的。而面对卢道夫这个能歌善舞、充满浪漫气息且招人喜欢的男孩子的步步进攻的态势，凯瑟琳毫不掩饰自己对于他的喜爱之情，甚至在面对埃迪的质问时，直言自己喜欢卢道夫，这让埃迪极为恼火，但又无力阻止。为此他很苦恼，甚至多次去找在这个区域多年的律师阿尔佛利咨询具体的办法，但是，理性的律师告诉他，这种事情在任何时代，任何国家都是没有办法阻止的，只能坦然面对，丝毫没有对抗的办法，除非是向移民局“举报”，但是这违反了当地居住的人的道德规范，也是约定俗成的不能触碰的底线。在这种无力阻止的但是又心有不甘的双重压力下，埃迪的心路历程一步步从最初的简单的担忧，变成最后的愤怒，直到将卢道夫兄弟驱赶出门，甚至忍无可忍向移民局举报，都被剧作家清晰地展示在舞台上。抽象的道德层面的说教，被具体的人物复杂多变的情感所替代，从而使得埃迪·卡博恩的形象塑造大获成功。

在酿成这场悲剧的诸多原因中，埃迪本人的心理变化当然是其中最重要的因素之一，但是同样不能忽视的是妻子贝特丽丝在这场悲剧中所起到的作用。在剧本一开场我们就感觉到，埃迪所处家庭的整个氛围，是琐碎的、单调的，其中有些具有色彩的部分，也是由年轻的女孩子凯瑟琳带来的。贝特丽丝给了埃迪一个稳定的家，在生活上把他照顾得衣食无忧，将家打理得也是井井有条，这一点通过我们在阅读剧本的过程中就能很明显地感受到。但问题是，除了物质的温饱之外，人还有其他的情感诉求，在这点上面，贝特丽丝就做得没有那么到位了。通过卢道夫和凯瑟琳的一段谈话我们可以得知，埃迪整天愁眉不展，宁肯在街上和工友们消遣时间也不愿意回到“冷冰冰的屋子”，这也是为什么埃迪对于凯瑟琳的爱情横加阻拦的很重要的原因。

阿瑟·密勒在塑造埃迪·卡博恩这个人物的时候，除了围绕着他内心的欲望和对这种欲望本能拦截的社会道德感之外，还利用身边人对其产生的影响，来加速埃迪内心动机产生变化的频率，在这种动机的推动下，转化成外在的行为，从而推动剧情的进一步发展。对此，剧作家自己也谈到“所以我现在觉得剧本可以把过去极力排除的简单的人的动机因素包括进来——具体地说，就是埃迪的妻子的想法以及她对他的关系方面的难处。事实上，这一点几乎是添加所有材料的理由，并且因此必须在半中间中断剧本而休息。换句话说，一旦埃迪被直接置于他的社会环境、他的一类人之中，故事的神话般的感觉本身就呈现出来了，于是就可以使他显得更加富于人性而不是个人物，不是种力量。”[①] 这也就是为什么，在最后，悲剧酿成奄奄一息的埃迪躺在贝特丽丝怀中的时刻，我们对此表现出极大的同情感。剧作家借用律师阿尔弗利这个旁观者的口，说出了他自己对此事的态度：“——他的死亡是多么的无谓，——因此我怀着某种——惊恐的心情——来哀悼他。”[②]

三、《回忆两个星期一》所彰显的人与社会的关系

和前面两个剧本中强烈的道德感本能和在这种本能促使下形成压抑的社会规则之间所产生的矛盾纠葛有所不同，《回忆两个星期一》（以下简称“《回》”）的故事则显得简单得多。这部剧与其说是一部戏剧作品，毋宁说更像是一首叙事散文，作者用轻松的笔触，探索隐藏在人们内心的一种情绪。密勒自己也这样认为：“《回忆两个星期一》是一部从容不迫的、没有情节的戏，探索的是一种情绪——三十年代的情绪——和终日为生计奔波的人们的悲哀。有些人奚落我，说这个剧本是在二十年以前写的，是从抽屉里翻出来的。实际情况是，1954 年，在我看来，人类的亲密关系已经分崩离析，因而我一心想在剧本中努力寻找能支撑现实生活的某种根本原理。”[③]

抛开了错综复杂的人物关系，将笔触对准生活在大千世界中普通人的生活百态，这才是剧作家在《回》剧中所要着力塑造的。该剧中的每一个人物，包括故事的“主人公”伯特，完全是以一种全新的姿态展示在观众

---

① ［美］罗伯特·马丁：《阿瑟·密勒论剧散文》，陈瑞兰、杨淮生译，生活·读书·新知三联书店 1987 年版，第 209 页。

② ［美］阿瑟·密勒：《外国当代剧作选》，中央戏剧出版社 1992 年版，第 410 页。

③ ［美］罗伯特·马丁：《阿瑟·密勒论剧散文》，陈瑞兰、杨淮生译，生活·读书·新知三联书店 1987 年版，第 232 页。

面前的。这和《萨》剧中纠结在道德和法律的夹缝中挣扎的悲剧英雄普洛克托和《桥》剧中被欲望摧毁的埃迪，大相径庭。伯特作为一名18岁的青年，整天的生活就是在一个大操作间里面，和一大帮形形色色的人打交道，他对眼前的世界似乎并不感兴趣，只是将自己的注意力集中到自己喜欢的小说上面。他利用每天上下班坐地铁的时间阅读小说，即使面对经理霍华德的冷嘲热讽也并不在意，一心沉浸在自己的世界里面。剧中出场的人物有14个，每一个都代表一种人生状态。做着大学梦的有志青年伯特，冷漠成熟的经理霍华德，热心的吉姆，外表犀利、性格刚硬的“金刚”拉里，心地善良、容易感伤的老处女艾格尼丝，习惯性醉酒的汤姆，以及年轻貌美的帕特里夏，还有类似于小丑的弗兰克和杰里等人，这些人物在一个大的封闭空间里面，做着日复一日单调重复的工作，用繁重的劳动对抗着流逝的时光。

在《回》剧中，几乎都没有什么中心事件，如果硬要说有什么撑起全剧的事件的话，那么大家帮助醉汉汤姆应对临时来检查的大老板伊格尔这件事应该算是一个。在这个平常的星期一早晨，每个人都是忙忙碌碌的，大家都知道了老板伊格尔今天要来视察的消息，于是都打起精神严阵以待。但是就是在这样的关键时刻，汤姆还是醉醺醺地来到了办公室，一进门，就自己瘫坐在那里起不来了。这一下将众人的同情心激发了，于是一大帮人决定“拯救”他，一场富有“正义感”的行动积极展开。

拉里首当其冲，是这场“救援”活动的领导者，他大声喊着汤姆，试图唤醒他，但是并没有什么效果。吉姆想起了印第安人的秘方，对着醉酒的人的耳朵吹气，但是也毫无效果。情急之下，众人决定再去买一杯酒给他喝，于是凑足酒钱让伯特去买。等酒买来喝下去，吉姆还是没有见效，而老板这个时候已经来了，于是大家极为担心，机智的伯特假装和汤姆聊天，暂时起到了掩人耳目的效果，后来不知道是众人的好心起了效果还是那杯酒下肚后起了作用，汤姆竟然在关键时刻醒了过来，有惊无险地躲过了这一劫。这场危机过后，老板走了，众人都松了一口气，多愁善感的艾格尼丝甚至难过地哭了起来，看到这里，相信很多观众都会被众人之间的这种相互同情、相互扶持的情感所感动。密勒创作的初衷也正在于此："当时正是麦卡锡时期，有关人类团结的一切概念，即使是最微不足道的想法，不是遭到猛烈的攻击，便是被抛到了九霄云外。《回》虽然伤感抒情，甚至充满怀旧情绪，但中心旨意却在唤起一种跟麦卡锡主义相对抗的思想，明确地说，就是一种'他人'思想，对他人的同情以及我认为人类为了不失去人性所必须恢复的观念——人即使在逃避命运时仍然感到的与他人同呼吸共命运的观念。"①

正是这种内心深处对于"人类团结"的现状的渴望，才使得剧作家有了这种创作的冲动，在当时的社会条件下，能做到这点确实不容易。到了第二部分的另外一个星期一，这个时候已经是寒冷的季节了，操作间同样充满了忙碌的人们，只是有些东西已经悄然发生了变化。首先就是厕所的耗子越来越多，越来越猖狂了，这已经成了这个操作间嘈杂喧闹中的一部分。还有一个变化就是多年布满灰尘的玻璃杯擦亮了，外面的花花世界清晰地照进了这间屋子，却带来了新的烦恼。正对着窗户的是一家妓院，里面经常是不堪入目的景象——"光着身子走来走去的女人"，严重影响了众人的工作。轻浮的年轻人弗兰克和杰里兴奋地大喊大叫，而包括帕特里夏和艾格尼丝在内的两个女人，对此表示出极大的不满。但这一切即使对老板说了，换来的也只有一句"那扇窗户就不应该擦"。寒气侵入身体，人生的悲剧更是不断上演，就在这个寒冷的星期一，一向作风硬派、强势霸道的拉里却改变了。

① ［美］罗伯特·马丁：《阿瑟·密勒论剧散文》，陈瑞兰、杨淮生译，生活·读书·新知三联书店 1987 年版，第 232 页。

自从妻子去世以后，他就充满自责，甚至自暴自弃。上个周末，他和好友吉姆喝酒玩乐，并且将自己全部的积蓄取出。他渐渐显露出生命消失的迹象，开始牵动着每个人的心。在这个星期一的上午，他不仅醉醺醺地来上班，还公然顶撞上司，指着霍华德出言不逊，甚至对来视察的老板也没有任何的忌惮。他不断地分钱给身边的人，嘴里面说的都是莫名其妙的话，这引起了大家的担心。霍华德也劝吉姆带他离开这里，好好休息一下。最不久后，吉姆带回来一个噩耗，拉里去世了。此时，年轻的伯特打算离开这里去读大学，他心里有很多不舍，想和大家告别，但是大家似乎都忙于自己的工作，无暇顾及他的感受。最终，他默默离开了这个曾经留下很多回忆的地方。这部剧被称为“一出哀婉动人的喜剧”。按照剧作家自己的说法是“一个小伙子跟一帮人一起工作了两三年，跟他们共患难，跟他们共同分享胜利，跟他们心心相印。当他即将离开的时候，他期待着能有一个值得记起的时刻，一种跟他们在一起的标志，他感动了他们，也被他们所感动。人们埋头于正常工作，几乎没有人注意到他的离开。它是写给这样的一些人的信：我在写任何一个剧本时都没有倾注这么多的爱；对我来说，爱这一剧本胜过爱本集中的其他任何一个剧本”①。

通过上面的话我们不难看出，密勒对这样一部有着感伤风格的喜剧的喜好。但是观众似乎并不是从这样的角度认知的。这也引起了作者的困惑，“然而，依然令我十分吃惊的是，人们认为它是从极度伤感和绝望的角度来评价生活的。不过，一个小伙子毕竟从一个长期存在着的、没完没了的、匮乏志向的环境中挣脱了出来，不接受失败，不安于现状，一心要求

---

① ［美］罗伯特·马丁：《阿瑟·密勒论剧散文》，陈瑞兰、杨淮生译，生活·读书·新知三联书店1987年版，第232页。

上进。我猜，即使写得充满希望和没有丝毫的绝望，我们也根本不想看到我们中间这么多的人的生活是如此空虚。剧本不是写缠绵的感情，而是写房租和饥饿，写生活里需要有一点诗意，它再写这些题材是完全落后于时代了……”①

密勒并不喜欢人们将这部戏视为他在表达对生活的伤感和绝望，他力图表达的是伯特所代表的青年形象处在一种没完没了的环境中所表现出来的对待世界的态度。尽管周围都是一群生活在社会底层的、乏味的人群，也有来自霍华德等人或轻蔑或者疑问的态度。但是作为伯特来讲，还是很清晰地知道自己想干什么，并且脚踏实地地去为了自己心中的理想而努力，这也就是剧作家所追求的所谓的“诗意”的生活，并且在阿瑟·密勒看来，这种题材和表现方式是永远不会过时的。

第三节　剧作家的多方位探索

作为一个在有着明确创作目标的剧作家，密勒始终在寻找一种合适的方式来阐述他对于生活的时代和社会的看法，并且在表达这种看法的时候所采用的方式是多方位的。当然，这样做也确实产生了不一样的感觉，使得剧本在深刻的思想之外，在艺术表现方式上面也丰富多样。

《桥》中，最明显的就是剧中出现的阿尔弗利的角色设定。这个 25 岁就来到布鲁克林大桥这边街区的意大利裔律师，在全剧终一共出现了 7 次，除了开头引出故事和结尾的时候面对着发生的惨案所发出的感慨之外，其

① ［美］阿瑟·密勒:《阿瑟·密勒论戏剧》，郭继德等译，文化艺术出版社 1988 年版，第 155 页。

每一次出现都是和主人公埃迪·卡博恩的生活产生转折的关键时刻紧紧相连的。他在该剧中从始至终都没有参与到整个事件中来，也没有具体地行使某种戏剧任务，只是在适当的时候，和内心充满纠结的埃迪进行对话。并且，阿尔弗利所说的话也都是非常理性、客观的。从某种意义上面来讲，他充当了一个类似说书人的角色，或者类似古希腊的歌队，代表着观众的视角在舞台上审视着眼前发生的一切。这种富有表现力的手段的运用，使得《桥》剧在情节紧张发生的当下，有了一个缓冲，同时又为下一个冲突的发展做了铺垫，这也是《桥》剧很显著的特点。

律师阿尔弗利在《桥》剧中一共出现了7次，每一次的出场都承担着不同的功能。第一次出场是在大幕刚刚拉开，整个剧情还没有开始的时候，伴随着舞台上布鲁克林街区的背景，两个码头工人倚在公寓楼房的墙壁那儿扔硬币玩，这位50来岁的律师上场了。他直接穿过舞台，和两个工人进行了简单的交流之后，直接冲着观众说话。

“……我干的这个行当完全是一本正经的……码头工人和他们的妻子啦，父辈和祖辈啦，加上他们爱求赔偿的案子啦……都是穷人家的琐碎的事儿——可是每隔几年还是会出那么一件案子，原告和被告向我倾诉案情时，我办公室里沉闷的气氛顿时让大海的气味涤净，灰尘给吹走了……这人名叫埃迪·卡博恩，码头装卸工，他在布鲁克林大桥到大海防波堤一带的码头上干活儿。”

这段平常的开场白主要是交代剧情发生的背景以及他作为律师，对这一带生活的人常常出现的纠纷和案情类型等做出的判断，使得观众在主人公还没有出场前就对整个故事的基调有了一个基本认识。同时，阿尔弗利的话里面提到的“每隔几年就会出那么一件案子”，也给观众留下了一定的悬念：既然这一带经常发生纠纷案子，为什么每隔几年还会有一件案子让律师都感觉很不一样呢？今天这个故事里面又会发生怎样的案情呢？剧作家正是通过这样的方式来叙述故事，将观众置于悬念之中。

接下来，随着埃迪的上场，整个故事开始按部就班地进行着。通过交代我们得知，埃迪和妻子以及外甥女生活在一起，就在今晚，妻子的表弟已经顺利躲过检查，从意大利偷渡到美国来投奔他们。并且，主人公埃迪对于外甥女的关切超出了常人。伴随着一场围绕着外甥女凯瑟琳要不要去工作的小"吵架"后，埃迪独自一人抽着烟，阿尔弗利第二次上场：

"他这个人其实不得不在艰苦而平稳的环境中生活，有活就在码头上干。他把工钱全部交给家里，就这样生活。那天晚上，快10点钟时，他们吃过晚饭后，两位表弟到了。"

在开场的交代之后，剧作家在家庭小矛盾从冲突到化解之后，对主人公进行了补充，也正是这些补充才使得我们明白，为什么他那么在意自己的外甥女去外面工作，更能体会对于他来讲，那不同于常人的意义。接下来两位表弟到来之后，引发的家庭内部成员之间的小小的震荡，看着年轻漂亮的小伙子鲁道夫获取了天真美丽的外甥女凯瑟琳的芳心，埃迪的内心是五味杂陈的，在这里，剧作家并没有采用舞台提示的方式来阐述埃迪的内心，而是第三次让阿尔弗利出现了。

"谁能预卜先知呢？埃迪·卡博恩从来也没有期望走什么好运。他干活、养家糊口、滚滚"地球"、吃饭、衰老、最后死去。如今，几个星期过去了，一方面希望出现了，另一方面一桩摆脱不了的烦恼事也出现了。"

剧作家总是通过阿尔弗利的口，不断地暗示接下来即将发生的一切，引导着观众关注下面剧情的发展。前面的口气只是客观地描述，随着剧情的发展，这位律师就从隔岸观火变成了忧心忡忡，因为，事态的发展已经超出了人所能够控制的范围，向着一种不好的态势去发展了。于是伴随着故事的不断发展，阿尔弗利的每一次都出现在剧情发生转折的关键时刻，直到最后悲剧的发生。

可以看出，这种类似于说书人的方式的运用，使得剧情在常规叙事之外，更增添了几分客观性：一方面能让观众站在一个较为客观的立场上看待整个故事，有一点“间离”的效果；另一方面，还能在剧情发展的关键点上控制节奏，让紧张的剧情在激烈发展中陡然停住，让观众充满期待，这是剧作家阿瑟·密勒在该剧中为了制造不一样的效果而精心设计的一种有意的探索，很显然这种探索是有益的。

假如说在《萨》剧中，阿瑟·密勒还是使用事件、关系和环境等主要要素来营造情境的话，这种尝试在《桥》剧中发生了变化。当然，故事的发展还是按照传统的情境构成的，使用事件、关系和环境来叙述故事，情境又和人进行契合，从而产生动机，动机又和个性相互作用，最终影响人物做出行动，构成一部完整的戏剧作品。在这方面，《萨》和《桥》是相似的，只是《桥》剧里面，剧作家安排了一个“说书人”阿尔弗利来替观众发出声音，并随着剧情不断地参与其中，产生不一样的效果。我们将目光再往前看，在早期的两部重量级作品《都》和《推》中，尽管创作两者的出发点是截然不同的，但是归根结底，阿瑟·密勒的创作意图还是很明显的，就是试图开门见山地让观众看清“事实”就是“事实”，而不是“虚假的生活”。所以《都》《萨》《推》几个剧本，虽然在表现方式上面有所不同，但是都还是遵循着一种“形式概念”，剧作家不遗余力地营造的是一种人类的“进退维谷”的情景，在这点上，几个剧本是相似的，而《回忆两个星期一》显得极其特别。密勒谈道，“这部剧本和《桥头眺望》分享着要表现对现实的理解而不是描述它的冲动。事件和角色以毫不加修饰的朴素方式摆了出来；行动会猝然被中断而代之以评论。例如躲在《推销员之死》

和《都是我儿子》的背后的有机冲动现在被公然分裂了；在《两个星期一的回忆》里，我——是在把事实作为事实和艺术作为艺术而摆出来的时候要突变、清晰和明朗，以便控制住那很容易就被引发出来的戏剧性感伤情绪的海洋，使之不致淹没一切外形、意义和远景，从而把人的进退两难的境地的突兀的轮廓竖立起来”[①]。

不难看出，随着阿瑟·密勒写作技巧的不断提升，以及其论剧思想的不断变化，他在剧本写作中采用的手段也是越来越丰富。正如上面我们分析到的，较之前面的剧本，《桥》剧在表现方式上所表现出来的探索，已经让观众感觉到很大的不同了。但是到了《回》这里，阿瑟·密勒似乎并不满足于前面的探索，又往前走了一步，开始转向一种更为新鲜的表现方式。《回》剧在他看来：“它跟《桥头眺望》有共同的出发点，即它就是生活现实，而不只是表达对现实的一种解释。事件和人物都写得很清楚，很朴实，有时动作突然停止，为的是让位于评论。”[②] 也就是说，剧作家在经历了前面的剧本创作之后，转而开始探索一种新的手段，从而放弃了前面剧本中对现实的“解释”，而是让现实回归现实。所以尽管这两个剧中也写事件和人物，且“事件和人物都写得很清楚”，很“朴实”，但是动作却经常“停止”，其目的就是“让位于评论”。

也就是说，《回》和《桥》两个剧本中，剧作家所着力探索的，不是用剧中的人物和事件来“解释”现实，而是更希望能够将“动作”停止后，发表对此时此刻的“评论”，这就是为什么我们在《桥》中看到了喋喋不休、经常跳出来发表“评论”的律师，也是为什么在《回》剧中，尽

---

① ［美］罗伯特·马丁:《阿瑟·密勒论剧散文》，陈瑞兰、杨淮生译，生活·读书·新知三联书店 1987 年版，第 195 页。

② 同上书，第 232 页。

管“有一个故事，但不是一个情节”。因为，密勒认为“它反映的生活——剥夺了人们进行选择的机会和意志，他们在一个封闭的小圈子里几乎没有选择的余地”[①]。这也就是为什么，《回》剧的主要场景是一个杂乱的操作间。在这个封闭的小圈子里面，人与人之间本能地协作，对抗着繁重枯燥的生活之苦。同时他们有没有办法进行选择，这些原本属于自己的“机会”和“意志”，在剧作家所构建的空间里面被消解殆尽，就像操作间那扇总是布满灰尘的玻璃，尽管你鼓起勇气将其擦亮，但是窗外的世界依然经历着寒冬，唯有那每个星期一源源不断的订单和楼梯口打扫不干净的碎屑，冷漠地矗立在每个人的心头，挥之不去。

---

① ［美］罗伯特·马丁:《阿瑟·密勒论剧散文》，陈瑞兰、杨淮生译，生活·读书·新知三联书店 1987 年版，第 195 页。

第四章 《堕落之后》

密勒离开纽约舞台8年后，为林肯中央剧院的前两个戏剧季节提供了《坠落之后》（*After the Fall*）和独幕长剧《维希事件》（*Incident at Vichy*）。两剧主题相似，写作技巧却不同。《维希事件》的创作时间是1964—1965年，密勒当时采用的是传统的现实主义的手法；而《堕落之后》的创作大约在此一年前，这是密勒所写的最具反思意义的戏剧，它以内心独白的方式进行自我揭示，无须精神病医生加以剖析。

第一节 契合：关于情境与人的关系的探讨

在《戏剧本体论》一书中，谭霈生先生在结合前人论述的基础上系统地提出了“戏剧情境论”。在他看来，构成戏剧情境的因素中，最重要的有三个：环境、事件和关系。而情境和人的个性相互契合，产生了“动机”，动机的外化就是“动作”，从而引起行动，构成一部完整的戏剧。在阿瑟·密勒的《堕落之后》剧中，虽然其戏剧情境的构成和我们通常意义上面理解的有些不同，但还是可以遵循着这样的方式，对此剧进行剖析。在构成戏剧情境的三要素中，此剧最引人注目的是主人公昆廷和周围人物的关系，这也是分析整部剧的时候最最关键的一个环节。我们以此为切入口，来看看这部剧是如何利用关系来构造“情境”的。

在《堕》剧中，全剧的关系中大致有这么几组：分别是昆廷和三任妻子之间的感情关系，昆廷和以母亲为代表的家庭成员之间的亲情关系，昆廷和朋友、律师卢和米基三人之间所构成的职场社会关系（当然，假如还要细分的话，昆廷和情人费莉斯以及卢的妻子艾尔西之间的情感纠葛也可以算成一组，但是从性质上看，这应该是其情感关系的一种，因此也可以归类于第一种关系）。下面我们以三组关系中的情感（爱情）关系为主，看看剧作家是如何利用这错综复杂的关系，或交叉或结合，从而达到创作意图的。

纵观阿瑟·密勒的戏剧创作之路，情感关系（在此特指夫妻间的爱情关系）一直是密勒剧作中非常重要的一部分。在处理不同类型的情感关系时，密勒所表现出来的态度和呈现出来的效果也是大相径庭的。在这些包括父子、夫妻、朋友、上下级等的关系的处理中，密勒最擅长，也最常用的关系类型就是“父子”关系，在这种情感类型的关系的塑造和表现上，密勒获得了空前的成功。记得曾有评论家说过，在他的作品中，一旦主人公是“父亲”和“儿子”的时候，他总能得心应手地创作出非凡的作品来，我们熟知的《推》是其中最具代表性的作品。但是到了夫妻关系这里，密勒似乎显得有些力不从心，写起来就显得毫无生气，没有什么特点。这样的例子很容易从他的剧本中找到，《都》中乔·凯勒和妻子凯特之间看似平和实则危机四伏的关系，很容易令人联想起《推》中对丈夫和整个家庭鞠躬尽瘁却并没有得到丈夫的任何回应的林达和威利·洛曼的关系。在这两个剧本中，妻子的形象很相似，都是兢兢业业，照顾着包括丈夫和儿子在内的整个家庭，付出了很多的心血和艰辛。但是这些并不是最重要的，最让我们不能理解的是，来自上述作品中的丈夫的形象，总是对妻子表面和蔼，实际上却是心有隔阂的貌合神离。在《都》剧中，乔·凯勒在人前竭力维护的好好先生的形象，在被妻子无意识地揭穿后“恼羞成怒”，于是他严厉地斥责自己的妻子凯特。而《推》剧中威利 · 洛曼在穷途末路的崩溃边缘，也是总是对着妻子林达“大吼大叫”。夫妻关系在上述两部作品里面，已经让人感觉到有些不可理解。

到了密勒后面的作品中，夫妻间的关系已经从原来的“暗藏危机”变为“直接破裂”，作品中的夫妻关系已经变得“冷冰冰”了。《萨勒姆的女巫》中主人公普洛克托和妻子伊丽莎白的关系就是如此，通过剧本的第二幕我们可以清晰地得知这一点，或许，我们可以说是因为普洛克托的“出轨”所导致的，当然这也是其中的原因之一，但是两人在短暂的“平和”之后，从激烈争吵的话语中我们得知，普洛克托的“出轨”也并非是一时冲动，而是一直以来，妻子所维护的那个“冷冰冰”的家早已偏离了男主人公内心对家的认知。关于这一点，在第四幕普洛克托即将被绞死的时候，女主人公伊丽莎白才终于“意识”到，从而祈求丈夫的谅解。但是这种谅解在《桥》剧中的女主人公贝特丽丝身上，却很遗憾地从来没有出现过，直到她丈夫死在自己的怀里也没明白，是自己而不是别人，用一个“冰冷”的家将丈夫的情感慢慢转移到了年轻活泼的外甥女凯瑟琳身上，从而产生了“特殊”的情感，这种情感进而影响了他的心理，最终导致了悲剧的发生。

所以，不管是不是有意，密勒在《桥》剧中对夫妻关系的处理，和《萨》剧是十分相似的。贝特丽丝埋怨丈夫对外甥女寄予了“过分”的关爱，借助几个月以来丈夫对自己的“性冷淡”来给丈夫埃迪施压。但是她其实并不明白自己所在的这个家对于自己的丈夫而言，究竟意味着什么？剧作家从开场的时候就设计了埃迪下班在路上碰见工友，后者叫他一起来打扑克的环节，展示了这个“经常有家不回”的中年男人的生活窘境。后来在凯瑟琳和卢道夫关于埃迪的讨论的时候，我们也借凯瑟琳的口得知，埃迪每天宁肯在马路上闲逛也不愿意回家，因为这是一个“冷冰冰”的家。

通过以上简述，我们可以看出，这种对夫妻间“貌合神离”的关系的描写，是剧作家在多部作品中所经常用到的。到了《堕》剧，密勒在主人公昆廷和第一任妻子露易丝之间的关系上面，也采用了类似的处理方式，将一对中年夫妻之间冷漠、疏离的关系，写得十分准确。事实上，昆廷和三任妻子之间的爱情关系，是各不相同的。

一、昆廷与第一任妻子露易丝的爱情关系：热情与冷漠

露易丝和昆廷一起生活了7年后离婚。在这段感情里面，剧作家还是采用了一种前面剧本创作中较为得心应手的处理方式，通过描写两人生活中的几个细节来表现夫妻间的关系。通过剧本我们不难看出，露易丝是一个比较“平常”的女人，她要求的不多，只是希望丈夫能够“将自己放在心上”，但是在经历了多年共同生活之后，露易丝渐渐明白，这种简单的要求其实是一种奢望，对于一个像昆廷那样的男人来讲，爱情永远不可能成为生活的必需品，而只是一种调味剂。在露易丝看来，昆廷的感情世界是“冷漠”的，而且他自己对这种“冷漠”是不自知的。为了说明这个观点，剧作家在夫妻俩不断吵架的过程中，透露给观众两个具体的信息：一个是在结婚一年后，昆廷曾经碰到过一个女人，并且试图和她“睡觉”，出于对妻子的信任，昆廷将此事告诉了妻子，没想到却换来了妻子长达“6个月”的“盘问”。这件事使得结婚不久、刚刚建立起相互信任的夫妻关系受到重创。还有一件事就是在孩子家长会的当天晚上，昆廷却因为与在公园遇到的“话务员”女孩的“闲谈”而将开家长会的事情忘得一干二净。这使得妻子十分恼怒，夫妻关系再次陷入危机。

一次次的“背叛”使得露易丝不堪重负，不得不运用“精神疗法”来缓解自己的压力。昆廷对此却表示出不以为然，面对妻子觉得自己并不关

心她的质问，他却说道："露易丝，可我应当问你什么事啊？我了解你。"而露易丝则回应道："……你不了解我……你根本没有认真看过任何女人一眼，只有你的母亲可以说是个例外……"正是这种绝望，使得两人最终离婚。

二、昆廷与第二任妻子玛姬的爱情关系：依赖与厌倦

在和第一任妻子生活的期间，昆廷认识了单位的话务员——性感漂亮的玛姬。玛姬纯真的性格吸引了他，在经历了和第一任妻子的感情创伤之后，他最终和玛姬走在了一起。而从结婚当天慌乱无措的玛姬对助理和服装师的态度我们就可以看出，玛姬对这段突如其来的感情实际上是完全没有做好准备的。在经历了公园里面昆廷对自己的保护（勇敢地赶走了试图调戏他的男人）和后面两人再重逢，玛姬变成当红明星的时候，昆廷对她表示了这样关怀和鼓励——你是最招人爱的，人人都应该爱你——之后，昆廷在玛姬的心里，俨然成了一个"父亲"的形象。这对于玛姬这个从生下来 18 个月后就再也没有见过父亲的私生女来讲，昆廷无疑已经成为这个女孩子心目中最可靠的依赖。她心目中所认为的昆廷应该是"特别神圣"的。但是，随着婚后两人之间的交往，尤其是面临着工作上开始出现的类似被罚款、玛姬经常开除助理等问题的争论，两人之间的隔阂渐渐明显起来。玛姬认为，作为自己的丈夫，就应该为其处理好一切出现的状况，碰到任何问题时不是"玛姬为什么这么做"，而是"既然玛姬要这么做，就一定要……"。而全心全意扑在玛姬工作上的昆廷在这个过程中也变得疲惫不堪，他认为自己整个人其实已经将全部重心都转移到她的事业上面来了，但是玛姬还是感到不满意。然而此刻的昆廷还没有放弃，而是以更加坚决的决心去守护这份感情。昆廷："……我没有想到你需要这么深沉的爱。既然我已经理解了这一点了，今后你就看我的表现吧；你的表演会震惊世

界的！”

但是，现实比昆廷想得更残酷，玛姬在此后更加肆无忌惮了，这超出了昆廷所能承受的范围。生活上的指责（昆廷有一次穿了一条比较短的短裤，玛姬就嘲笑他说只有同性恋才这么穿，这使得昆廷十分尴尬）、工作上的抱怨（玛姬曾多次抱怨丈夫，没有处理好自己的工作事务，她需要的是一个能在法律、演出、生活上面的全能丈夫）已经让昆廷力不从心了，但是玛姬经常吞安眠药自杀的这个事实，最终击垮了昆廷的最后一道心理防线，使得两个人岌岌可危的婚姻关系最终破裂。在多次吞安眠药自杀未果之后，昆廷内心的愤怒无以复加，他对玛姬指责道：“……你吞服那些药片，就使你自己昏聩无能……在公开场合骂我是白痴；尽管我宽宏大量，却也自私透顶；一大帮人伤害了我，我却跟我的迫害者进行了合作……”

面对昆廷的厉声指责，玛姬道出了实情。在两人结婚的两个月后，一封昆廷的信引起了玛姬的不满，在这封被无意发现的信中，昆廷写道：“只有我的女儿，才是我唯一热爱着的人。我多么希望能够找到一条光明磊落地死去的途径。”而正是这封信，使得把爱情当作全部的玛姬彻底崩溃，她痛恨地称丈夫昆廷为“撒谎的家伙”，而接下来的吞药自杀事件，不能说不是这封信造成的。虽然关于这封信，昆廷进行了无数次的解释，但是玛姬并不接受，反而变本加厉地吞食安眠药自杀，忍无可忍的昆廷最终爆发，他怒吼道：“你要的不是我的爱情，是我的毁灭！但是，你休想害死我……”“你这个婊子，你害不死我！”最终，玛姬还是吞药自尽了。而这段撕心裂肺的感情，也给昆廷的内心留下了很大的创伤，以至于在面对第三任妻子霍尔佳的时候，他的态度是迟疑而冷漠的。

三、昆廷与第三任妻子霍尔佳的爱情关系：欣赏与理解

密勒研究专家美国学者莫斯认为，在《堕》剧中，包括露易丝、玛姬、霍尔佳在内的三个女人，都没有让昆廷得到爱的感觉，除了费莉斯。“只有一个女人他回想起来还没有感到不快，那就是费莉斯。他没有接受她的爱情。他的结论是：“我一直相信诺言，你懂吗？爱情消失了，我感到困惑。对此我要负责”。虽然上述论断有一定的道理，但是，就我个人而言，我倒是觉得可以有不一样的解释：在《堕》剧中对霍尔佳断断续续的描述中可以看出，霍尔佳应该是密勒心中对于昆廷人生伴侣选择的适合人选。

霍尔佳是一个考古学者，昆廷在遇到她的时候其实并没有很在意她，但是她对他的爱是如此炙热而浓烈，以至于昆廷不得不重新考虑这件事。但是，前两段感情带来的伤害，已经让他心有余悸。加上“14 个月”前玛姬的去世，5 个月前母亲去世的打击，使得他已经“辞掉了事务所的职务”，“再也不能像过去那样集中精力受理案件了”。所以对于这个时候的昆廷来讲，爱情其实已经是可有可无的东西了。但是，霍尔佳不同于前面的两个妻子，她对昆廷的天然崇拜，以及无理由的完全信任，让昆廷还是产生了一种不一样的感觉。昆廷在强大的感情攻势之下，心中也有点拿不准了，“我说不准自己是否想摆脱她，然而要是再次落入情网，我也受不了……”。而执着的霍尔佳依旧没有动摇，执着地爱着他，甚至对于昆廷习惯性流露出来的冷漠也熟视无睹，没有表示出哪怕一丝不满，这是她最终能走进他的内心世界的原因。

霍尔佳是一位考古学家，但是在剧作家的笔下，她表现出来的却是艺术家的形象，她和昆廷在一起时谈论得最多的是音乐和艺术。比如在参观集中营的时候，她和昆廷谈论起了多瑙河。

昆廷：……我过去一直认为多瑙河是蓝色的。

霍尔佳：只有在圆舞曲里才是那样。我猜想这也许是一种对施特劳斯缠绵的敬意吧……

昆廷：我不理解，这为什么如此伤我的感情。

霍尔佳：对不起……我想领你去参观莫扎特的故居。哪里的咖啡也很好。

通过上面的对话我们不难看出，霍尔佳在昆廷的感知世界里，是以一个善解人意的倾听者出现的。她安静地和昆廷交谈，尊重他的感受，体谅他细微的情感变化，并且能以牺牲自己原则的方式来配合昆廷的选择，这对于受过感情伤害的昆廷来讲，是内心深处一直渴望的一种情感方式。而最令昆廷感到吃惊的是霍尔佳对待信仰的态度，这和前面两任妻子在这个问题上造成的困惑形成了鲜明对比，也使得昆廷的情感天平逐渐开始向着霍尔佳靠拢。

昆廷：那你为什么说美好的信仰从来不是固定不变呢？

霍尔佳：……不过我也不知道。我当时为什么对那些事一无所知，至今我也不理解。

昆廷：霍尔佳，我很赞赏你这种不肯定的态度。看来，你并非追求一种十全十美的……道德上的胜利……

而所谓对“道德上十全十美”的追求，也正是前面两任妻子留给昆廷最大的心病，这一度让他失去了对爱情的幻想，而霍尔佳却本能地认为这些不应该被肯定，这也是她多次出现的舞台的背景中，潜移默化地进入昆廷内心最主要的原因。虽然剧作家并没有给出霍尔佳和昆廷两人情感的最终结果，即他们是否分手或者步入婚姻殿堂，但是从结尾部分我们可以看到，在剧作家的心里，这两个人之间的感情最终应该会是一个圆满的结果。

霍尔佳：你好！

（他在离她几码远的地方站住，接着又伸出一只手，朝她走去）

昆廷：你好！

（他跟她一起离开，所有的亲友尾随在后，异常活跃，喃喃低语。灯灭，他们全部消失）

——幕落—剧终

第二节 《堕落之后》之主题分析：信仰的破灭

《堕》剧的副标题为《幸存者》，除了上文中提到的情感关系的建立之外，剧作家更是利用方方面面的暗示和明示，来揭示他写作该剧的主题思想，那就是在《堕》剧中，昆廷和其他人之间提及最多的“信仰”和“信任”。爱情当然更不用说，全剧核心关系的建立都是通过爱情关系来构建的，而“信仰”和“爱情”的破灭，则是剧作家想要通过剧本所刻意打造的。著名的密勒评论家、美国学者莫斯曾说：“昆廷的主要毛病在于对自己和别人丧失信心。他有过‘世人皆好友’的天真想法，而夫妻、朋友，同事间的不忠使他感到震惊（“所有这些仇恨对我来说，都不是真实的！”）。他本人的遭遇使他深感失望，也证实了这一点。他被人‘钦佩’‘尊重’‘祝福’‘热爱’‘崇拜’，然而他却发现‘那些该死的女人伤害了我’。他被人伤害，受到打击，对自己是否有过‘美好信念’表示怀疑。他回忆‘美好信念’的迹象也并未使他感到鼓舞。他在参观纳粹灭绝人性的集中营故址时，既不表示愤怒，也不表示同情，他的漠然拒绝了霍尔佳、路易丝和玛吉的爱，这样一来，他现在的未婚妻霍尔佳哭了，他的第一任妻子路易丝去进行精神治疗，第二任妻子玛吉自杀了。”[①]

上述莫斯的话语可以看作是对《堕》剧想要表达的主题思想的一种评价。笔者认为，莫斯的评价还是很中肯的。很多人认为，《堕落之后》一剧反映了密勒的宗教观，原因是昆廷和第二任妻子玛姬的谈话中就曾经谈论过关于信仰和爱的典故，即是来自《圣经》。这种说法是有一定的道理的，这可以从莫斯那里得到论证。

莫斯认为：“密勒除从自己的作品中汲取素材外，还另有两个来源：他显然受《圣经 · 旧约》影响，在前言中他承认自己对亚当和该隐的故事感兴趣。他用圣经中有关人类堕落的古老传说来隐喻人类自觉地丧失清白。他说：‘我们可能听说过，人类在发觉自身的罪孽时才成其为‘人类’。如果这种潜在的堕落意识损害了人的自信心，就可能导致‘不幸的后果。’奇怪的是，起主要腐蚀作用的不是骄傲维护‘清白’的幻想（昆廷把它叫作‘伊甸园的谎言’），起主要腐蚀作用的是削弱罪恶和限制犯罪因素的‘自我认识’。在《圣经 · 创世纪》里，上帝预言死亡是对学会区分善恶惩罚，同样，昆廷对‘仇恨’的理解使他精神迟钝麻木。’他说：‘力量来自问心无愧或根本没有良心，对自己的罪恶视而不见，那就有力量了’。”[②]

昆廷为了防止因惭愧而消耗体力，他同别人一样，不愿领悟真谛，而是采用“该隐的抉择的方法进行选择”。这样，他就可以不受约束地放纵内心强烈的冲动，并以无意识为借口，像对待美德和自卫一样，心安理得地对待谋杀……尽管在此剧中，昆廷的烦恼中含有希望永久‘清白’的愿望，体现了他极力想回到实际上清白无罪的时期”（作者前言）昆廷想道：

① ［美］伦纳德 · 莫斯：《阿瑟 · 密勒评传》，田路一、王春丽译，中国戏剧出版社 1991 年版，第 101 页。

② 同上书，第 124 页。

“别看，别看，要清白!”他确实为了“自己沾满血迹的名誉”“背弃”了他所爱的人。也许他的“兄弟们”确实死于纳粹集中营，“但是我的兄弟们建设了这块地方”。然而，该隐的方式使人类失去了在这个世界上建立一个和平家园的唯一机会。昆廷在“杀人的欲望尚未消除”的同时，感到要平息破坏性的冲动是可能的。他认为，在伤心和漂流的时候，也可能滋生“希望”“爱情”“勇气”“宽容”。在进步的自我帮助下，人可以赎罪，使灵魂得到拯救。

尽管这个剧本用到了圣经的典故，经常提到上帝，但它同密勒的其他作品一样（包括《严峻的考验》)，不用超自然的力量来解释人类的坠落和灵魂的拯救。密勒在该剧的前言中特别提出，不要把昆廷那个看不见的观众（剧中的“听众”）当成“上帝”。昆廷谈到耶稣和拉撒路的故事时，只是作为一个比喻，以此强调他关于人类之爱的力量是极为有限的观点。为了嘲弄自己在爱情问题上的自负，他两次“伸开手臂摆出耶稣殉难的姿势”(舞台说明)。耶稣形象在这里只是一个比喻，“上帝”这个词是个口头语，在说这个词的时候，可能并没把上帝放在心上。昆廷既没有寻找过神灵，也没得到过神灵的保佑。他哀叹道:“很清楚，我干了我干的事，我干的事与上天无关。”(他未婚妻说:“到身外去找希望是错误的。”）密勒完全用世俗的态度阐述了《旧约》和《新约》的伦理道德观点。

但是细看剧本我们就可以得知，剧作家在此引用这些和上帝有关的典故的全部意图，还是借此来表达他对于主人公处境的一种观点。“昆廷说我不是上帝，给不了你那种全部的爱”，写作该剧的最终目的，并不是讨论宗教，而是塑造人物，说明剧中人物的特有的逻辑背后的动机。上个章节中我们讨论了在《堕》剧中，剧作家所表现的主人公昆廷对于爱情憧憬的幻灭，那么在这个章节里面，我们着重通过对昆廷家庭关系和社会关系的分析，来看看剧作家是如何利用这两种关系来塑造人物，从而达到他想要表达的关于"信仰"的破灭的。

一、家庭关系对于昆廷信仰破灭的影响

和爱情关系一样，家庭关系同样影响着昆廷的一生，可以说这组关系决定着整个剧情的走向。昆廷在剧中表现出来的很多特征，其实都是和家庭，尤其是童年经历有关系的，而在这其中，父亲和哥哥的角色塑造并没有什么特别之处，仅仅是一个类型化的符号，但是昆廷的母亲却是剧作家笔下一个十分重要的角色，而昆廷对母亲的态度也是十分矛盾的。他对母亲的态度也是矛盾的。他的确非常爱母亲，实际上也为此招致非议。但是，他在母亲死后却说："我甚至不能悼念母亲，这很可怕……我好像不知道怎样伤心。"在昆廷和母亲的矛盾关系中，有一点我们可以看到，即母亲对昆廷的影响很大，远远超过父亲和其他人。母亲自始至终都喜欢替整个家庭做决定的性格也影响到了昆廷对周围人的看法。小时候母亲逼着昆廷练书法，并且拿自己上学时候所写的书法被列在学校墙壁上面的"光荣"事迹来教育昆廷。不光是在学习上，生活中类似于他"总吃甜食"的习惯，也被母亲干涉。母亲喜欢他、欣赏他，她对儿子的欣赏溢于言表，且成为她生活中的一部分，"我第一次觉出你在我腹内蠕动时——我看到一颗星，闪闪发光，越来越亮！突然这颗星陨落了，恰像一个大人物逝世一样，我就生下了你来接替他，成了一盏明灯，世界上的一盏明灯"，这曾经给昆廷以希望，或者确切地说，给过他原始的信仰。但是，剧开始的时候，昆廷已经 40 岁，他开始对此表示出怀疑，信仰在现实的土地上屡屡受挫、逐渐破灭，很重要的一点，就是和昆廷小时候的经历有关系。

这里剧作家安排了两个具体的事件来说明昆廷内心世界变化的根源。一件是昆廷小时候，全家去大西洋城玩的时候，却并没有带昆廷，而是让

仆人带他到外面去玩。等全家回来之后，年幼的昆廷把自己关在洗手间里面玩水，大家怎么叫也不开门。这件事对昆廷的影响很大，以至于后来很多时候，母亲在外面喊他出来的场景总是浮现在昆廷的脑海中。这个事情发生后，无疑对幼小的昆廷造成了很大的伤害，在后面他和玛姬的感情关系上面，昆廷也曾回忆起这个事情，可以说，这次的背叛让昆廷第一次对人与人之间的“信任”产生了质疑。除了这次，对昆廷造成很大影响的事情就是母亲对父亲前后不一的态度，也使得昆廷感到困惑。通过剧本我们不难看出，父母吵架的导火索是爸爸没参加舅舅的婚礼，而是去看一场拳击比赛，这引起了母亲的不满。除此之外，父亲在昆廷的童年生活中是经常“缺失”的，母亲就曾经指责父亲；在昆廷练字的时刻，父亲不仅不在场，甚至“醉醺醺地躺在土耳其浴室内”睡觉，这使得母亲很是生气；接下来父亲的生意亏本，母亲大发雷霆，不断地骂丈夫是个“白痴”，这给昆廷的童年留下了阴影。不仅如此，这些经历甚至影响到了日后昆廷在婚姻关系中的态度。我们看到剧中昆廷对感情的态度是消极的、漠不关心的，这一切都可以追溯到童年时期的母亲对父亲的破口大骂。在剧中有这样一场戏，在第一任妻子露易丝因为昆廷和一个女人的感情纠葛而指责昆廷时，母亲在舞台后部出现，这隐喻了母亲在昆廷爱情观形成中所起到了重要作用。

母亲：亲爱的，我要你的字写得漂漂亮亮的，我要你成为……

昆廷：（恍然大悟）……一个同谋犯！

母亲：（转向依然垂头丧气地坐着的父亲）我的公债券？你对我总是守口如瓶。你是白痴吗？

昆廷：（看着她和父亲走进暗处，面对观众）不过，人间为什么这样背信弃义呢？

通过上文我们可以更直观地感受到，童年时期的经历对于昆廷的幼小心灵起到了很重要的影响，正是在这种潜移默化的影响中，后期的昆廷在很多时候对于“信仰”破灭的体会是很深的，并且在这种影响下，他变成了自己最痛恨的人……在生活中总是背信弃义！尤其是在他的感情生活中，这一点表现得尤为明显，信仰破灭的后果就是大家都伤痕累累、疲惫不堪，离婚的离婚，自杀的自杀！密勒正是通过在《堕》剧中主人公昆廷情感生活的失败，来表明他对于信仰破灭后人将面对的困境的担忧。

二、社会关系对昆廷信仰破灭的影响

假如说以情感关系为代表的家庭关系的破灭，体现了剧作家心中关于信仰的看法，社会关系则是这种看法的进一步展开。密勒还通过将家庭关系延伸到社会关系来讨论有关信仰破灭的问题。他在《堕》剧中，更是通过对以昆廷为核心及其与周围人错综复杂的社会关系的展示，将信仰破灭后人的困境进一步挖掘出来，以到达一定的普遍性。在昆廷和周围人的关系中，涉及社会关系的篇幅其实不多，但是在整部剧中所起的作用却是不容忽视的。

所谓的社会关系，其实就是昆廷和好友——道德高尚的法律教授卢，以及他们共同的好友米基三人之间的关系。起初，共同的政治理念让他们走在一起，成为亲密无间的朋友。他们反对社会的不公，试图支持所谓的“共产党”的运动。随着故事的发展，几个人受到了来自社会等方方面面的压力。在这种压力之下，每个人的选择都或多或少地受到了影响，他们的信仰也开始变得不一样起来。

昆廷和卢律师关系很好，他们之间是相互欣赏的。昆廷心目中的卢，是“道德高尚的法律教授”，同时也是正义的化身。而卢教授眼中的昆廷，则是一位了不起的人物。并且卢对昆廷写的辩护书更是赞不绝口，认为这是一部杰作。

卢：……昆廷，你真有两下子！这简直不像辩护书，而像是一篇不朽的著作了，很有分量……对我来说，能认识你真是莫大的荣幸！

昆廷：我也很高兴，卢……

在两人的谈话中，卢还是对即将出版的这本书所可能带来的后果表示了自己的担心，认为他“有可能丢掉工作”，但是内心的信仰又使得他觉得“要是放弃了这本书，就等于自杀”。对于好友的这种态度，昆廷还是给予了鼓励，认为卢“有权出版，激进的过去并非可怕的麻风病”，在这种鼓励下，卢痛苦地说道“真他妈的，你说的对！只不过我从来没有跟你说起过这件事，昆廷……”昆廷的反应是激动的，他也第一次谈到了上帝，谈到了信仰的崩溃。

昆廷：……真格的，世界末日降临的时候，没有人会是清白的。上帝啊，世界正迅速崩溃啊！

卢：……我从苏联回来的时候，发表了自己对苏联法律的研究成果。但是我看到的很多东西我都并没有提到。当时我是撒了谎，还觉得是为了一桩美好的事业，可是结局却是撒了谎……你知道我并非害怕攻击，而是被迫为自己难以置信的谎言辩解……

为谎言辩解的自欺欺人，有时候能逃过法律的制裁，但是却绕不过内心的那堵墙。在这一点上面，卢无能为力，他为了坚持所谓的信仰，怀着一种美好的夙愿，结果却是自己“撒了谎”；而面对这一切的昆廷，同样表现得无所适从，世界崩溃了，人又将去向何处？米基的出现代表了另外一种人生，他出场时和昆廷的亲切交谈、对露易丝有意无意地恭维，都显示出他是一个能够时刻调整自己来“适应”新形式的“聪明人”。而且从刚上场时他对卢的态度来看，是颇为友好的，他在和昆廷的闲聊中谈到“卢这个可爱的家伙”。但是在轻松惬意的谈话过后，严峻的现实就使得每个人都不得不做出选择，米基终于向昆廷坦白，他“打算把人名交代出来”，这引起了昆廷极大的震惊。昆廷认为这样做无疑是错误的，但是米基并不为所动，依然坚持己见，而他给自己的理由竟然是“想过正直而光明磊落的生活”，这显得有点不合时宜。而此时昆廷心里更为担心的是一旦米基愿意交代出人名，这对卢的打击将是致命的。但是，无论如何他也没有办法去阻止这件事的发生，尽管竭力阻拦，但是米基还是和卢摊牌了。这引得卢十分愤怒，面对米基的辩解，卢也阐述了自己关于信仰的看法。

米基：卢，我认为我有权确切知道你为什么……

卢：因为如果每个人都背弃信义的话，那就没有什么文明可言了……为了保住你那一个房间的公寓，为了保住你的小汽车，为了保住你的钱财，你也不值得这样干！

米基：这是撒谎，你不能把这全归咎于为了钱，卢！这只是表面现象！

卢：……这里只有一种真相，就是你被吓破了胆！你的灵魂已经被他们收买了！

米基：（生气地，但是有节制地）你的灵魂呢？卢！你的灵魂都属于你自己吗？

卢：（开始落泪）你竟敢谈论我……

米基和卢的这场声嘶力竭的争论，是《堕》剧中很少有的直接谈到信仰和灵魂的话题之一。在此剧作家并没有安排昆廷参与这场讨论，而是让昆廷作为一个旁观者，和观众一起静静地注视着这场争辩。可以看出，虽然剧作家在感情上面倾向正直的于卢，但是对于告密者米基，也没有一味丑化，而是将其放置在一个大家都能理解的立场上，让观众去理解他的内心。此后，在昆廷也遇到麻烦时，焦头烂额的昆廷已经无暇顾及卢，这也最终使得卢卧轨自杀，而这件事给昆廷造成的打击也是重大的，在尘世生活中已经对爱情绝望的他，在社会中又遭受了朋友背信弃义的残酷事实，心中的信仰之塔早已崩塌。密勒正是让昆廷身处多重信仰的崩塌之中，从而将他本人对“人信仰上帝”的态度表现出来。“做个正直的美国人，做一个正直的犹太人”，是昆廷心中一直的愿望，也是剧作家密勒心中的渴望，从这一点来讲，《堕》剧被很多人看作密勒的自传体回忆剧也不无道理。

第三节　探索——主观表现和客观再现的结合

一、表现与再现：理论追溯

人们常常把克罗齐称为“表现论”的大师。他的理论模式——艺术即直觉，直觉即表现——被“表现论”美学家视为经典论断。但是，相当长的一段时间，这一学派在中国却被视为“主观唯心主义”美学，没有引起人们足够的重视。因此，这一美学观点发展到今天，仍有待我们去认真研究。谭霈生先生对此有着自己独到的看法，他认为:“‘表现论’美学试图根本否定‘再现’的价值，认为一切真正的艺术只能是‘表现’，可是，有些美学家则力求在确认艺术再现的可能性的同时，扩大‘表现性’的包容量——也就是说，一切艺术都有其表现性，都是表现性艺术……”[1] 不仅如此，他还根据“表现对象”的内容以及表现方式的不同，将“表现”进一

---

① 谭霈生:《戏剧本体论》，北京大学出版社2009年版，第252页。

步进行区分。他认为在这之下，可区分为“再现”与“非再现”两类，分别体现着不同的内容，示意如下：

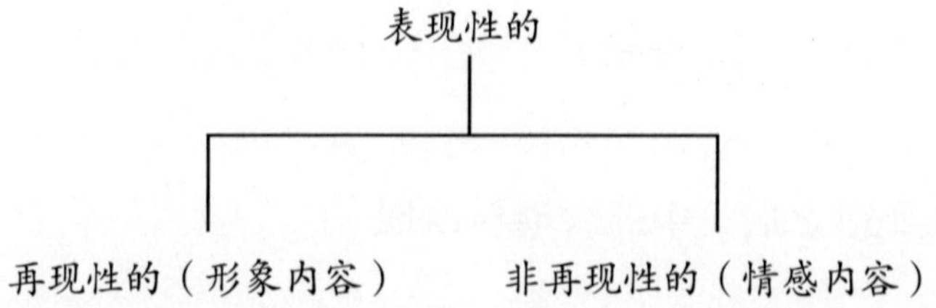

关于这一点，谭先生进一步解释：“戏剧的对象是人的生命活动，那么，一个人的生命活动也可能成为艺术再现的对象……比如，‘回忆’作为人的一种心理活动，它有着丰富的内涵。属于正常心理活动的有意回忆，是指主体经过意志努力对往事的记忆，这是用客观表现方式（如台词）可以再现的。可是，当深藏于心灵深处的往事的积淀，早已进入潜意识的底层，一遇刺激，就会自然浮现出来。这种‘回忆’无须经过意志努力，属于‘无意回忆’，甚至可以被看作是一种病态心理。对于这种特殊的心理活动，则可能成为表现的对象。”①

回忆，作为往事在内心的重现，它总是与主体的现实心理活动有着密切的联系，包含着主体的现实体验。正因为如此，把回忆主体的现实心理活动与对往事的重新体验融合为一，与出于叙事方式的需要把往事化为具体的舞台场面相比，重要得多，也复杂得多。而前者作为表现的对象，对剧作家有着更大的吸引力。

再如，“幻象”也是人的一种特殊的心理活动内容，它同样可以成为表现的对象，甚至可以说，这种最隐秘的扑朔迷离的心理活动是不可被模仿

① 谭霈生：《戏剧本体论》，北京大学出版社2009年版，第256页。

的，只能成为表现的对象。

我们从谭先生的上述论断中可以清晰地看出，在实际的艺术创作过程中，再现与表现之间的界限往往是很难区分的。很多艺术作品往往是表现和再现融合的过程，即局部的表现和总体的再现，或者相反。

二、《堕落之后》中的表现与再现

作为一个优秀的剧作家，阿瑟 · 密勒特别重视在自己的作品中进行探索，试图以多样化的艺术手段来揭示隐藏在日常生活之下的人的内心最隐秘的部分。《堕落之后》正是他积极探索新的表现方式的一部作品。在《堕》剧中，密勒充分发挥了《推》中所采用的写作技巧，这种技巧不同于他最初尝试写作《都》的时候所采取的"一步一步地揭示整个过程，以便在我们眼前交织出一幅挂毯"[①]的写作意图，而是另辟蹊径，将自己的笔触深入人物复杂隐秘的内心世界中去，并将其"表现"出来。在谈到这两部作品的时候，他是这样比较的："《推销员之死》的第一个名称是《他头脑的内部》。这是在半开玩笑中构思的，因为他的头脑内部是一大堆矛盾。这个形象和《都是我儿子》的手法截然不同。《都是我儿子》的手法可以称作是直线式的或事件演变式的，因为一个事实或一件小事创造了下一个事件的必然性。《推销员》(《推销员之死》的简称）的形象从一开始就沉浸在一种观念里，这就是：生活中没有'下一个'，一切都一起存在着，并同时存在于自我之中；在一个人之中没有什么过去可以'提出来'，他的每一时刻都是他的过去，而现在只不过是他的过去所能注意到。嗅闻到并起到反应

① ［美］罗伯特 · 马丁：《阿瑟 · 密勒论剧散文》，陈瑞兰、杨淮生译，生活 · 读书 · 新知三联书店 1987 年版，第 150 页。

的事物而已。”①

很明显，这种做法获得了极大的成功，伴随着《推》的成功，威利·洛曼的形象也成了戏剧史上的经典人物形象之一。但在接下来的几部戏剧作品的创作中，密勒曾经有意无意地“放弃”了这种技巧，我们在其后的几部作品《萨》《桥》《回》中，并没有发现与前面的剧作《推》有多少相似之处。而随着时间的推移，等到了《堕落之后》的时候，密勒又回到熟悉的创作道路上来，开始采用他得心应手地写作技巧来进行创作，而且我们可以看到，在《堕》剧中，这种技巧运用得更为广泛、更为深入，给人留下了深刻的印象。

从《堕落之后》中我们可以清晰地看出，该剧绝大部分的剧情都是发生在主人公昆廷的脑海中的，随之而来的舞台布景和时空的转换，很多时候也是通过昆廷的语言来实现的。这一点和《推》剧很相似，密勒在谈到《推》剧的创作感受时，曾经谈道，“我的意愿是创造一种形式，而作为形式的本身，它将是威利·洛曼脑力活动的实际过程。但是我在这里说‘意愿’是不精确的。任何戏剧形式都是一种技巧，是一种把主观感情通过公开的象征变为得以理解的事物的方法。它作为一种形式的实效是要受到判断的，至少作家可以判断——根据原有的想象和感情在变化中丧失了多少或歪曲了多少而作出判断。我希望以我对推销员的感受来最精确地描绘他，而不必为了任何效果或戏剧需要就放弃任何一部分感受。现在所需要的不是一条渐趋紧张的线路，也不是一个逐步缩小的强烈的悬念中心，而是一个富有立体感的和弦——一个从一开始就表现出来的和弦，它的各部的旋

① ［美］罗伯特·马丁:《阿瑟·密勒论剧散文》，陈瑞兰、杨淮生译，生活·读书·新知三联书店1987年版，第150页。

律早已包含在其中了”[①]。

这段话同样可以看作是《堕》剧的创作主旨。剧作家在此想要实现的，是将一种“主观的情感”通过公开的象征变得“得以理解”，这种方式不是传统的“渐趋紧张”的线路，而是一开始就表现出来的“和弦”，各部分的旋律在一开始的时候，就“早已包含其中了”。在该剧第一幕的舞台提示里面，剧作家也将该剧“特殊”的形式阐释得很清楚。(全剧动作发生在昆廷的脑海中、昆廷的想象里，以及昆廷的回忆中。场上除了一把椅子之外，别无其他传统的道具，也没有墙，没有实质性的界限)

在一开场的时候昆廷的出场，又在某种程度上和《桥头眺望》中的律师阿尔弗利有几分相似。(舞台上一片黑暗——有人形单影只，自己溜达，完全不理会他人。他们在昆廷耳边私语，有的做生气状，有的祈求于他。这时，40多岁的昆廷离开众人，继续朝舞台前部走来。所有动作停止。昆廷对一位听者讲话，如果听者出场的话，就叫他坐在舞台边缘)

密勒在此试图“用一口气或甚至一句话或一闪光的功夫把整个故事讲完并把所有的角色亮出来——它的形式似乎是一种坦白的形式，因为这就是讲故事的方法——现在谈起昨天发生的事，然后突然追随某种联系而谈到二十年前，然后甚至跳到更早的过去，然后又回到现在，甚至推测到未来”[②]。借助这段话，我们可以看到，在剧情的后续发展过程中，剧作家是如何将多时空、多个事件变成同一个时空并存发展的。《堕》剧中的主要事件有如下几个：

1. 昆廷小时候曾经被父母抛下独自在家，负气的他将自己关在洗手间

---

① [美]罗伯特·马丁:《阿瑟·密勒论剧散文》，陈瑞兰、杨淮生译，生活·读书·新知三联书店1987年版，第150页。

② 同上。

里面不出来，一直玩水。

2. 昆廷和第一任妻子，因为相互之间的不信任而争吵不断，妻子指责他对自己漠不关心，昆廷无力反驳，最终两人离婚。

3. 昆廷某晚在公园里邂逅了单位的话务员，年轻漂亮的玛姬给他留下了好印象，交往后，两人结为夫妻。但是，玛姬所要求的那种全身心付出的爱，对于昆廷是一种负担，他感觉力不从心。而一封他写给女儿的信彻底将玛姬的内心摧毁。从此，她经常性地酗酒，借助药物来麻醉自己，甚至多次自杀未果，这激怒了昆廷，他决定离婚。最终，玛姬自杀。

4. 昆廷和考古学者霍尔佳相识，两人去参观集中营，在此过程中，霍尔佳流露出对昆廷的爱，但是昆廷对爱情已经有所忌惮，没有给予回应。

5. 昆廷的母亲在人前总是夸耀自己的丈夫多么出色，但是却在丈夫投资失败的时候，怒骂丈夫是白痴、骗子，这件事给年幼的昆廷留下了心里的阴影。

6. 昆廷的好友——法律教授卢因为拒绝说出参加国外会议的人员名字，被当局施压，不堪重负的他最终卧轨自杀。

7. 玛姬是一个私生女，在出生 18 个月的时候被父亲抛弃，她的母亲穿着雨衣在浴室里面吸烟，她后来的一生都笼罩在这件事当中。

以上就是《堕》剧中最主要的事件，密勒在处理这些事件的时候，并没有采用传统的戏剧创作方式——试图用不断发展的事件来证实现在与过去之间存在的联系、事件与道义后果之间的联系、表面的事物与暗藏的事物之间存在的联系；这种在其最初的剧作中常用的方式，而是采用了一种类似《推销员之死》中的方式：开始就把一切都设想为已经证实了的，剧作家所做的一切就是把事情提到记忆中来——剧本中揭露者的姿态仍然存在，但是没有把迄今为止毫无联系的事物聚集到一起，只有早已存在的形象、事件、对抗、情绪和片段的知识。所以这部剧本具有一种潜在的自信，从形式本身就表现出来了，甚至有一部分是出于剧作家认为观众和他抱有同样信念的那种淳朴而自我平息的气质。

剧本潜在的信心，从形式本身表现出来，是剧作家密勒在《推》剧中就试图尝试的一种写作技巧。在《堕》剧中我们可以看到，这种技巧被更广泛、更深入地使用了。在《堕》剧中，昆廷在面对第一任妻子露易丝的指责——认为他过于冷漠的时候，密勒施展了这种技巧。

露易丝：……那时我们已经结婚一年了。

昆廷：……可是差不多已经有一年时间，你好像一直把我看成一个再也无法信任的魔鬼了……由于是清白无辜，对不对？清白的人总占上风，是不是？那我为什么不能也是清白的呢？

（瞭望塔出现。）

就是在这个杀人场地，我不知道为什么感到自己也像一个同谋犯！

（母亲在舞台后部出现。）

呃？你如果知道，就请回答我（转向母亲）怎么才叫背信弃义呢？

母亲：他带给我多么美好的诗情画意啊！他，施特劳斯，理解我的心。结婚后两个星期，你爹还把菜单递给我，让我过目！

昆廷：嗯！对！可是对一个小男孩来说——他知道怎么样阅读，而且还阅读得挺不错！

母亲：亲爱的，我要你的字写得漂漂亮亮的，我要你成为……

昆廷：（恍然大悟）……一个同谋犯！

母亲：（转向依然垂头丧气地坐着的父亲）我的公债券？你对我总是守口如瓶。你是白痴吗？

昆廷：（看着她和父亲走进暗处，对听者）不过，人间为什么这样背信弃义呢？

（米基出现在舞台的最上层，面对露易丝，默不作声。）

我们能把这一切归罪于母亲吗？儿子正在为一些没有干过的事感到内疚，可是在这之前，哪位母亲都不愿意毁掉儿子的信念，而宁愿把心中的不满带进坟墓，是不是？我还要进一步问一下，自己对别人所作所为不感到有罪，是否倒是一件好事？这对我来说可是一个最感到头疼的问题了。

（父亲和丹恩进入暗处。瞭望塔隐没。）

米基：（对露易丝，咧嘴笑着）你为他感到自豪吗？

露易丝：自豪！

米基（朝昆廷走过来，昆廷转向他）你的辩护状写得很好，小伙子，也差点打动我的心。

……

上面的这场戏，是剧作家在《堕》剧中最常用的一种写作方式。正如我们前面分析的，密勒在此力图实现的，是将发生在不同时间、地点的事件，通过昆廷的“头脑”随时爆发出来，将其统一成同一时空下的舞台行动，将其复杂的内心外化出来。我们可以看到，昆廷和妻子吵架的时候，是有母亲在后面作为背景的，这也直接将母亲对于昆廷后来对待感情态度的影响，通过简单的舞台提示表现出来。在昆廷和母亲聊天时，又将母亲对父亲的呵斥作为背景下，将这场简单的情感关系的戏，变成深刻家庭背景下的必然。而这些还没有展开的事件，又被接下来昆廷的好友米基的上场打断，从而将整部剧的发展代入社会关系中去，将信仰破灭后的人，被感情、家庭、社会包围的状态，外化成具体的舞台形象，起到了很好的效果。

密勒在该剧中运用了各种手段来表现其想“表达”的思想，这些舞台手段的运用将夹杂在情感与理性之间的中年人的困惑和无助表现得淋漓尽致。同时，他还特别注意将“再现性”的形象内容和“非再现”的情感内容进行融合，从而使台下的观众能感性地接收到他隐藏在剧本背后的思想内容。卡西尔曾经指出：“艺术中的再现与表现之间的界限并不是那么容易确定。”[①] 他认为：“在客观与主观、再现与表现的艺术之间所作的泾渭分明的区别是难以维持的。帕尔泰农神殿中巴赫的弥撒曲，米开朗琪罗的‘为西斯廷教堂天顶画’，莱奥帕尔迪的一首诗，贝多芬的一首奏鸣曲，或陀斯妥耶夫斯基的一部小说，都是既非单纯再现的亦非单纯表现的。在一个新的更深刻的意义上它们都是象征的（Symboljc）。”[②] 这也是作为一个现代剧作家的密勒所竭力追求和试图实现的。在创作的过程中，他一方面使用“再现”的方式来叙事，另一方面又用“表现”的方式来将人内心最隐秘、最难以触及的深处，借助多样化的手段进行“表现”，这也是一个好的作品所应该具备的。密勒用自己的作品积极实践，多方位地探索着舞台上的多样化呈现方式。从这一点来讲，不管其最终结果如何，都值得我们学习。

作为享誉世界的剧作家阿瑟 · 密勒，其作品一经推出便惊艳了世界剧坛，并成为一种现象。其作品对于人与社会的关系、社会对于人的个体的束缚与重压，及其透露出来的电影蒙太奇方式的表现手段对于传统舞台艺术的时空的丰富表现，都使得对于密勒的研究开始成为一种时髦。当然，这其中最受欢迎的还是密勒的几部作品，像《推销员之死》《萨乐姆的女巫》等作品，早已成为 20 世纪世界戏剧史上的经典之作。中国对于密勒的关注较之于西方世界，起步比较晚，但是研究的热度比较集中。

新时期以来，特别是党的十一届三中全会以来，随着中国社会发生巨大转折，文学艺术方面也涌现出百花齐放的新局面。各种文艺思潮踏着改革的春风迎面而来，中国话剧也迎来了它的一个全新的时期，从关注外在

---

① ［德］恩斯特 · 卡西尔：《人论》，译文出版社 1985 年版，第 186 页。
② 同上。

的斗争转向对人的深层次的潜意识进行挖掘。作品风格多种多样、流派纷呈，呈现百花齐放的良好局面。总的说来，这个时期的中国话剧无论是题材还是创作导向上，都展现了一种区别于以往任何时期的全新姿态和崭新面貌，开始朝着民族化的道路上逐渐探索，可以说，一方面是 17 年间艺术创作的倾向促使了这种变化的最终裂变，另一方面，则是改革开放以来，大量西方的经典戏剧剧目的引入和排演，给一直以来都寻找戏剧内在生命未来发展方向的中国话剧艺术家们，开启了一扇认识外面的世界、学习西方先进的艺术理念的一次绝好机会。而在这个并不漫长的转型过程中，伴随而来的各种思潮催生了新的戏剧观念的形成，使得原本就善于吸收他人之长的中国戏剧，逐渐找到了一条适合自己的道路。其中，阿瑟·密勒则是改革开放之后，最早一批对中国话剧工作者产生影响的西方剧作家，他的“社会剧”理论，连同他那几部耳熟能详的作品，作为一种全新的戏剧创作观念对当时的中国话剧工作者产生了极其深远的影响。不仅如此，早在 1978 年改革开放初期，密勒就来到了中国。这个有着 5000 年灿烂光辉历史的东方国度，在密勒的眼中极具魅力，于是带着向往和好奇，他踏上了中国的土地，并且从此以后，他的名字和中国话剧紧紧地联系在了一起，成为对中国话剧影响最大的剧作家。最被中国戏剧工作者所信服的戏剧家之一。而这一切还要回到 1978 年，回到他与中国戏剧的第一次接触开始。

阿瑟 · 密勒作品漫画图

下篇

在“下”篇这部分，我将密勒的剧本和世界当代的剧作放在同一语境下进行比较，从历史的脉络出发梳理其剧作中的当代性。戏剧发展到当代，尤其是进入二十一世纪以来，愈来愈呈现出一种总体的趋势：时间空间的自由化与人物本身潜意识心理活动地外化。这期间涌现出一批耳熟能详的经典作品。《乡村》《日瓦戈医生》《叶甫盖尼·奥涅金》《兄弟姐妹》《酗酒者莫非》《狂人日记》等一批作品，可以说代表了当代世界戏剧舞台艺术的审美趋势。这些作品尽管国别不同，有的来自以色列，有的来自俄罗斯，有的来自波兰；题材也不尽相同:《乡村》像一首散文诗，围绕一个人的一生展开全景式地回溯;《日瓦戈医生》《叶甫盖尼·奥涅金》来自于名著，本身就承载着人类命运与个体生活的宏大主题，而来自波兰的导演陆帕则将目光延伸到了遥远的东方，在中国的作家里面寻找灵感，借其表达他眼中的世界。这些作品共同的审美特征表现为：对舞台时空的灵活运用，传统的现实主义的风格已经不能完全表达导演心中的宏伟蓝图了。另一方面就是剧中的人物，更多地对其心理空间进行拓展与生发，以此来组织事件，塑造人物。依我之见，这正是西方戏剧在当下寻求新的表现形式与内在信仰的一种集体选择，而假如你熟悉密勒的作品就会发现，这项工作正是密勒必生所追求的，只是他并没有沿着这条路一直走下去，在其后期的作品像《堕落之后》中，虽然也在运用不同时空下人的精神层面的挖掘与展现，但是总体来讲，和《推销员之死》中威利·诺曼的世界相比，差距还是很明显的。所以在此部分，我更多地试图用自己观看到的近几年来的一些西方主流的戏剧作品，对其进行剖析，不论是艺术表现形式还是剧本内在的张力，都作为一种衡量指标对比当下我们的戏剧创作。

第一章　阿瑟·密勒剧作审美特征与当代化表现

第一节　阿瑟·密勒在中国

1978年，对于中国人来说是值得铭记的一年。在这一年里，中国社会经历了一个巨大的转折，十年“文化大革命”的结束，给中国人民带来的除了阵痛，还有更多精神层面的反思。这些反映到文学艺术上，便出现了所谓的“伤痕文学”，北京的作家刘心武写出了日后享誉全国的代表作《班主任》，标志着那个时代的人们，以作家为代表的群体，开始反思自己，反思自己与社会的关系。在戏剧领域，也出现了两部极具代表性的作品，上海工人宗福先写的《于无声处》和辽宁“人艺”剧作家崔德志写的《报春花》，开始从不同的视角审视我们这个千百年来饱经风霜的民族，这标志着中国话剧新的转变。这一年，美国剧作家阿瑟·密勒第一次来到中国，那是他第一次置身于这个东方古国。只是这次访华纯粹是一种个人行为，并没有和戏剧产生任何联系。但正是这次来华，促使了阿瑟·密勒后来的作品在中国的上演。当然，这其中肯定有很多其他方面的因素，但是，或许这也是阿瑟·密勒与中国戏剧冥冥中完成的一次相遇。1983年，阿瑟·密勒夫妇第一次访华的五年后，中国话剧历史上开始出现了阿瑟·密勒的名字，先是《推销员之死》被文学家、戏剧艺术家英若诚翻译成中文，接着是阿瑟·密勒亲自执导了北京“人艺”版本的《推销员之死》。而与此同时的上海人民艺术剧院，黄佐临先生导演的《萨勒姆的女巫》也开始了紧锣密鼓地筹备，并最终上演。两部作品的成功上演，对当时坚持现实主义风格的中国话剧来讲，带来的冲击与震撼可想而知。自此，阿瑟·密勒这个名字，在中国戏剧界更增添了几分亲切。之后，密勒其他作品相继被翻译成中文，成为当时大家争相报道的热点。随之而来的对于阿瑟密勒的剧作的研究，对于其剧作观念和剧作内容的学习，也成为当时中国戏剧人的一项重要的使命。中国话剧在自身学习苏联戏剧现实主义传统的基础上，开始接触一种全新的戏剧创作方法。在强调受“第四堵墙”、真听真看真感觉的苏联表演学派深刻影响的中国戏剧人，开始自觉地学习西方戏剧，在坚持现实主义创作风格的基础上，将戏剧与人的关系、戏剧与社会的关系、戏剧中的人的多样性作为作品的重要组成部分，深刻地进行反思，并结合本国的国情进行新的探索，奉献出一批风格多样、隽永深刻的优秀作品。不得不说，这其中阿瑟·密勒及其作品，在一定程度上起到了积极的推动作用。锦云的作品《狗儿爷涅槃》，将视线对准了后期的一位老农民，用全新的戏剧结构展现了他依赖土地却又无法改变时代发展的大潮、最终只能用生命奋力一击的悲剧。剧作家在其中探讨的问题，是几千年来世世代代的农民与土地之间相互依存又畸形病态的心理根源，按照以往的写作方式，很有可能会选取一个宏观的视角来展现如此宏大的主题。但是在此，剧作家却苦心经营了一个濒临崩溃边缘的老年人的形象，以他幻想的破灭来解构中国当下农民的心灵深处，作品中大量使用了潜意识、梦境、幻境等艺术手段，将写实的舞台空间变得丰富且具延展性，堪称中国话剧史上的经典之作。从这部作品中，无论是狗儿爷的年龄身份，还是他经常出现的幻想、时空的随意切换、人物与过去的对话等，都可以看到阿瑟·密勒的《推销员之死》中威利的影子。而另一部在中国话剧史上堪称里程碑式作品的《桑树坪纪事》，从某种角度而言也是对阿瑟·密勒戏剧观念借鉴和吸收后的成果。这部由中央戏剧学院时任院长徐晓钟导演，根据朱小平的小说改编，杨建、陈子度编剧的作品，一经推出就震撼全国。其中人与社会关系的展现、舞台上写意又充满东方色彩的舞台美术、时空的自由转换、人物内心活动的外部写意呈现，都使得这部剧成为当时的现象级作品。这其中很多元素都有阿瑟·密勒作品的影子，当然不能简单地说是是具体借鉴了多少，充其量只是或多或少地影响了，这一点是不可否认的。无论如何，阿瑟·密勒和他的剧作，对中国戏剧的影响是毋庸置疑的。

第二节 《狗儿爷涅槃》

相信对于熟悉中国百年话剧发展历史的人们而言，对这部有着鲜明时代特色和深重民族情感的剧本一定记忆尤深。甚至可以夸张一点地说，《狗儿爷涅槃》汲取了很多属于父辈甚至父辈的父辈的时代记忆。

这部剧讲的是农村土地改革后普通农民狗儿爷有了自己的土地，还购买了别人的土地，后来农村开始实行合作化，要求一切生产资料都归集体所有，狗儿爷的土地就这么“没了”。不过这并没有阻挡他内心对土地的渴望。不甘心的他又自己开辟了土地风水坡，结果又被制止了，等到后来国家实施家庭联产承包责任制后，狗儿爷又与想要发家致富的儿子之间产生矛盾。剧作家就是在这几个社会背景下，从众多角度来书写狗儿爷的土地梦一步一步走向破碎的过程。

《狗儿爷涅槃》被普遍认为是一部多场悲喜剧。作者锦云以过去几十年中国农村的变迁为背景，以饱蘸深情和深刻隽永的笔触，描绘了一个背负着几千年中国封建经济和传统文化沉重包袱的普通农民——狗儿爷陈永祥的命运。此剧对人物的刻画细致入微，多种叙事手法交替进行，使得戏剧性场面迭出，扣人心弦。人物语言生动传神又颇具哲学智慧，可以说是新时期中国话剧的经典之作。

《狗儿爷涅槃》这部剧值得探讨的东西有很多，无论是剧本形式，还是作者赋予剧本广阔且自由的时空处理，都可圈可点。而这其中最让人印象深刻的是剧中主人公“狗儿爷”。这个人物形象有别于传统的中国话剧人物形象，既不是曹禺笔下忍辱负重的李石清（《日出》中的一个小人物），也不是夏衍笔下《上海屋檐下》那种心酸地生活在大都市夹缝中的市井小民。这个人物具有典型的中国式思维方式，时常介乎于神志不清和清醒之间的一种特殊状态，正是这种游离在理性和感性之间的状态，使得“狗儿爷”这个人物形象在众多戏剧人物中独树一帜，成为经典。狗儿爷的形象很容易在观众的脑海中留下深刻印象。我们通过剧作家的描述，或者北京人民艺术剧院版本的影像资料，会对这个人物产生一些独特的印象。他那一头乱糟糟的头发，略带沧桑的脸上眉头紧锁。穿着朴素的甚至有些破旧的衣服，常常独自坐在黑暗中自言自语，幻想着自己的土地梦。这个人物带有一种说不出的悲剧色彩，这是几千年来我们十分熟悉的一个群像，农民是中国的历史上不可或缺的一部分。自古以来，土地就是我们赖以生存的基石，狗儿爷对于土地无限的渴望和近乎痴迷的梦想，其实是千百年来中国广大农民依赖土地、以土地为生的群像表现。

这很容易让我们联想起阿瑟密勒笔下的威利诺曼，那个勤勤恳恳工作了一辈子、临退休时却被资本主义商人无情抛弃的推销员。推销员之死有着鲜明的西方特色，而狗儿爷的死亡，则更多地充满了东方意味；推销员的死亡最后换来的是妻子放声地哭泣，而狗儿爷的一把火，则将埋藏在中华大地上几千年来的土地梦彻底燃烧殆尽。

当然，狗儿爷的生活经历是悲惨的，带有悲剧色彩，不过从另外一个层面来说，这种悲剧的形成不仅与当时的社会背景有关，和狗儿爷这一人物的性格特点也是着密不可分的。他最终走向灭亡的悲剧命运，是时代发展和命运多舛的必然结果。从这一点来讲，剧作家锦云对于这一人物形象的深入剖析：他更多地从人物的内心深处出发，来强化往事对于人物心灵造成的难以言表的影响。

在北京“人艺”剧作家锦云的笔下，狗儿爷放火烧起了门楼，从狗儿爷拿出火柴划出明亮的火花，我们内心按捺不住的“渴望毁灭”的欲念汹涌倾出，高高的门楼被付之一炬。涅槃一词包含了一种超现实的解脱，意味着抛弃执念追寻人生的永恒和谐。门楼被焚的这种方式和涅槃具有某种共通性，作者借此来说明狗儿爷的重生。作品通过联系主人公狗儿爷和观众的心理达到戏剧需要和观众共情的效果：破坏欲的建构和超脱欲的释放。前者产生痛感，带有悲剧因素；后者暗合了观众“渴望崇高”的心理期待，从而宣泄我们的情感。狗儿爷大名陈贺祥，其父在新中国成立前和人打赌，活吃了一条小狗，赢了两亩地，狗儿爷的名字由此而来，伴随终生，这可以看成剧里面的一个文化符号。狗儿爷在财主祈永年家里帮工，不小心把牲口掉到大斜角的井里，被祈永年吊在门楼上毒打，门楼此时也成了另一个文化符号。随着剧情的发展，战火烧到了村子，村里的人都跑了，唯独狗儿爷不跑，祈永年的三顷地在召唤着他，很自然地，狗儿爷收了祈永年地上的庄稼，因为在他的世界里面认知里面“人活到这份上，才有点滋味”。妻子带着儿子逃亡，被炸死在外面，留下儿子陈大虎，祈永年回村以后找狗儿爷索要土地收成，被狗儿爷拒绝。此时民兵队长李万江出现，“土地改革”开始，狗儿爷在再三央求下，终于分得了渴望已久的门楼，狗儿爷的人格就此打上了门楼的印记，紧接着在剃头匠苏连玉的撮合下，狗儿爷和比自己小近 20 岁的小寡妇金花组建家庭，不久又和剃头匠苏连玉作交易以低价买来了大斜角，而接下来狗儿爷的故事沉闷压抑，朝着他不能控制的方向发展。

在戏剧中，历史事件都化为一串符号，故事的背景是模糊的，连各种人物的出场都带有几分无法言说的鬼魅。于历史长河中，狗儿爷从一个关口被推向了另一个关口，前路已尽，一切未知，主人公已饱尝世间的辛酸，我们或许会开始为他的未来焦虑。狗儿爷用一把大火烧完门楼，这宣告了狗儿爷身上沉重的集体意识的阵亡，从而达到中国传统和现代的精神和宗教式的超脱，真正的前行应该不仅在于同过去历史决裂，而是探索“活着”的精神，这才是至关重要的，狗儿爷心中渴望迎接的“荒谬未知”不会因简单的一把火就可以焚毁。当然，狗儿爷是中国千千万万农民的象征，他们朴实勤劳，固守着祖先千百年来赖以为生的土地。狗儿爷常常说的一句话就是“庄稼人有闲死的没累死的”，他信奉勤劳是发家致富的生财之道。狗儿爷干活的时候绝对是兢兢业业，甚至在大过年的时候也不闲着，提着围灯去捡粪。同时狗儿爷也一直寄希望于他所拥有的土地，痴迷于这片能长出庄稼的土地。

他和苏连玉交易，以低价买来了大斜角，本以为有了自己的土地可以过上好日子了，但是事与愿违，人民公社化运动和“大跃进”的到来，土地不再是个人独有，而是公社统一管理，粮食都分配到户，他再一次失去了自己的土地。迫不得已为了生计的金花只好到田里偷玉米，结果还促成了一段有点尴尬的恋情。当然这是后话，狗儿爷不适应新的政策，他本人也因为这土地而变得疯疯癫癫，他对于土地的迷恋到了一种近乎病态的地步，连一坨屎都非要拉在曾经自己的土地—大斜角和葫芦嘴儿上，还有他的菊花青，狗儿爷也时刻惦记着它，舍不得它的离去。此时的他神志已经有些恍惚，连自己的老婆金花都记不清，却一直记着自己曾经拥有过的土地。在他的认知世界里，地不像媳妇，它不吵不闹不跑，陪着它，是他终生的依靠。他也记着他的马——菊花青，可见他是多么热爱这片土地。狗儿爷对于土地的态度或许有些偏执，但是从某个角度来看，狗儿爷骨子里被这土地束缚的封建思想根深蒂固，是那么的深重，以至于最后他没有了土地，还是想尽办法去种庄稼，三天两头就往种满了庄稼的风水坡上跑。假如哪一天你看不见他在那里，一定可以在风水坡上找到他的身影。可怜的狗儿爷，没有了土地就不能生活，就像鸟儿失去了翅膀就无法飞翔一样。

诚然，土地是狗儿爷生命中最宝贵的东西，是他毕生赖以生存的精神家园和栖息之地。剧作家在剧中多处体现出来的不仅仅是对于像他一样的身处社会改革时期的复杂却又无法适应的悲苦境遇的同情，还有那掩饰不住的对于个体命运在浩大的生命前行过程中无法言语的忧伤。狗儿爷对于这种往日的留恋，在剧中最直接的体现就是门楼，门楼不仅仅是建筑，更是一种财富的象征，家族兴旺发达的代表。这座门楼曾是地主祁永年的，狗儿爷曾经在祁永年家里干活，因为把牲口掉到了大斜角的井里，被地主祁永年吊在门楼上毒打。在那以后这件事情就成了他内心挥之不去的伤痛，隐隐潜藏在内心深处。

后来"土地改革"开始了，狗儿爷想尽办法想要留住门楼，于是才有了李万江将祁永年的门楼分给了他的后话，这使得一直渴望拥有此门楼的狗儿爷非常高兴。后来他千叮万嘱咐儿子要重修门楼，还强迫儿子娶媳妇在门口前发誓，要让这门楼姓陈而不是姓祁。谁知道造化弄人，自己却因为生病欠下了账，儿子迫不得已把门楼卖了还账，不明就里的狗儿爷在愤怒之下，一把火烧掉了他心心念念的门楼，烧掉了那个象征家门荣光的梦。被烧的门楼仅仅是一个建筑，可是那对包括土地在内的看不见的旧日思想的习以为常，却根深蒂固地印在狗儿爷的脑海里。烧掉的门楼实属无奈，连同门楼一起烧掉的还有狗儿爷自己的土地梦和致富梦，这种带有隐喻的剧情走向，更加突出了狗儿爷这一类人物的可怜与可悲之处。

狗儿爷给人的印象是神志不清，有点疯疯癫癫，喜欢一个人自说自话，那或许是一个老农民在快速发展的时代车轮之下，竭力想要适应却始终无法跟上时代发展的一种梦呓。剧本中有好几处出现了他自己的大段独白，说着土地，说着马，说着门楼。他时常和祁永年的鬼魂对话，让人不知道到底他是生活在现实中还是幻想里。这种剧本处理的方式和呈现方法，在之前的中国话剧历史上并不多见。从中似乎可以窥见阿瑟·密勒剧作的影子。狗儿爷喃喃自语，神志不清，很多舞台时空的处理是以他的主观幻象来组织的。他所看到的祁永年的鬼魂，是他内心深处无法言说的主观外化。祁永年的鬼魂是他无法摆脱却又内心深处渴望打败的看不见的梦魇。因为他虽然多次表示对地主的愤恨，但是内心深处还是十分想成为地主，从他多次索要门楼，从他执意购买土地，还有他心心念念想要祁永年的小匣匣中都可见一斑。一个苦难深重的农民想要成为有钱的地主却一直无法实现，所以他十分讨厌地主祁永年，处处想要和祁永年比较，想要比祁永年富裕，比他威风，比他拥有更多的土地。在他的儿子大虎娶了祁永年的女儿小梦后，狗儿爷竟然决绝地向他们提出不见祁家人这样的要求，甚至还很得意，自己有后而祁永年却只能“断子绝孙”。再后来，当他得知了自己的儿媳妇小梦就是祁永年的女儿之后，还是一直不肯承认和祁永年是亲家。可以说，狗儿爷和祁永年二人的恩恩怨怨贯穿了整部剧，两个人以不同形式存在于这个舞台上并进行着对话。

但凡可怜之人必有可恨之处，狗儿爷所遭遇的很多不幸与痛苦，既有时代无法回避的局限性，同时也有他自身作为一个普通个体在遭遇不幸生活后不自知的选择。通过剧本不难看出，他其实是个自私懦弱的人。第一任妻子走了之后，在苏连玉的撮合下，他娶了个比他小很多岁的寡妇金花，在娶她之前狗儿爷对金花的那一番发自肺腑的表白，带着点羞涩，又带着某种农民特有的幽默，读起来让人觉得很有趣，原来一个糙男人在遇到自己喜欢的人的时候是这样的质朴、羞涩。可娶了金花以后，狗儿爷并没有像之前承诺的那样不需要她干活，也并没有让她过上好日子，他一心想的都是门楼和土地，完全忽略了身边人的感受，这也使得两人的关系不如从前。再后来，狗儿爷因为失去土地而变得神志不清半疯半傻的时候，金花迫于无奈而嫁给了李万江，这时候的狗儿爷偶遇两人结婚，竟然认不出金花，甚至还去讨酒喝。在他的心里，一直以为金花去赶集还没有回来，还嚷嚷着要去找她，不管她是死是活，狗儿爷都想好好补偿金花。可是悲剧就在于狗儿爷不管是真疯还是装傻，在突如其来的变故到来之时，他往往是无能为力的，或许我们可以假设他的疯癫只是一种无奈的伪装，借此来逃避这残酷的现实，至少这样他可以活得轻松一点，不至于遭受这无尽的世间伤痛。

当然从另外的角度来讲，狗儿爷还是一个封建观念根深蒂固的顽固老人，这也导致和他的儿子陈大虎之间没有共同语言，儿子的思想观念跟着时代走，他不想再修那已经破旧不堪的门楼，而是打算拆了门楼建厂房赚更多的钱。这让嗜土如命的狗儿爷大怒，骂儿子忘了祖宗，无论儿子和儿媳妇两口子怎么说也说不动。儿媳妇小梦是祁永年的女儿这件事，使得狗儿爷却始终无法释怀，这也是让狗儿爷和自己的儿子之间始终有无法调和的冲突的最直接的原因，这种冲突和矛盾一直伴随着父子二人，成为他们之间无法逾越的心灵鸿沟，最终导致了狗儿爷火烧门楼的悲剧结尾。

在该剧中，门楼和土地是狗儿爷生命中不能割舍的一部分，他拼命攒钱、不惜牺牲妻子的生命也要抢占地里的庄稼，或许这样的行为放在当下很难让人理解。他的一生就是围绕着买房置地，也正是对于这两样东西近乎病态的追求使得狗儿爷的人物形象有别于传统的农民形象，以一种更丰富饱满的姿态屹立在中国话剧百年历史的丰碑之上。剧作家利用狗儿爷的人物形象，反映出了中国社会中农民的生存境遇与历史局限。在传统的观念中，房子和土地是不能割舍的财富象征。不仅仅是中国的农民，其实现在很多国人都有这样的情结。内心深处还是对于房子有着某种特殊的情感，认为人生只有有了房子才有了一种寄托，一种依靠与归宿，有了房子心里才会变得安心和踏实，所以中国人都在攒钱买房，结婚一定要有房，因此才会有那么多的“房奴”和被房子耗尽一生的人。还有就是土地，农民依靠土地生活，赖以为生，他们觉得有了土地才有稳定的收入。对土地的依恋，还体现了一种落叶归根的思想，背井离乡的人们，总希望能被埋葬在生自己养自己的土地上，土地也是一种归宿，也是一种可以让逝者安息的心灵故土。狗儿爷这个名字的由来就是他的父亲为了区区几分地而生吃了一条狗最终付出生命换来的。狗儿爷不停地买房置地，除了想要安身立命之外，更多的是为了心里的满足与获得感。在他眼里，有了土地和房子就相当于有了钱，就会拥有幸福。当然，狗儿爷不过是当时中国社会农民形象的缩影。

《狗儿爷涅槃》最终不是狗儿爷本人的涅槃，而是狗儿爷这种既往思想的涅槃。他最后有一句话：“明天，明天，你们与你们的明天，我有我的明天。”这句话让人深思，狗儿爷不接受时代的进步，不接受新兴的思想观念，他的心理已被种种事情打击而变得扭曲。但新事物终究会取代旧事物，不与时俱进的思想也会被社会淘汰，所以狗儿爷的悲剧就这么发生了，社会的悲剧加上人物自身的性格悲剧，使这个人物形象更加让人觉得悲凉。

第三节　自尊与财富：支配人生的两驾马车

仔细看下来，狗儿爷的生活其实埋有两条线索：房子和土地。高高的门楼是房子的具象，大斜角和菊花青则是土地的具象，其他的诸如老婆孩子的生活组成，都是交织在门楼和土地的得失中展开的。文章最后以狗儿爷出走风水坡为结尾，与前面的结构一破一立，试图以“门楼”为文化中心的符号群象征的传统心理结构的覆灭，和置身土地意象之中的方式，来实现破立的结合，从而解构中国农村的历史生活和文化心理。门楼所象征的信息是具有负面价值的，它包含了狗儿爷惨痛的身世记忆和报复社会的心理，强烈的占有欲望和自身固有的偏见，通过物化的房子来寻回失去的尊严，这种寄托本身建立在外部关系的维系上，所以狗儿爷尊严的获取始终是脆弱的。完整的人格必须是完善了的自我内心，所以当狗儿爷不再将门楼和自身价值捆绑在一起，用门楼浴火来暗示狗儿爷的涅槃似乎也就有了理性的依托，狗儿爷通过诉诸内部的方式实现人格完善，这可以看作是一条自我修复的光明之路。至于土地这个重要的文化符号，却是和房子站在同一平面上的，独立形成了一股历史力量，有其自身的传统，所以说有人的地方就有土地，“有了土地，什么都有了”。在剧中，作者把它当成一种正面的价值来表述，狗儿爷近乎传奇式的不配合和默认，尽管闪耀着一层理想主义的光辉，但细细分析下来多少是无奈之举。

假如把狗儿爷烧门楼和出走风水坡看成涅槃，就可以认为这是个人性行为对传统心理结构的改造的完结。然而作者显而易见是表明这仅仅是剧中人物个体单方面地对“门楼”决裂，并不能达成预想下中国传统文化心理的改造的完结。个体行为本身在实施其目的的过程中必然会招致另一种力量的回击，况且行为的对象又是极其复杂的混合体。房子和土地不可分割，共同构成了中国广大农民的心理基础，现代化总是试图不停改造着传统，传统和工业化事实之间的冲突是 21 世纪难以调和的难题。就像有人评论的，“原有的中国式农业文明形态趋向封闭却因自给自足而自成体系，这种文化生活样式从远古开天辟地先贤治水就定下了深厚的根基，并且毫无危险地在文人士大夫倡导的农本思想中延续上千年”。到了近代，狗儿爷遇到的危机比他的祖祖辈辈遇到的更有冲击力，农村生活形态由于第三方力量的介入，想要保持先前的平衡已不可能，而平衡一旦被打破，并且在未到达下一次历史平衡之前，持续的冲突将会常态化。传统心理结构是第三方力量介入后最灵敏的感应器，狗儿爷自身带有的传统符号的变异体现在农业社会自给自足的固有体系和社会化大生产大分工之间的根本冲突，假如只凭借狗儿爷人格的完善来实现人生的涅槃是不够的，狗儿爷的出走和易卜生的娜拉出走一样，都是悬而未决的，纵火随之而来遭遇的另一场尴尬和“土地改革”以及公社“大跃进”所遭遇的困境根本上都是一致的，狗儿爷所体验的集体意识受到的冲击并没有实现质的飞跃，并且以土地为根基农业文明还依旧具有精神上的价值，这就是狗儿爷出走风水坡留给现代人的精神抚慰。

第四节 《桑树坪纪事》

和《狗儿爷涅槃》在剧作时空处理上对阿瑟·密勒的借鉴学习有所不同，《桑树坪纪事》对于阿瑟·密勒剧作观念的学习主要体现在舞台上的呈现。正如前面所说，20 世纪 80 年代阿瑟·密勒再次访华，在北京人民艺术剧院执导了《推销员之死》，引发了中国话剧界的大讨论。这种灵活的时空处理、过去与现实的交合、心理外化的舞台呈现等，都给当时刚刚经历社会转型的中国话剧以极大的鼓舞。一大批直到今天还耳熟能详的经典作品应运而生，在这其中，《桑树坪纪事》的贡献应该是独树一帜的。

该剧距现今已有 30 多年，但部分手法运用和表现形式仍然是戏剧从业者们值得品鉴与学习的典范。如今重拾经典，以当下的眼光回头看向过去的演剧习惯时，该剧的优缺点亦随着时代的进步、演剧手法的多样化而显现得更加清晰。此篇便是在时代变迁和演剧观念与手法日新月异的基础上，对曾经勇于探索戏剧表现方式可能性的剧目——《桑树坪纪事》（徐晓钟导演版）引发的一点思考与浅论。

对于拥有具体年代设定的戏剧艺术而言，其关键在于能体现不同时代、不同环境造就的不同背景下人们相同的本质和需求，通过艺术化地表现手段进行古今对照，促使我们自觉或者不自觉地与当下对比，以便引发人们反思当下获得进步。按照这个标准来讲，《桑树坪纪事》是一个符合此目的、并以此为主要手段来窥见人类本性与核心需求的好故事。且不说放在当时的那个年代，即使在当下的戏剧语境中，该剧还是具有某种前瞻性。所以评论家都普遍认为该剧具有一定的超前性，也对中国话剧的探索与当代化的发展产生了重大意义。这种意义不仅仅体现在该剧具有对复杂人性的思索，即人在特定环境下遭受压迫对个人性格与思维造成的影响，以及对中国农民长期以来思维中根深蒂固的阶级观念和趋利避害的本能进行了深度的思考，更难能可贵的是又将这些厚重复杂的思考，还原在那群极具代表性的陕北农村中处在社会变革时期下浑然不觉的农民们身上，真实展现了一场塬上的悲剧。而该剧所呈现的人类精神实质，时至今日仍是值得我们反思与探讨。

《桑树坪纪事》的剧本是陈子度、杨健、朱晓平根据朱晓平同名小说《桑树坪纪事》及《桑塬》《福林和他的婆姨》等“桑树坪系列小说”改编而成。这些故事本身正是作者朱晓平以自己插队期间的经历为基础有感而作。里面的每一篇小说都具有极强的文学性、代表性与戏剧性。而改编后的话剧剧本的遗憾之处是，当这些“篇章”像故事集子一般装订成册，引出一个个人物讲述一个又一个故事，其间又尚不具备极强的关联性时，剧本结构便会呈现明显的缺点——散。加之本剧转场换幕时的部分导演手法的使用，使得这种断点、停顿感进一步加重了。这可能导致假如观众入戏不深，观赏力不集中，便会接连跳戏看不进去的可能。抑或是因故事主角转换频繁致使此剧后半程观众逐渐失去兴趣与耐心，当然也有可能令观众对每一个独立小故事产生评价对比心态，将部分注意力转移到自我喜好的判断上。这类问题可能造成的结果便是，让观众在接受该剧的同时会产生更多来自其他方面而不是剧本身的多重感受，甚至将部分观众“间离”到剧场以外的地方去了，不仅不能和剧中人物一起“共情”，更会影响到导演对整剧所传递思想的理解。当然，这样说并不是否定该剧的结构，本剧这种结构虽然也存在上述的一些问题，但是结构的优点也很明显，即我们会通过每一组相对独立的故事和人格更清晰地看到，桑树坪村民们的愚昧、狡猾、麻木、残忍与相互压迫不是个例，是在那个环境中普遍存在的，也是特殊时期下农民们的集体悲哀和挽歌。而这每一个个体生命的悲剧，也会在导演所设置的转场形式下，在讲述下一段故事前，留给观众一些存疑与反思的空间。正是从这一点来讲，该剧所具有的超前性是同时期的其他一些剧所没有的。

此剧的表现形式为现实主义为主基调结合表现主义共同组成的。现实主义方面的运用体现在方方面面，从再现西部农民的生活环境的舞美设计、极具年代感和地域特色的农民服饰的设计，到演员真挚纯朴的情感、准确生动的形体动作设计，以及对特定区域语言习惯的尝试，均是从真实鲜活的生活逻辑出发，又具有一定审美高度的共同呈现。在该剧中，麦客群像割麦无实物表演的设计，麦客赶路、进村，榆娃彩芳定情以及村民“围猎”后的集体舞蹈设计，村民围堵榆娃彩芳、村民宰牛时的慢动作设计，以及村民具有营造氛围目的的观望、伫立、围观、聚拢等集体造型，都属于着重表现人物内在情感情绪与周围环境氛围的抽象艺术表现形式。

以“围猎”的形象种子的创作在各种教材中被引用和分析，我感觉是导演对“围猎”这一场面的创作是贯穿整部戏的，导演以转台为基础，运用了大量的圆包围点的调度，不停地去塑造“围猎”。全剧第一个“围猎”场景出现在第一章第二场。麦客们随着转台的转动进村，村子里的女人们都围上来看这些靠力气吃饭的壮小伙儿。其中因为榆娃相对瘦弱清秀，被彩芳摘掉了头巾，一群女子立即跳着舞将他围在了圈子里。这既是本地人对外乡人的逗弄，也是女人对男人的逗弄。作为全剧的第一次“围猎”，它是以轻松暧昧的形态出现的。而在第一章第四场，榆娃和彩芳互诉衷肠想要私奔，两人在月光下的塬上跳起舞时，村民们在黑暗中将两人围了起来。从这里开始，“围猎”开始展现出它暴力的一面，这里的“围猎”是对自由和尊严的围猎。

第二章第六场，男人们追问福林疯子与青女的关系，青女不堪忍受想要逃跑，却被他们拦住。村民们围成一座无形的斗兽场，看着福林撕破了青女的衣服，脱掉了她的裤子，初看起来像是福林野蛮地欺凌了青女，其实他也是被“围猎”的对象而已。这是所谓的正常人对不正常人的“围猎”，也是强者对弱者的“围猎”。猎人轻视、玩弄猎物，看着他们苦苦挣扎的心态，也是“围猎”这一场面最令人感到叹息的部分。第三章的故事中，导演的处理比不上前两章那么“用力”，但也扣住了“围猎”这一核心。在最后王志科被人送走，他孤单的身影消失在转台之后，而人们围成半圆站在转台上看他离开，只有他的孩子从人群前大哭着爬着追上去。这一次的“围猎”更像是猎人已经完成了狩猎，等待猎物被彻底杀死。将猎物从围猎中隐匿起来，将不幸的结局留在舞台上。这是桑树坪的乡民们对异己者的“围猎”。而最后的“围猎”就是上面提到的对牛的围猎，这是全剧最具体的“围猎”场面，一直到第四章才直接地表现出来。

另外在该剧中，部分转场时出现了跳脱出剧中年代，穿着现代服饰合唱、群舞的青年们，这部分有些跳脱的设计给这部剧在舞台形式上带来了一丝不一样的艺术气息。他们通过这种方式向观众发问，与观众进行打破“第四堵墙”的直面交流。或许可以理解为，这是导演为进行思想立意输出，跳出规定情境，所设立的特定表现形式。这些表现形式的运用极大地增强了本剧的观赏性和探索性。多元化手法的使用不单单承担着讲述剧情的作用，同时还拥有其特殊的舞台表现能力。例如将剧中人物的情绪与感受进行放大，像剧中运用灯光舞美结合造成的舞台空旷感、单人场景的寂寥孤立感、绵娃失去父亲时利用转台制高点的陡峭放大其无助与决绝、村妇在窑洞顶议论彩芳时创造的人言可畏的视觉压力等等，用更着重表达感情、情绪的表现方式衔接剧情和表现人物，以带有创作者的主观诠释和第三人称视角客观呈现地方式将剧中事件层层推进，对于观众而言是一种更易感同身受的演剧表现方式。此类表现手法、形式在《桑树坪纪事》一剧中多次出现，在 30 多年前的中国话剧舞台上，确是在演剧方式的探索与演剧观念的革新上向前进了一大步。鉴于所有艺术形式均是为目的而服务，就不由得使我们去思索本剧使用类似手法的导演的主要目的。

从该剧转场时出现的穿运动服的青年男女以及合唱中重要歌词“东方的巨龙何时才能梦醒”或许可以看出，导演可能希望通过类似于间离的手法带给观众们最直接的集体反思，即“东方巨龙何时才能梦醒”这一贯穿全剧的核心发问。通过展现封建农民的个体悲剧，让观众跳出剧中人物情感，来反观剧中人物行为方式的机会，以此达成一种脱离于同情本能的更冷静的思考。在当年这可能是对表现主义与现实主义进行的探索与结合，或者说是对布莱希特叙述体戏剧中一部分手法的探索与尝试。从某种意义上来讲，这类探索和尝试对于中国戏剧的发展和创造是必然有好处的。但其出现主动提示观众进行反思的舞台表现方式，也会给观众造成某种不同的感觉，会造成故事结构的松散和令观众跳出故事剧情的脱离感。当然此剧假如放在当下上演，其作品题材和表现手段本身的年代差距就足以使现今观众产生天然的距离感，这种距离感在观看如《茶馆》《白鹿原》《活着》等具有明显年代符号的佳作时，同样明显。而观看此类戏剧时，引发观众产生共鸣的最主要原因源于人类本身的共有感情，观众相信那个环境那个时代中所存在的活生生的人和他们身上所发生的鲜活故事，这对于一部作品来讲才是最为重要的。当观众走出剧场，看到剧院门口的车水马龙时，在剧场中与话剧人物同呼吸共情绪的封闭空间突然被打破，望着眼前这忙碌繁华的现世产生恍若隔世的感受，才是戏剧这一由假定性元素构成的无比真实的艺术最令人神往的地方。

本剧部分演员存在当年普遍共有的一些表演习惯，比如表演夸张化，台词地过分强调重音，演员出现亮相、打点等刻意造型，甚至有些表演趋于脸谱化。然而，抛去时代与环境造就表演习惯的不同外，就人物塑造、台词清晰程度与内在的真挚情感、外在的情绪表现而言，该剧整体演员表演水平统一且较高。

该剧舞美设计比较精妙且充满写意风情，尤其较30年前重视写实的戏剧而言。其间用标志性、具有象征性物体设置的场景，如水井、窑洞，结合舞台灯光的运用，既准确地揭示了剧情发生的环境，又留给观众一定的遐想空间。阴阳鱼形的旋转舞台高低有度，将典型的黄土高原地貌直观还原在了舞台上。通过舞台转台与不同位置设计的结合，在小范围灯光技术下呈现不同场景。例如，在窑洞门口发生的几场戏，时常有站在窑顶的村民俯视着身下的人和事，用站位高低巧妙传递了议论者给被议论者造成的压抑感，空间关系的直观呈现将剧中人物所处的环境与境遇交代得清晰异常。

该剧的舞蹈设计、转场音乐设计以及合唱段落也是本剧最为精彩之处，体现了完整性与整体美感。我们都知道，假如一场戏的舞蹈与音乐的结合不够巧妙，缺少内在的联系与有机，强硬融合的处理，会造成观众直接的生理不适。舞蹈设计在本剧是一种类意象化处理，是抽象表达剧中人物情绪与情感的一种方式，同时承载着剧情延展的作用，具有极强的欣赏性和艺术美感。转场时现代感极强的音乐虽然有一些不符合陕北农村的环境氛围，但通过重复出现，将本就因其故事篇章具有独立性而略显松散的剧本结构得到了艺术上完整的统一。而合唱中出现频率极高的歌词——“东方的巨龙何时才能梦醒”更是成了剧中群像集体的宣言，营造了整部戏剧完整的、厚重的悲剧氛围。一部戏剧会因其选材不同、设计不同和处理不同而拥有专属于本剧的独特氛围。保证导演手法、表演方式、灯光音效舞美设计的美学统一、目的一致，是使这种戏剧独特氛围清醇、浓厚的最佳办法。

阿瑟 · 密勒作品漫画图

第二章　密勒戏剧的审美特征

第一节　敬畏与疏离：密勒作品中的父子关系

纵观阿瑟·密勒的作品，从《鸿运高照的人》的崭露头角，到《推销员之死》的享誉世界，再到后期的《堕落之后》走向心理意味浓厚的探索，艺术风格随着密勒本人生活场景的变化而变化，这是一个成熟的剧作家必须经历的创作过程，当然也是一个年少气盛渴望着成功的年轻人在艺术的海洋里摸爬滚打的心路历程。期间的个中滋味我们或许可以从他的自传中窥见一斑，但是其背后写不尽的是浓浓的成长的滋味。最令人印象深刻的是他剧作中呈现出来的关于家庭关系与人物性格的设定，总是带有浓郁的密勒风格。这种风格区别于其他同时期的美国剧作家，当然，也明显区别于其他国别的剧作家。这其中，父子关系的对立与统一，在创作早期就已经初露端倪，显示出剧作家独特的家庭观，这在其成名作《都是我儿子》一剧中已经呈现出较为明显的倾向性，但是还有些隐匿。到了后期的作品，这种父子间紧张疏离却又充满了眷恋的矛盾关系愈发明显且不加掩饰了。这在那部享誉世界的《推销员之死》中体现得淋漓尽致。我也曾经看过一些论文，专门讨论密勒作品中的父子关系，认为在其作品中，父亲形象总是“缺席”，或者在主人公命运转折的关键时刻，父亲往往“不在场”，这就造成了密勒作品独特的审美风格，脆弱易碎的儿子的心和隐忍无奈却又渴望溶解的父亲的爱，两者是对立的。随着剧作家安排的一个又一个事件的轮番登场，好像在有意无意地去消解剧场下面的观众因为剧情建立起来的共鸣，有一些所谓的“间离感”。这种浓淡相宜的“疏离”在众多强化台上与台下产生感情共鸣的众多作品中显得如此与众不同，恰似一位端庄高雅的君子，礼貌周到但绝不容易亲近，待人接物保持着不偏不倚的中立。一开始或许你会有点一适，但是时间久了才发现，这种关系反而有种说不出的惬意，让你愿意身在其中，恣意忘情，或许也正是如此，他的作品才能够经历岁月的洗礼，至今仍让人难以忘怀。

《都是我儿子》[①] 戏剧上演后，一种普遍的批评是，情节过于离奇，个中巧合极不合理，比如有个关键时刻，安妮拿出了以为早已死去的未婚夫拉里（凯勒的儿子）在战争期间写给他的一封信——要从荒诞不经、杂乱无章的事件背后挖掘出隐蔽的、无解的逻辑，要比我们对它的理性理解更为奇妙。不过，当然了，那封信的出现正是《都是我儿子》的主题——有时候事情的确如此巧合。

这部剧是密勒真正意义上的成名作。在此之前，他虽然也凭借一些剧本获得过一些奖项，包括大学时期获得的很多荣誉，致使他最终走上剧作家的道路，但是毕竟那是专业团体对于一个怀抱着写作热情的年轻人的肯定，里面或多或少地包含着鼓励的成分。但《都是我儿子》这部作品则不同，它在上演之初，虽然没有获得评论界的普遍好评，但是随着演出场次的增加，这部剧愈发地凸显了自己在戏剧史上独特的地位。尤其对于年轻的剧作家密勒来讲，这部剧可以说是意义重大，我们通过他的自传可以看出，在一开始他写作更多的是出于一种年少气盛，怀抱着对成功的一种冲动，并没有真正将这种爬格子的枯燥生活作为自己的安身立命的职业。这

① ［美］阿瑟·密勒:《阿瑟·密勒自传》，蓝铃、林贝加、梁彦译，华东师范大学出版社 2016 年版，第 127—128 页。

部剧在为密勒赢得了无数的口碑和赞誉之后，也为他赢得了不菲的收入，使他的内心深处得到了不一样的感觉，促使他继续沿着这条道理走下去，最终实现了他成为举世闻名的世界一流剧作家的理想。那么这部用现在的眼光看起来其实还有很多地方并不成熟的作品，究竟是哪里打动了台下的观众，征服了苛刻刁钻的《纽约时报》的评论家，最终广受好评的呢？这里面的原因当然很多，比如突转的剧情（那封被隐藏多年的信）、典型的美国式的人情世故，还有父慈子爱背后隐藏的残酷等等，都可以说是这部剧成功的要素，但就我个人感觉，主要是源于里面所展示的亲密无间却又无奈残酷的家庭关系，在这个围绕着一家人对待死去亲人的态度所展开的故事中，父子关系无论是呈现方式还是表现角度，都和很多同类型的作品极为不同，可以主观一点地说，这种独特的父子关系成就了这部剧，也成就了密勒。

在这部剧中，儿子克里斯和父亲凯勒之间关系的走向，构成了全剧剧情走向的风向标，他们之间情感关系的起起伏伏直接决定了其他人物之间的关系。当然，这其中的导火索肯定是那封信，那封一个为了父亲的不齿行为甘愿付出生命去抗议的软弱又可怜的儿子的无言抗争。当然我们也可以假设，要是没有这封信，儿子克里斯和父亲凯勒之间的关系是否就会很融洽呢？答案当然是否定的，父子之间这种彼此对立又难以割舍的纠结的关系，在此剧故事展开的很多情节中都可以明显感受到，我们不需要用更多的笔墨来解释这一点。衡量父子关系是否融洽的点很多，其中有一个十分明显的标志就是母亲的性格和态度，这往往能对家庭成员关系起到很重要的补充和印证。所以我们现代很多教育孩子的人们普遍认为，母亲的性格塑造了孩子的童年，是孩子接触社会的第一位老师。而父亲的性格则直接影响到孩子后半生为人处事的态度，甚至是待人接物的种种气质。在《都是我儿子》中，母亲凯特给人的印象并不深刻，就像我们大家常常见到的那种脸上温和、笑容得体、永远给人慈祥与和蔼的母亲形象。可能有人认为，在这部剧中，剧作家并不需要一个有个性的母亲，因为故事讲述的重点不是母爱。恰恰相反，剧作家想表达的是仅靠慈祥的母爱不足以摆脱的一种困境。造成这种困境局面的原因表面上看起来是由凶神恶煞的父亲和暴躁冲动的儿子两种不可避免的性格导致的，其实细细想起来，这或多或少也与母亲善良却懦弱的性格有关吧，不然为何在面对突如其来的爆炸性消息时，母亲会显得如此举手无措呢？当然，也有一种说法是因为母亲早就知道这个秘密，只是潜藏在心里不愿意说出来，为的是维持这个家庭来之不易的平和。当然这样说也有一定的道理，不过我们想说明的是，在一个破碎的家庭关系里面，母亲其实是起着某种潜移默化的诱导作用的，这既是性格使然，也是生活逻辑在剧情中的显现。

抛开母亲的影响不说，单就父亲凯勒这个人物形象来讲，其实就带有密勒典型的风格：干练、幽默，当然假如你细细品味，还能从他那开怀的笑声中感受到不向不协调生活低头的执拗。所以我们可以想象，在日复一日的生活中，他其实也并不是一开始就想把自己的生活搞得一团糟的，也想竭力维持一种他所谓的平衡的。只是随着生活的前行中无数不可预计的未知接踵而来，他一开始还在奋力地处理这种麻烦，耐心地迎接一个又一个上天交给的测试，但是年复一年，麻烦非但没有减少反而随着岁月愈发凝重了，他渐渐有点力不从心了，就像一台使用多年的机器开始老化，日渐增加的重负超出了他本身可以承受的极限，虽然表面看起来没有迹象，但内在已经濒临散架了。老凯勒年轻的时候发过财，我想他的初衷也是为了维持一个幸福完整的家庭，只是这笔财富的获得最终导致他失去了一个心心念念的宝贝。对他而言，逝去的生命是不能接受的厄运，他无力承担失去一个优秀的孩子，那是比他自己生命更宝贵的存在。但是，上帝给他开了一个大大的玩笑，这个宝贵的生命的无上价值是他亲手培植、一点点浇灌出来的，是他的全部。但是，他却为了一点点微薄的金钱，亲手将这种宝贵葬送了。

这不可避免地成为他生活的梦魇，更可笑的是，这件事情让他和妻子背负着沉重的枷锁过了那么多年并不心安理得的日子后，在某一天，却以一封信的形式展示在他的面前。我不知道这部剧的演员在演绎这个人物的时候会用怎样的舞台手段来展示这种复杂的情感，内疚到无声无息，悔恨到歇斯底里，抑或是将全部的悲伤悔恨交给一个悲伤的转身。可怜的凯勒，一个被命运捉弄的老父亲！所以当这封信被死去的儿子的未婚妻拿出来的时候，我想一切的一切都可以结束了，不仅仅是故事，凯勒的生命，还有那残酷的命运。

密勒本人推崇古希腊的悲剧，认为那是戏剧写作的典范。不过，他对于古希腊悲剧学习借鉴的方法却是现代的，有人情味的。我们在看这部剧的时候，不仅仅是因为看到一个悔恨莫及而自杀的父亲，也不是看一个家庭如何在道德良知的拷问下揭示生活残酷面目的过程，单就其中父亲从头到尾的变化过程，就让我们感觉有点恐惧，一个人经历了多少沧桑才能岁月静好，平淡一生。在这部剧中，作为儿子的克里斯其实并没有展示出非凡的辩论能力或是生发出过分的正义感，一切的表现都中规中矩。父子关系的对峙更多的是剧情走向的需要，从而缺少动人心弦的场面。最可贵的是，密勒放弃了对于剧中活着的儿子克里斯的塑造，而是将笔墨更多地给了那个并没有在场的孩子，以及整部剧看完之后角落中剧作家本人落寞的身影。笔者甚至觉得，剧中全部的人物加在一起，都抵不过剧作家密勒自己的悲伤。关于这一点，在《阿瑟 · 密勒自传》[①] 中并没有过多地提及，密

---

① ［美］阿瑟 · 密勒:《阿瑟 · 密勒自传》，蓝铃、林贝加、梁彦译，华东师范大学出版社 2016 年 7 月版，第 16—17 页。

勒晚年写自传的时候，将细腻唯美的笔触更多地留给了人生中难忘的高光时刻，极度的荣耀和对正义的坚守占据了他晚年大部分残存的记忆，更何况很多人更感兴趣的是他与玛丽莲·梦露的香艳往事，谁会对一个年少成名的作品创作背后的心路历程耿耿于怀呢？"同大多数美国家庭一样，'品味'是妻子的事情，男人只负责挣钱和午睡……在了解精神分析学以前我就清楚地告诉自己，我毕竟不是他（父亲），我非常擅长背书及考试。学会读书就是超越了他，当上作家更是大获全胜。同样，我更像母亲，这有点危险。我和他一样，对于父亲的不善言辞和顽固不化，即便不轻视，也是心怀不满的。"

剧作家本人并不自知的这份忧伤，更加重了这部剧本身的悲剧意味。密勒追求质朴真情的剧作风格，提倡创作人与环境相互作用产生戏剧冲突的社会剧，不创作表面错综复杂人物关系的社会剧。认为这才是戏剧未来发展的终极目的。从这一点上来讲，这部剧作上还有很多不成熟的地方。剧作确实没有那么多值得可说的地方，上演的频率和讨论的话题较密勒其他的作品明显较少，但是，这其中流露出来的密勒对家庭成员的关注，潜藏着的对于父亲形象的不自觉评价及其背后对父爱的主动抗争和被迫接受，都具有鲜明的密勒风格。在之后的剧作中，无论是《推销员之死》中极致的父子关系，还是《桥头眺望》中的父亲形象都可辨。从某种意义上说，密勒是不幸的，作为一个渴望父爱的敏感的孩子，少年时代颠沛流离的经历加重了他对于父亲这种神圣称号的向往。只是他的父亲，（和大多数的父亲一样）并没有给他这种安全感和依靠，这从他的自传中多处可见。对父爱的渴望与现实中无奈的离殇，交织在一颗敏感伤感的心灵中，相互攀扯却又各不相让，伴随着剧作家大半生的光景。当然，从艺术的角度来讲，密勒又是幸运的，倘若不是这种无奈，他或许体会人情世故的能力就打折扣得多，温暖的家庭或许能够给他心灵最安全的港湾，但是也会让他泯然众人，和大部分平凡的人一样乐在其中。终其一生，他也只是一个没有感受的孩子，在自家花园的门廊上拿着一把尺子丈量着脚下的土地，兴高采烈地围坐在地上，周围洒满了灿烂的阳光。

第二节　悲悯与远观：密勒作品中的那些“推销员”们

关于密勒的代表作，从诞生伊始就获得评论界和观众一致好评的《推销员之死》，直到今天还在不同国度、不同地区上演着。这些肤色各异、操着各国语言的戏剧艺术家们，用自己肢体和舞台语汇来上演一场悲伤的异国故事。虽然很多人对密勒的另一部作品《萨勒姆的女巫》更感兴趣，认为那种将人的困境设置到极致，一个人宁肯牺牲自己的生命也不惜捍卫做人的尊严的套路，更符合大家的口味，使人更愿意来到剧场花上两个小时获得某种“灵魂的净化”。换句话说，剧中英雄主义的崇高与现实生活中魑魅魍魉的牵制两种极端的情绪往往让剧场中的观众更能感受到传统戏剧的魅力。但是，综合大部分的剧评家和戏剧从业者不难看出，无论《萨勒姆的女巫》到现在如何的受欢迎，密勒的真正的代表作，真正能代表他作为世界一流剧作家的作品毫无疑问还是《推销员之死》，这部剧作无论是故事展开的方式，还是对人物内心世界的表现，甚至其间流露出来的对于家庭、亲情与社会的思考，在很多年后的今天，我们仍然为剧作家精妙绝伦的创作才华所折服，对其天马行空的思考方式感到惊喜，不得不说，在写作上密勒是多么的幸运。

关于《推销员之死》这部剧，评论确实已经多到让人无暇顾及的程度，在拙作的第二部分也对其从戏剧创作的角度进行了一个简单的剖析，在此不做赘述。下面就从剧本创作的初衷和灵感角度，来谈谈一个戏剧艺术家，或者确切地说是一名剧作家应该如何将生活中遇到的人和事积累起来，进行加工创作，最终呈现在舞台上。《推销员之死》中的第一主人公是可怜又可悲的推销员威利·洛曼，想必大家都很熟悉。密勒在自传中写道，这个人物的原型是他的一个远房亲戚，名叫曼尼，是个并不怎么讨喜的家伙。虽然两人之间的见面时间并不长只是仓促遇到，但正是这次短暂的见面促成了日后一个享誉世界的推销员形象。“说起来，曼尼在我的人生中存在实际上总共不超过两小时，但是他如此荒诞不经，如此离经叛道，——因此他一直令我捉摸不透，知道我大体看清他对所有动作、言语或者看法的反应。他对事实难以预料的运作方式令我茅塞顿开，想象如天马行空。”[①] 密勒的这个亲戚曼尼的经历和我们目前在舞台上看到的推销员威利·洛曼有点像，他的家庭成员构成也和剧中主人公一样，有一个惺惺相惜的妻子、两个雄心壮志但是终究一事无成的儿子。从上述那段话中我们可以清晰地看到，虽然曼尼和密勒的接触有限，但是他所从事的职业带有的奇幻色彩给年幼的密勒新中留下了深刻的印象。曼尼在很多人的眼中是粗俗的，他没有什么崇高的理想，待人有种不真实的热情，把更多的精力放在了自己的工作上。这点其实在当时的美国随处可见，正因为此，曼尼身上兼有的冒险精神和不安现状的生存欲望，这些性质构成了他既可怜又可悲的人物性格。当然，他自己肯定不这么认为，在他的世界里面，通往成功的最直接的方法就是努力挣钱，去谈成一笔又一笔生意，来供养自己来之不易的小家庭。他的妻子安妮并没有过多地指责丈夫这种小富即安的小市民心态，只是按部就班地扮演着一名合格的妻子、一名称职的母亲。正是这样一个生活中的原型，带给了剧作家极大的灵感，让他发现了生活中很多看似司空见惯

---

① ［美］阿瑟·密勒:《阿瑟·密勒自传》，蓝铃、林贝加、梁彦译，华东师范大学出版社 2016 年 7 月版，第 117 页。

却又充满意味的人生百态。

密勒在自传中也谈到，推销员这份职业在当时的美国，并不是一种寻常的职业。这些人永远衣着光鲜，穿着得体的西装，脸上带着职业的微笑走进一座又一座的写字楼，去推销自己的梦想。寻常人眼中的他们应该是带有一些心酸的，因为他们推开门后见到的人并不都是和蔼可亲的天使，相反更多的时候是凶神恶煞的魔鬼，会呵斥他们，令他们无地自容，直到尴尬地离开。但是，这份职业最大的好处就是充满了不确定性，在你没有推开下一扇门之前，你永远都不会知道下一刻会发生什么？是继续遭受冷嘲热讽还是遇到一个愿意给你机会让你推销的好人，没准还是一笔大到让你惊喜的单子。总之，推销员这份职业本身的不确定和冒险精神，从某种角度来讲带有一种漂泊感。我想正是这种漂泊感给了密勒心灵上的慰藉，让他看到了忙碌人生背后的种种心酸与无奈，促使他拿起笔将他们一个个记录下来，最终成为一个完整的形象，在世界不同的地方展示给世人看。

在一开始遇到这位曼尼的时候，密勒其实并没有很明确的想法要把他的经历作为一个故事写出来。只是这次的短暂见面对于密勒来讲印象太深了，在日后从事写作的间隙，总是会冲进他的脑海中，让他心绪不宁、不吐不快。我想这里面的原因有很多，结合密勒的成长经历不难看出，漂泊感与无助是密勒成长过程中常伴左右的伙伴。在密勒的成长初期，家里的境况还是很不错的，他像很多同龄的孩子一样度过了一段愉快的童年时光，随着父亲的工作越来越不景气，他们家的生活质量也每况愈下变得窘迫起来，这给年幼的密勒带来的是难以想象的影响，后来他的剧作享誉世界，他成功地变成了一个大人物的时候，这种少年时代家庭变故带来的敏感与不安依旧在他身上体现得淋漓尽致，假如说得宿命一点，他用后来的一生背负了青年时代家庭变故带来的重负，这些重负从某些角度来说成就了他，一个生活在美国的犹太后裔的远大前程，但是同时也像长在身上的暗疮一样，让他隐隐作痛。

在《推销员之死》中，父亲的形象之所以深入人心，除了前面说的生活中的曼尼舅舅贡献的鲜活的人物原型之外，更重要的是密勒自身对于父亲这一血缘关系的理解。在寻常人的眼中，父亲通常是安全的代表，象征着一个家庭的安定团结，母亲则是整个家的黏合剂，调和着父亲和孩子之间的沟通。父亲在密勒年幼的时候曾经也是他幼小心灵的心灵归宿，那时候的父亲精明能干，像其他美国中产阶层一样，兢兢业业地为整个家庭付出，那时候的密勒应该是很崇拜父亲的。但是随着父亲生意的每况愈下，这种崇拜慢慢被打破了，父亲变得沉默不语、懒惰成性，这带来的不仅仅是经济上的变化，更重要的是密勒一家家庭关系的变化。首先就是夫妻关系的变化，密勒的母亲是最早表现出这种变化的。作为妻子、母亲，没有谁会比她更明白柴米油盐的开销对于一个家庭而言有多实际、有多现实。孩子张开口要吃饭，房子旧了要翻新，出行要花钱，围绕在她身边的不是高大上的口号，更多的是实实在在的现实，没有钱你就要饿肚子。所以当密勒的父亲工作上出现状况的时候，最伤心的应该就是母亲了。从密勒的自传中我们可以看出，母亲对于父亲的不满不仅仅是因为父亲的工作出现了状况，他无法像从前一样去风光地跑遍全国去推销自己的梦想了。当然，行业总体不景气的状况导致的失业在家，其实是容易被人理解的，母亲真正担心的是父亲闲坐家中无所事事。作为家庭的顶梁柱，他并没有积极地去努力改变现状，没有为了一家人的幸福而不懈努力，只是慵懒地待在家中，日复一日地消磨时间，全然不顾家中年幼的孩子在院子里面哭闹，妻子拼尽全力维系着窘迫的生活。这对于一个家庭来讲是致命的，夫妻关系的变化势必影响到家庭关系，直接反映在孩子的眼中就是一种伤害，何况还是密勒这样天性敏感的孩子。

但是难能可贵的是，密勒的父亲尽管表现出了无所事事的懒散，对于整个家庭也没有任何的责任感（从密勒的自传中可以明显看出他对于父亲的失望与不满），但母亲的态度还是很值得敬佩的。作为一名妻子，她选择了对丈夫的理解与包容，不得不说，爱情很多时候是伟大的，当然这种伟大里面也包含了很多的无奈和叹息。在外人看来这种夫妻间的惺惺相惜其实是有点“沆瀣一气”的意味，并不是一件光彩的事情，但是在密勒的心中，母亲对父亲的这种态度促成了他内心对父母情感的认同，父亲的世界密勒或许无法理解，但是父亲在遭受生活的重创之后母亲对其不离不弃的包容态度，使密勒心怀敬意，这也直接导致了他晚年对于父亲态度的转变，从单纯的轻视到后来的谅解。关于这一点他并没有明确地表示，只是借助他在自传中写曼尼舅舅和妻子安妮一家的感受中抒发了一下真实的心声：“但是这一切的背后流淌着他的悲伤之河。市井之徒把他和安妮说成是井底游鱼。但他们的人生却最有意思。原因有很多，其中一个是他们仍然相亲相爱。”①

通过上面的话我们不难看出，在密勒的认知世界里面，不管外人如何不解，如何轻视像曼尼或者说像父亲一样的整天无所事事的失败者，但是就其自身来讲，密勒对他们还是有宽容的态度的，只要他们夫妻之间有爱。这种态度也直观地体现在了《推销员之死》中人物的身上。威利洛曼一家的悲剧，不管是大儿子比夫的自甘堕落还是二儿子的无所事事，剧作家还是将这一切背后的原因指向了他们又爱又恨的父亲。这个人前笑容满面，年轻的时候是家中孩子的偶像，曾经风风光光地带给全家幸福的男人，最终用他的虚荣与放纵，毁掉了他辛辛苦苦一手建造起来的家，当然最后还有他自己。威利 · 洛曼的遭遇是当时美国社会大多数推销员的处境的真

---

① ［美］阿瑟 · 密勒：《阿瑟 · 密勒自传》，蓝铃、林贝加、梁彦译，华东师范大学出版社 2016 年 7 月版，第 117 页。

实写照。推销员这个职业看似风光，背后却有无数让人难以了解的苦楚和心酸，年轻的时候他们可以衣着光鲜，开着车子全国去推销产品，但随着年老体弱，他们逐渐会被一批更年轻的推销员取代，等待他们的只有被辞退的命运。当然，后来很多的评论家都将密勒的戏剧和社会剧联系在一起，贴上社会剧的标签，但是密勒本人对于社会剧的认识还是有独到的见解的。在他看来，奥尼尔的《毛猿》、田纳西·威廉斯的《欲望号街车》等都是社会剧。社会剧不是简单地将社会现实引入戏剧，强化人在社会中遭受异化的过程，更多的时候，社会剧意味着一部戏剧作品更关注的是剧中人物内在的心灵感应，而不是仅仅将重点放在盘根错节的外部关系上。《推销员之死》中，威利·洛曼的形象具有一定的典型性，在这部剧中剧作家对于威利·洛曼的态度是复杂的。一方面剧作家强烈地谴责威利·洛曼因为出差时候犯下男人通常都会犯的过错同情这种过错对剧中人物的孩子造成的一生的负面影响，认为这是对于一个父亲这样一个神圣称谓的最大讽刺。但是与此同时，密勒又将这种父亲的过失在剧中的消极危害降到了最低，仅仅是作为比夫后来走向堕落的一个潜在原因提及了一下，剧中并没有正面展示威利·洛曼出差在外的时候与女郎鬼混的真实场景，那从写作的角度肯定会对他有不好的影响。这件事的交代是在老威利在亲眼看见了自己一直看重的儿子自甘堕落后，脑海中出现的画面——女人的声音、连续不断响起的电话铃声。过去与现在，用女人来串起两个不同的时空。同时也将一个在现实面前遭遇打击、不愿意面对自己孩子失败现实的心灰意冷的父亲形象淋漓尽致地展示在观众面前。

最后他走投无路了，工作上的淘汰对他的打击已经够让他承受不起，剧本一开始就是他精神恍惚地开车上路，将车撞到了路边的人行道上后失魂落魄地回家的剧情。但是他还是幻想着自己的两个孩子能够有不一样的人生，能够开创一片新的天地。直到比夫在好不容易得来的面试中将人家的笔偷回来的时候，他已经渐渐有了一种失控的感觉。我们可以理解成他最后的死亡是精神遭受重创后的本能选择，也可以说这是他为了家庭的幸福奋力一搏的最终归宿。他预感到自己已经没有任何机会带给这个家庭哪怕半点好处了，只能用自己的死亡所换取的保险费尽一点自己的力量，不得不说，他在此刻表现得像个男人。所以在最后的结尾处，妻子琳达带着两个儿子在他的墓前，泣不成声。这个可怜可悲的老人用尽了所有的力气，最终与这个世界挥手告别了，只留下墓碑上写满的墓志，诉说着曾经过往的旧事。

阿瑟 · 密勒在谈到这部剧的时候，自己是十分满意的，从演员的选择、导演的选择，到舞台的设计都是令他满意的。导演卡赞是他熟悉的合作伙伴，演员这边选择他一开始似乎有点没信心，觉得演员和自己心目中的威利形象有一点出入。在他的心中，威利应该是瘦弱的，就是那种在人群中看起来有些弱不禁风的人，但是第一版的演员显然是有点魁梧了。但是这种疑虑很快随着排练的进行而被打消，饰演威利的演员一出场令人惊喜，他脸上带着习惯性的微笑，微笑背后隐藏着的则是看不见的落寞，彷佛每一个毛孔都渗透了悲伤，让每一个看到的人都为之动容。应该说一部剧的成功是方方面面的，密勒幸运地遇到了这么好的一个班底，使得这部剧呈现超乎寻常的艺术效果。密勒后来无数次回忆起首演的情景，说演出结束的时候，他看到人群中有很多上了年纪的老人，或曾是蓝领工人，或曾是衣着光鲜的推销员，脸上都有泪痕。有一位老人向他走过来，抱抱他的肩膀表示感谢，这是对密勒作品由衷的肯定。

《推销员之死》带给密勒世界范围的声誉，他凭借这部作品跻身世界一流剧作家的行列。这部剧中威利洛曼的形象穿越了时空的长河，开始变成一个艺术符号，宽慰着生活在日常生活中重复劳作的普通人的心灵。推销员的职业特殊性赋予了这个故事鲜明的时代性，在剧作家看来，“正是那种变幻莫测，让他的人生更增添了一层浪漫而传奇的色彩。他从事的工作不是那种薪水固定的乏味职业，因为这样你永远别想飞黄腾达。”[①]

这是一种兼具冒险精神和智慧圆通的具有传奇色彩的人生规划。我不知道多少人会因为看完这部剧而想去从事这份职业，抑或者是离开这份职业，这其间都需要对生活中可能随时出现的未知的预期和判断。威利·洛曼在舞台上以自杀的方式获取了自己的尊严，奋力挽回了濒临解体的家庭关系在现实中物欲横流中的一点尊严。这是他不屈从现实的一种反抗，也是他不得不面临的高昂代价。正因如此，密勒对这个人物没有进行简单粗暴道德评判，而是倾注了一种理解和宽容，用发生在他身上的例子来展示当时美国社会中某一类群体的遭遇。所以老威利在死后剧作家安排了一场戏，让他可怜的妻子带着他寄予厚望的孩子在他的墓前，静默对他的哀思。谈到这一点，曾经在中国版《推销员之死》扮演这个角色的演员朱琳说道，在排演这场戏的时候，她总是控制不住地大哭，哭到不行。但是当时担任这一版导演的阿瑟·密勒却始终不满意，认为这个时候的妻子琳达不应该大哭，而应该低声地啜泣。后来朱琳不得已，多次试图调整自己的状态后才最终获得了导演的满意。我想这可能是东方人特有的脆弱与伤感吧，眼泪只是一种最基本的形式，因为我们看到一个这么年迈的人，遭遇了这么多的悲惨与心酸之后，还想着用自己最后的生命来给子孙留一点财富，这听起来就让人感觉泪目。从这一点上来讲，《推销员之死》中所传达的关于人的不幸与悲悯，跨越了东西方文化与国度的界限直抵人的心灵深处。即使是作为一个东方人，没有从事过推销员这样的职业，也能真切地体会到这位老人最后奋力一击的心情。很多年后，在中国大地上，同样上演了这

① [美]阿瑟·密勒:《阿瑟·密勒自传》，蓝铃、林贝加、梁彦译，华东师范大学出版社2016年7月版，第119页。

部剧，密勒的这部作品由英若诚翻译为中文，并且英若诚被密勒指定为饰演威利·洛曼的不二人选，担任这部剧中的男一号。在排练的过程中，密勒第一次以导演的身份与这部出自自己之手的作品进行了一个跨越时空的对话。关于这部分，密勒后来专门写了一本书描述了他来北京人民艺术剧院来导演这部戏的全部经过，其中描写了他对于中美两国文化差异的感受、北京人艺这边参与演出的演员与美国演员之间的不同，以及文化观念的不同，写得非常口语化，感兴趣的朋友可以去阅读一下。这里面给我留下较深印象的是，当时刚刚改革开放，西方的很多现代的演剧观念和演剧手法对于经历了特殊时期的中国人来讲还属于比较陌生的范畴。所以当密勒这位来自美国的西方人来北京排戏的时候，更多的人对于这种全新的剧作形式和表演方法表示出了一种不太接受的态度。他在里面提到了第一天他来剧场排练的时候，大家在一起围读剧本的时候，他发现没有人和他交流，每次读到一个段落的时候他希望大家能和他交流，但是他发现中国人很害羞，不擅长进行交流或者说不知道该怎么交流。最后他只好将这个问题交给了担任翻译的英若诚，由英洛诚来向大家传达密勒在这部剧中想要达到的艺术效果。

除了交流上面存在着的一些问题之外，还有一个令密勒不习惯的地方，就是东西方演员在面对这类题材时表演分寸的把握上所呈现出来的截然不同的态度。在美国排练的时候，导演是他的好朋友卡赞，也是他的上一部作品《都是我儿子》的导演，这是一位相当擅长把握现场气氛，能够恰如其分地引导演员尽快进入表演状态的一位成熟导演。而在中国他自己来担任导演的时候，这项工作就变成了自己的必备功课。可能是中西方对这份职业的认同不太一致，在中国当时并没有推销员这一职业，演员很难从生活中找到适合角色的行为举止，对人物的体验和感受几乎是没有。就给演出带来了一定的难度，他们的表演总是有点过火，密勒后来在他的日记中多次谈到这一点。其实更多的是因为我们这边的演员不知道用怎样的尺度来表现从事这个陌生职业的人的状态。在传统的理解里面，一个家庭的主心骨既是顶梁柱又是手握重权的家长，应该是具有一定威严的人。但是偏偏这个剧中的主人公又带有一点点神经质，常常陷入沉思在自己的主观世界里走不出来。这使得他与周围人的关系，他与妻子、孩子、大伯本，还有与自己的上司之间的关系的表现变得比较难以把握。

过火的夸张的表演也仅仅是因为无从下手。好在后来经过不断的磨合和沟通，最终给这部剧中的主人公一个较为贴合的职业，"——五十年后，中国人要将《推销员之死》搬上舞台，扮演威利的演员英若诚努力想找一份相应的职业，希望能吻合这种浪漫的期望，因为在中国推销员这份职业一直不体面，当然更加不浪漫。最后他抓住了保镖这个职业"。[①]这份职业的确定就像一把打开旧房门的钥匙，很久就使得北京人民艺术剧院的艺术家们确定了整部剧的艺术风格，开始渐渐融入这个角色，创造这个角色。保镖虽然与具体的推销员的职业还是有一定的差距，但是毕竟对于生活在当时的中国的艺术家们而言，保镖身上所具有的很多的特点还是能够帮助他们尽快地理解这个人物的内心。两份职业都具有一定的风险性，都充满着对结果的不确定性。在剧作家密勒的心中，推销员这份职业其实还具有一定的浪漫性，他们在推开每一扇写字楼的办公室大门的同时，推开的也是自己心中的一扇关于梦想的大门。而保镖这份职业在兼顾奇幻侠义的传奇色彩之外，更多的则是一种江湖道义与担当，行走江湖的保镖们，宁肯牺牲生命也要誓死捍卫自己的这份尊严，不然日后在江湖上会无法立足。

关于保镖这份职业，虽然我们经常在影视剧中看见，在历史书上读到，

---

① ［美］阿瑟·密勒:《阿瑟·密勒自传》，蓝铃、林贝加、梁彦译，华东师范大学出版社2016年7月版，第119页。

但是关于他们真实的生存状况其实还是了解甚少的。他们常年漂泊在外，如何与家中的妻子相处，是否有精力来照顾自己的孩子，关心他们的成长，这一切都因为这份职业的特殊性而变得神秘起来。当然，我们用现代人的眼光来看待这一切，无论是兜售梦想的推销员，还是漂泊艰险在路上的保镖，他们都有着不同于这个世界进行消融的方式。不同的仅仅是消融的方式与最终的诉求不同罢了。从生存角度来看，二者都是为了生计奔波，艰难在所难免。从精神层面来讲，推销员对财富的渴望可以上升到对梦想的追逐，而镖师们的行走更多的是一种侠义精神的具体展现。随着我们经济的快速发展，越来越多的“推销员们”开始出现在北京、上海、广州等地的大街小巷上，他们西装革履、行色匆匆地穿梭在一个个商业街区和写字楼间循环往复、奔走不停。在我们渐渐熟悉了这份职业的同时，更多的则是对这份职业背后的故事感慨万分。西方的威利 · 洛曼在舞台上永久地消失了，留下的只有亲人的伤痛与叹息。而在世界各地的舞台上，威利 · 洛曼却永远地存在着，他开着那辆刚刚擦拭过的锃亮的老牌轿车，穿梭在地球的各个角落，永远不变的是脸上职业的笑容与狡猾的眼神，路过的时候会冲你打招呼，或许这就是戏剧的魅力所在吧。

第三节　逃离与融合：底层视角的社会剧创作观

和很多著名的文学家、艺术家出生优渥，从小在顺利的环境长大所有不同，阿瑟 · 密勒的成长经历相对来讲比较的艰辛，虽然小的时候还曾经有过短暂的幸福时光，但是随着年龄的日渐增长，在社会急速转型的美国，他的成长可以说是充满了与贫困的搏斗，而促成这一切的是他那位令他又爱又恨的父亲，这也直接导致了在日后的他的全部作品中，“父亲”的形象永远是充满着活力但却暗含剧作家对其共有的一种复杂不满的情绪，剧作家创作时的情绪和对父亲满心的期盼与崇拜和对父亲在事业遭受挫折后整天待在家里无所事事颓废状态的不满交织在一起，形成了密勒作品中最独特的一种艺术风格。

父亲失业后的窘境带给了本不富裕的家庭更多的困扰，可怜的母亲不得不精打细算操持生计，而这一切给年幼的剧作家内心深处带来了强烈的危机感，如果恰巧这种危机感又碰到了一颗敏感的心，那么造成的后果就可想而知。家道的败落带来了家庭关系的微妙变化，父慈子爱夫妻和睦的往日时光不复存在，随着母亲对父亲态度的转变，年幼的密勒也开始谋算着如何改变当下的状况，当然以他当时年纪来讲，最直接的改变就是能够尽快地从这个家逃离，而不是像后来很多年后所想到的，真正从经济上改变整个家庭。这种想要逃离却无法实现的焦虑应该是密勒童年成长过程中的生活常态，那时候他就已经感觉内心藏着一个漂泊不定的灵魂，这个渴望自由向往美好生活的单纯愿望，成了后来他很多作品中主人公身上具备的基本特质。

"我还是觉得——自己有点漂泊不定。"威利洛曼对他的哥哥本说。"在1948年的春天写下这句台词时我笑了，当时我还没有想到这句话其实概括了我自己当时以及后来一生的生活状态。在我半梦半醒之间此时此刻总是交织相融。我二十岁时才明白十五岁应该如何过活，三十岁时才知道二十岁意味着什么。而我现在七十二岁了，不能够再当自己是五十岁，前面还有很长的日子。"[①] 通过上文，不难看出密勒多年后对当时的自己的评价，虽然经过半个多世纪的沧桑之后这种对自我的评价不免有点戏谑的成分，但

---

① ［美］阿瑟·密勒:《阿瑟·密勒自传》，蓝铃、林贝加、梁彦译，华东师范大学出版社2016年7月版，第63页。

是总体来说还算公允，历经岁月的洗礼过后，密勒终于真正认识了自己。威利·洛曼在常人眼中是一个粗鄙势力的小市民，推销员这份职业让他养成了当时社会流行的恶习，这种现在看起来有点油腻的感觉其实是不太招人喜欢的。密勒在创造这个人物的时候也并没有回避这一点，还是客观地写出来了。同样，在《都是我儿子》里面的那个有着某种相似特点的父亲凯勒身上也有职业带来的虚伪，但是当时的密勒不够成熟，还没有懂得如何用文字来塑造随处可见的典型人物。而正是前面密勒谈到的那种漂泊感，成了他作品中贯穿的主基调，在 20 世纪名家辈出的世界戏剧界独树一帜。

随着密勒名气的大增，他开始用不一样的视角来看待他所处的世界，作品风格也多样化起来，作品开始更加重视人物的心，强调剧中人物与社会之间格格不入却又难以割舍的情绪。在这其中，《两个星期一的回忆》堪称这种思想的最好代表。这部作品讲的是一个高中辍学出来打工的年轻人，后来因为无法忍受周围庸俗的工作的环境而最终离开的故事。整个故事很简单，里面并没有集中的事件和强烈的矛盾冲突，看起来更像是密勒自己的一种生活写照。里面的主人公年纪和经历都和密勒的人生轨迹十分吻合，密勒在年轻的时候也曾经因为家庭的缘故而中途辍学，后来依靠自己外出打工挣钱才得以继续来到大学深造。这部剧因此也没有引起评论家和观众更多的兴趣与关注，但是透过这部带有自传色彩的剧作，我们可以更好地了解作为普通人而不是剧作家的密勒的内心，是什么样的奇特的经历造就了日后的阿瑟·密勒，在这些风格特异的作品背后究竟有着怎样的心酸与不为人知的往事，这一切在密勒晚年的自传中谈到的十分有限。人到暮年回头看，谁都喜欢回忆自己的人生中那些光彩动人的时刻，谁愿意重温少年时的伤感呢？但是，了解一个人内心的最好方式，就是了解其遭遇坎坷的人生阶段，而不是后来的高光时刻。从这点上来说，《两个星期一的回忆》就像它的名字一样，带着一种淡淡的伤感。

或许是天性使然，密勒从小就有着敏感的心灵，所以他后来在面对生活中出现的猝不及防的变故和坎坷的时候，感受也较常人更丰富一些。密勒晚年谈道："我在二十岁时就觉得自己老了，觉得时间像个砂轮要将我碾碎。我害怕的不是死亡，而是微不足道。"[①] 所以其实通过上面这段话我们可以看到他自视清高、不甘于平淡的心理。二十岁的时候，他就对很多事情的看法就已往很成熟了，感觉时间像个残酷的计时器，碾压着自己的理想。但是他又不甘于平庸，和那个渴望成功的父亲一样，骨子里面还是对未来美好的生活充满了强烈的愿望。因为和轰轰烈烈后的平淡相比，微不足道的人生才是他无法面对的。这一点我们在《两个星期一的回忆》中也可以窥见。《两个星期一的回忆》以年轻主人公的视角来展开故事，通过他和周围人的关系来交代当时美国社会一个最普通的工厂中的人际关系，来表达工业化社会带给人的心灵的桎梏和压制。这部剧中既有家庭不幸的中年男人，也有风情万种却富有正义感的女人们，还有追求知识、渴望回到学校的学生。工厂经理这个人物形象在其中算是比较丰富的，他的生活被日复一日的繁重工作推着向前走，基本上没有自己的任何想法，完全不能自己主宰自己的生活。面对眼前的一切，有心改变却无力回天，只能任由事态发展静观其变。但是我们也可以看出他天性中善良的一面，是一个在工业化的大时代背景下被裹挟着疲于奔命的可怜人的形象。他们善良软弱，在社会中谨小慎微地活着，没有想法或者说有了想法也不愿意说出来，这一类人物在密勒的作品中随处可见，共同构筑了他作品中人物群像的底色。可以说，底层视角的创作观是支撑起倡导的"社会剧"最有力的保障。

这种对生活在社会底层的小人物的悲悯，使得密勒的作品相比同时

---

① ［美］阿瑟·密勒：《阿瑟·密勒自传》，蓝铃、林贝加、梁彦译，华东师范大学出版社2016年7月版，第63页。

期其他剧作家的作品，显得富有人情味。密勒将叙事的视角放到日常生活中来，用娓娓道来的方式来交代故事。这种方式既不同于美国另外一位蜚声国际的剧作家田纳西 · 威廉斯作品中“奇特”的人物情感，没有《玻璃动物园》或者《欲望号街车》中的那种对人近乎病态的临摹，也与美国第一位获得诺贝尔文学奖的剧作家尤金 · 奥尼尔有着更大的不同。尽管阿瑟 · 密勒也推崇奥尼尔的作品，认为其作品体现了美国戏剧的精髓，但是读过两人作品的人一定也会知道，两者之间对于人生的理解有着本质的区别。奥尼尔在代表作《天边外》中虽然也表现了小人物的理想与现实之间的无奈与彷徨，但是剧作的更重要的内涵在于这种不同的人生选择过后对于当事人的意义的消解与虚无。和密勒一样，奥尼尔也不粉饰人生，不会主观地将人放大到近乎失真的境遇中去。但是，奥尼尔的视野更为开阔，他在展示芸芸众生在尘世中忙碌奔波的时候，大多是保持了一定的距离。像《天边外》里面的两兄弟人生错位有纠结的人生，虽然也充满了世事无常的荒谬感，但是奥尼尔在此探讨的不是生活本身，而是生活之外的人生终极追求，是有着某种哲学的高度的，“天边外”既是人生远处的风景，又是人内心始终不能到达的远方。在这一点上，密勒的作品则现实得多，且不说《推销员之死》《两个星期一的回忆》这样带有强烈生活气息的作品，就连表现信仰与坚守的《萨勒姆的女巫》这样的强情节剧目，里面所折射出来的爱情与欲望也带有浓郁的生活底色。或许这正是密勒索苦心追求的在生活琐碎中窥见生活本质，用不断前行的脚步来回应过往的种种。在博士毕业的时候，笔者曾经写过一篇文章《人生货栈来来往往，唯有信仰永恒》，便是从生命感悟的角度来写密勒及其剧作的。

当然，底层视角带给密勒平民化的叙事风格，这为他赢得了很多声誉，也让他获得了很多底层百姓的喜欢。大家从明晃晃的舞台上远观那些和自己相似的人的生活，走出剧场后或许还会沉浸在这些仿佛发生在自己身边的人与事。那些悲伤、那些艰辛，仿佛是自己随处可见的凡尘往事，只是夜深人静时仔细想来多了几分心酸与哀伤。但是纵观密勒的全部作品，他的本意并不是想放大这种哀伤，因为他明白这是人生在世无法回避的宿命，无论你是否愿意，都要耐着性子忍受下去。这就是密勒的底层视角带来的戏剧观，也是时隔多年我们依然会为这些剧作背后的故事感伤的原因。

第四节　信仰与欲望：密勒作品中的人生观

或许可以这样说，在密勒全部作品中《萨勒姆的女巫》其实有点与众不同的。这部剧作中无论是题材内容还是叙事方式，都和密勒的其他作品有着很大的不同，假使你对此剧作家不熟悉，你很容易误解为这是另外一个作家的作品。抛却了叙事风格的严肃与规整有点古典意味之外，《萨勒姆的女巫》这部作品所表现出来的作者强烈的现实主义创作风格，对正义与信仰的坚守与邪恶不屈不挠斗争的勇气，就足以令现在的剧作家汗颜。这部剧在 20 世纪 80 年代的时候由英若诚翻译后走进中国，由上海人民艺术剧院的黄佐临导演操刀搬上舞台，一经推出就获得了极大的成功，大家或许在接受《推销员之死》这样有点散的戏剧时有点难度，但是对于《萨勒姆的女巫》这部剧却是一致好评。当然，观众的接受度并不代表剧作本身的质量，但是最起码能够证明这部戏剧引起了很多人的共鸣，也算是某种意义上的一种成功。

说起这部剧的由来，晚年的密勒回忆说这其实起源于他在乡间看到的几幅图画有关。“那时我正在为《萨勒姆的女巫》收集资料。看着这几幅图，我突然觉得巫术和清教徒崇拜有一种熟悉的内在关联。它的幻觉，它的愚蠢，还有它的庄重。某种更为个人的东西而非大众对自由正义的追求，回到我的生命中。原本我写个剧本几乎是为了自己。”[1] 透过这些文字，我们不难看出，密勒在构思这部剧的时候，其实是在深度思考了巫术和清教徒崇拜之间的内在关联后进行的创作。两者在某种程度上都有着共同的特性，带有一定的幻觉，容易让人迷失。而盲目的信奉则又加重了这种行为背后的愚蠢。但是不能否认的是，两种事物之间都具有某种庄重的感觉，显示出一种个体的生命追求。在《萨拉姆的女巫》这部剧看似荒诞的剧情下面，隐藏着的是对人深深的同情，对那些不明事理一味盲目愚蠢的对同类进行戕害的邪恶的控诉。剧中的阿碧格在男主人公家里做女仆，因为自己与男主人普洛托克有私情，在想要一直保持这种不正当关系的无理要求遭到拒绝之后，转而因爱生恨指控普洛托克的妻子伊丽莎白是女巫，在周围牧师的助推下，最终酿成了多人被连带绞死的悲剧。

这个故事是根据历史上曾经发生的真实事件改编的，在改编过程中，密勒设置了这样一种独特的戏剧情境：男主人公普洛托克对待上帝的态度，他与女仆阿碧格之间特殊的私情关系，以及他对于妻子伊丽莎白的责任。在这几个条件的共同作用下，整个事件变得较为复杂且头绪万千。普洛托克有很多的选择，只要他能够向世俗低一下头，承认自己是受了魔鬼的蛊惑就能保住性命。在这种生命攸关的紧要关头，普洛托克也曾犹豫过，动摇过，试图想要保住自己的性命。但是最终，在周围坚持正义的行为的感召下，他毅然选择了维护正义，追求真理，哪怕付出的代价是生命也在所不惜。最终在黎明即起的时刻，我们的英雄普洛托克走出了刑房，走到了开阔的原野上，用自己的鲜血谱写了一曲人性的赞歌，给人以极大的震撼。

1981 年这部剧在上海人民艺术剧院（现在的上海话剧艺术中心）上演，

---

① ［美］阿瑟 · 密勒：《阿瑟 · 密勒自传》，蓝铃、林贝加、梁彦译，华东师范大学出版社 2016 年版，第 39 页。

一经推出就大受欢迎。不仅中国人民喜欢，世界各地不同肤色的人们也都对这部充满传奇色彩的作品报以极大的热情和肯定。据不完全的统计，《萨勒姆的女巫》在当时的美国社会引起了巨大的反响，以 633 场连演记录成了百老汇舞台上经久不衰的一部经典作品。人们喜欢这部作品，一方面，是因为剧中塑造了一个有血有肉的悲剧英雄的形象，普通人肯定是崇拜英雄的；另一方面，这部剧所展示地对真理的坚持与为维护真理而遭受的流血的残酷，也确实让人有种莫名的恐惧。渴望真理但是又安于现实，憎恨邪恶但是又不敢直面鲜血，这通常是普通人生活中常有的状态。较之于《萨勒姆的女巫》距离生活有些遥远的灵魂震撼，《桥头眺望》展示出来的对于亲情与畸形心态的描绘，以及对于普通人内心无法压制的欲望则更让人不寒而栗。

《桥头眺望》主要是密勒借此表达他对欲望无限延伸带来的失控局面的一种假设。我们中国人常说“欲壑难填”也在表达类似的意思，其指向更多的是物质层面的贪婪。但是，性欲和情欲交织在一起的复杂的内心奢欲则更容易将人陷入一种危险的境地。在《桥头眺望》中，埃迪这个码头工人身上压抑许久的欲望其实是危险的，足以让他致命和不自知。凯瑟琳这个青春美丽的少女就像一朵长满了刺的玫瑰，看起来楚楚动人但随时都有伤人的危险。贝特丽丝是旁观者，之前就已经感受到一丝危险的气息，但是自始至终却总是无力改变局面的弱者。马可是可怜的，是欲望的殉葬品。这部剧中突出了密勒世界观中对于欲望的一种观点，即欲望在暧昧不清的关系中一经发酵，就会成为致命一击的毒药，让人失去性命。

如此直白地欲望的警示与随之展示出来的小心翼翼的态度，在密勒的剧作中也不多见。《桥头眺望》其实还有另外一层含义，这里面展示的是意大利劳工偷渡美国后的一种生存境遇的展示。为了写这部剧，密勒曾经去了一趟意大利，正是这次意大利之行，让他对于种族、对于来美国生活的意大利人有了一种复杂的情感。在这个近乎命题作文的创作中，他可以选取的角度和武器很多，为何偏偏选取了这样一个爱上自己的外甥女的姨夫，因嫉妒她的情人马可最终酿成惨剧的故事呢？抛开了戏剧情节本身的推进需要强有力的传奇色彩之外，这里面更多的是显示了剧作家对人对事的一贯态度。不管是欲望还是人的衣食住行的诉求，其实都是潜藏在人心中看不见的一种客观存在，这种存在需要通过理性和智慧来达到平衡，一旦这种平衡被打破了，人就会面临一种难以控制的境地，当然结局不一定都那么极致——像埃迪这样死于非命。但是却足以引起我们的警示，那就是我们虽然不一定遇到像埃迪那样的被欲望驱使又不能自控的情况，但是，日常生活中潜在的很多看似简单的事物，也是需要用我们的心去守护的。这里只是选取了一个最典型的例子。

欲望和信仰，是剧作家在这两部剧中所要探讨的主题。密勒自身的经历也加重了这种讨论的传奇色彩，很多的时候因为犹太后裔的身份，抑或共产主义坚定信仰者的身份，令他拥有了很多不同寻常的人生经历。这种经历带给他的人生是多方面的，促使他尽快成长，更清醒地看清眼前的世界。同时也有被大部分人戴着有色眼镜看待，甚至遭受敌对的仇视。从后来的人生轨迹来看，密勒还是很智慧地处理好了这一切，他既没有改变自己的信仰，又恰如其分地尊重了自己内心的愿望，将二者平衡在一个恰当的角度。从这一点来讲，密勒给后世从事艺术创作或者确切地说从事戏剧创作的后人树立了一个积极的榜样。我们生活在这个纷繁复杂的世界中，难免会遭遇到各种挑战与困难，这时一味保持自己的个性，宁肯头破血流也不屈从的精神固然让人感觉到敬佩，但是还有一种选择就是寻找一个全新的方式来消解这种困境，试着从新的角度来厘清眼前的事物，从而知道哪种方式更适合解决这件事，这种做法或许显得有那么一点懦弱，但其实是一种生命的智慧，是值得我们年轻人去学习与借鉴的。否则结果不是你以为的可以做个像《萨勒姆的女巫》中的普洛托克那样的英雄，而只是《桥头眺望》中的被欲望驱使的可怜的埃迪，不仅失去了宝贵的生命，最终还伤害了自己周围的人，多么得不偿失。

或许对于剧作家来讲，作品中展示出来的人生片段是其内心深处对这个世界的一种隐秘看法。陈忠实在其名著《白鹿原》卷首上也曾经谈道，写作是一个民族的秘密。关于这一点，密勒在开始尝试写作的时候就已经有了较为理性的看法，他在晚年的自传中曾经这样谈道："《鸿运高照的人》经历了无数次改写，也让我第一次一点一点开始真正领悟父子、兄弟之间的矛盾……一天，非常突然地，我明白了阿莫斯和大卫是兄弟，帕特是他们的父亲。现在这个故事多了一种不同以往的痛苦，我可以由衷地说，那是一种全新的不可言喻的信心，确定我看到了别人没有看过的东西。"[①]

在这个剧本中，密勒展示了其作为一名敏感的艺术家对于周围世界的独特看法，虽然还不成熟，但已经有了日后剧作标志性的元素：兄弟关系、父子之间的矛盾、对死亡的未知以及难以逃避的残酷命运。这些元素在他后来的作品中都被称为基本的内容，用以与变幻莫测的生活真相来交换彼此的秘密。世界是一个难以窥见全部的复杂载体，它承载着我们的生活，让我们身在其中却不自知。我们对世界表达自己的看法有很多方法，比如音乐、美术、舞蹈、文学等，但是没有哪种方式能像戏剧一样如此直接又如此富有戏剧性地呈现生活本来的面目。当我们走进剧院，在两个小时的时间中去观看一段不同的人生经历，或者是感受一种前所未有的情绪，这是对我们生活的一种另类体验，这种体验常常带有一种主观的感受，是从我们自己的人生体验出发对当下感受的一种自动的选择。或许很难说这种

---

① ［美］阿瑟·密勒:《阿瑟·密勒自传》，蓝铃、林贝加、梁彦译，华东师范大学出版社 2016 年版，第 84—85 页。

选择到底对于我们生命的个体意味着什么，但是就凭这种选择是基于我们与世界的一种彼此共通的方式这点上，其实就是值得被肯定的。群体的境遇往往是通过个体的遭遇来呈现的，我们在舞台上看到的一个个艺术形象，无论是推销员、车夫、官员、教授，还是烟花女子、名媛英雄，其实究其本质而言，都是一种生命的存在。借助剧作家的笔将其在芸芸众生中塑造出来，用戏剧的方式搬上舞台，供观众观看与思考。

从这一点来讲，从事戏剧是幸福的，它可以让我们在特定的时间里，在另一个空间里面审视我们自身，停下来思考走过的路。密勒剧作对欲望的审慎态度，对于信仰与正义的坚持与守护，都说明了其作为一名世界一流剧作家对于人类精神世界的正确态度。当时，即使不是从道德角度，而仅仅从艺术的角度对这种态度进行判断的话，也应该是值得肯定的善行。在冷静理性的叙事中，剧作家将流动的生活场景也带进了舞台上，于是我们看到《推销员之死》中威利·洛曼家里儿时充满的笑声，看到《桥头眺望》中最后被情感冲昏了头脑不得不付出生命代价的埃迪的临终前的内疚，这些带有忏悔性的行为，在剧作家笔下因为有了同情而变得富有人情味。就像一位慈祥的长者，默默注视着自己膝下的众生，虽然不轻易开口，但还是可以地从他那温和的笑意中感受到这种善与爱。

阿瑟·密勒作品漫画图

第三章　当代世界戏剧发展趋势与自我表达

第一节　坚守：人类精神的永恒家园

随着人类进入 21 世纪，戏剧这门综合艺术已经陪我们走过了几千年的时光，历经了人类起源、发展、壮大与成熟的各个阶段。古希腊戏剧给后世的我们提供了最早的生命感悟与本质特质，是后世人类文化与艺术的精神家园，从人生的角度超前地预言了我们后来不断发展的生活。《俄狄浦斯王》中展示出人类无论如何都无法逃避命运安排的既有轨迹，直到今天我们读到都会心惊胆战。古希腊剧作家索福克勒斯用这样一个形象来表达他朴素的世界观：人在很多时候是无能为力的，即使像俄狄浦斯这样的智者，做了那么多的努力也还是无法改变自己的命运，何况像我们一样的普通人。而埃斯库罗斯在其代表作《阿伽门农》和《被缚的普罗米修斯》中，则是将这种神与人的关系给予了最本能的解释，在他的观点里面，人类在面对宿命的时候，往往是渺小且不自知的，一旦你窥见了其中的秘密，你就比其他人更接近你心中的神祇，更容易参透自己的初心。宿命之于那个为了报复丈夫而弑杀孩子的疯狂的美狄亚，则更是变成了一种无以复加的疯狂执念。古希腊戏剧之所以被认为是人类精神文明的家园、戏剧艺术的发祥地与永远的故乡，最重要的原因在于诞生之初就为后世戏剧提供了可供参考的艺术范式，无论是故事的选材、人物的塑造、剧情的渲染还是以悲剧为代表的悲剧精神的诗化写照，都值得戏剧工作者们不断地去学习，吸收其中丰富的营养。更重要的是，古希腊戏剧自始至终对于生命的态度和通过戏剧所展示出来的人生的广博与浩瀚，更是令后世的我们感到汗颜。

现在我们的生活越来越现代化，技术越来越发达，人工智能高度发展，甚至在很多领域都已经完全取代了人的工作。前几年就有这样的说法，只要按照既定的程序，机器人都可以从事写作，这当然是一种荒谬到可以忽略的臆想，但是也从某种程度上来说明了人工智能对于我们人类的挑战。但是尽管如此，戏剧的光辉与使命却从来没有遭到过质疑，人们对其未来也充满信心，不管是不是很火爆，人们走进剧院所能够获取的，是在其他任何场所都无法获得的对生命最直观的感悟。从这一点来讲，古希腊戏剧提供的这种艺术样式，更多地表现在对生命奥秘的探索与预见上，具有一种不可思议的超前性，在几千年前的爱琴海岸边，人们在葡萄成熟的季节里，围坐在一起载歌载舞、敬神祈祷的生活场景，随着岁月的沧桑渐渐变成了我们人类共同记忆中的一部分，直到封存起来变成我们习以为常的生活习惯。这一切都应该感谢古希腊，要是没有他们的努力和智慧，很难想象现在的我们会不会还能有这样的幸运，去跟随艺术家所展示的世界净化自我，实现自我改变。

经过漫长的中世纪后，戏剧发展迎来了另一个高峰期，此时诞生了一位世界上最伟大的戏剧家——威廉·莎士比亚，或许当时很多人都未曾想到，这个出生在英国远郊的其貌不扬的人，用他笔下的戏剧影响着后来一代又一代的人，以至于很多时候莎士比亚甚至成了戏剧的代名词，我们谈到戏剧就要提到莎士比亚，说起莎士比亚就知道这是在谈戏剧。和古希腊的先贤对戏剧的开创性贡献与精神大本营的确立有所不同，莎士比亚对戏剧的贡献体现在多个方面。首先表现在他将古希腊时期确立的戏剧强化命运，重在展示人类在浩瀚的命运规定的轨道内是无能为力的。莎士比亚的戏剧更强调的是人类自身因为性格缺陷而造成的不可回避的悲剧。所以我们常常说古希腊悲剧是“命运悲剧”，而莎士比亚戏剧则是“性格悲剧”，研究者更多地从这个层面来对戏剧进行比较。所以我们看到的是《哈姆雷特》中那个忧郁又多愁善感的王子形象，他一次又一次延宕复仇的行为与其说是自己强加给自己的主观理由，毋宁说是自己内心因为性格而长久以来形成的生命惰性。这里的“复仇”更多的是人生态度而非现实中的选择，这种想要复仇却又不敢面对的纠结的心情，使得我们这位可怜的王子遭受着来自道德与内心的深重煎熬，以至于后世的人将“哈姆雷特”作为了一种形容词，可见戏剧作品的力量对于现实生活中的我们来讲是多么的意义深远。

像哈姆雷特一样丰富全面的人物形象在莎士比亚的作品中随处可见，比如《麦克白》《奥赛罗》《李尔王》等。莎士比亚可以说是整个戏剧史上的一座高峰。而后戏剧经历了古典主义时期，强调古典主义的精神，追求结构的极致与周到。宫廷严苛的结构与样式要求在限制剧作家写作的同时，也给他们带来了一种前所未有的想象，逼迫他们不得不开始用一种新的方式来表达广阔的人生百态。“三一律”既是一道不可逾越的鸿沟，又是促使他们继续前行寻找新的表达方式的一种鞭策，好在人类的智慧是无限的，最终他们找到了一种既合乎规律又能够展示思想的道路，诞生了一批杰出的剧作家和作品，像拉辛与高乃依等悲剧作家，写出了《熙德》等杰作。而同时期的喜剧大师莫里哀则一边在普及美与道德一边从事戏剧创作，最终诞生了《伪君子》这样经典的作品。可以说，戏剧总是在人类发展的过程中，伴随着经济文化与艺术的革新，从自身出发寻求一种更为广阔的表达，求新求变可以说是戏剧艺术本身最基本的特点。无数剧作家正是从生活出发，以真善美为方向，开启了求真求美的艺术之路，带给了后世极为丰富的思想和精神财富。

随着历史脚步的前进，古典主义戏剧渐渐被后来的戏剧形式所替代，浪漫主义思潮开始大行其道，接下来是现实主义的兴起，直到近现代派的出现，戏剧开始朝着一种不断变革与自我更迭的方向发展，在发展中完成了自己内在生命力的转变。

戏剧发展到20世纪，不断涌现出来很多的新的艺术形式。戏剧在此过程中也和其他艺术形式一样，开始朝着一种更为现代的方面去发展，最典型的标志就是以阿瑟·密勒、田纳西·威廉斯、尤金·奥尼尔等一批美国剧作家为首的新型戏剧的倡导者和践行者的出现。这类戏剧与传统戏剧相比，既不是一味地强化命运对人的影响，在命运与人的欲望之间进行深度的思索。也不同于莎士比亚的戏剧，更加注重对人自身性格上的缺陷或者说是个性进行一个深度地挖掘，从而找寻生命本身的一种哲学高度。现代派的戏剧作品更多的是从自身经历出发，去找寻平常生活中的重要意义。当然，20世纪以来的戏剧艺术较之以前尽管在艺术形式上表现出较为鲜明的特点，但究其本质而言还是延续了古希腊以来的戏剧内涵与精神。这一点与现代派的戏剧包括荒诞派、表现主义、象征主义、存在主义等戏剧有着本质的不同。

第二节　内涵：更注重自我意识的个性表达

阿瑟·密勒在自传中曾经这样写道："我好像一直都很清楚自己就是木匠和技工。十四五岁时候我用打工送面包的积蓄（一个星期4元薪水，辛辛苦苦赚了总共12元钱）买回木材，给一间小房子的后门搭了一个门廊。——想用它来写一个关于推销员的剧本，想在人间创造新的影子世界这种念头对我的诱惑永远不会消退。”[①] 以上是密勒晚年对于自己少年时代敏感且善感的心情的真实写照，也或许是代表了很多作家的一种共同的心声。密勒代表了 20 世纪戏剧家的大多数。这个阶段的剧作家们更注重自我意识的表达，除了奥尼尔有些剧作带有一些奇幻色彩，风格上面也前后有很大的改变之外，像田纳西 · 威廉斯、阿瑟 · 密勒这些剧作家，大都在自己熟悉的领域内进行戏剧创作，所表达的也是极具个人色彩对世界和人生的看法。当然，对于一个艺术家来讲，独特的生活经历是其日后安身立命的根基，这一切都是为日后创作服务的，缺少了这样的奇特经历，不要说写出好的作品，即使是自己的生命感悟也很难打动别人。

在这一方面，荒诞派戏剧对戏剧发展的贡献显得尤为重要，这其中的代表就是贝克特和品特。贝克特这位天才的剧作家，以代表作《等待戈多》为自己赢得了诺贝尔文学奖，可以说声名显赫。在《等待戈多》里面，具体的戏剧情境构建已经不存在，传统的人物关系与事件也几乎被消解，剩下的只有一种极致的戏剧情境，场上的人物在其中，也没有明确的行动与目的，更多的时候这种戏剧更像是一种哲学范畴的实验，戏剧舞台只是其实现这种实验的容器。《等待戈多》的戏剧情境相当特别：舞台上几乎没有任何写实的景物，只有一棵落光了叶子的树，以及空旷无垠的舞台。没有时间，也不知道具体的地点，更重要的是故事的主人公戈多的全部信息我们都一无所知，整部剧的时间空间全部被抽象化了，剩下的只有一个行为：等待！在这里贝克特其实更多地表达了一种剧作家个人对世界宇宙空间的看法，世界是荒诞的，时间也是荒诞的，只有等待本身是具体可见的。但即使是这种具体可见的等待，也因为戏剧情境的虚无而变得没有意义。

---

① ［美］阿瑟 · 密勒：《阿瑟 · 密勒自传》，蓝铃、林贝加、梁彦译，华东师范大学出版社 2016 年版，第 114—115 页。

剧作家虽然在整部剧的总体艺术风格上将具体的生活抽象化、符号化了，但是里面一些人物关系和事件的安排，还是有其戏剧性的成分存在。比如，剧中两个主人公的性格其实是清晰的，也是有区别的，能够根据他们的言行举止进行判断。其中一个就比较娇气一些，更依赖对方一些；另一个则显得更为直接一些，不太能够体会其他人的感受。两个人之间相互依存的关系在评论界有着不同的解读。比如，说两人是一个人的两个部分，其实是相互补充的；比如，有的评论家认为他们之间是有上下级分工的。但是，不论如何，他们之间的这些变化其实还是可以看出，后来的观众在读解这部剧的时候，是融入了自己的情感的。这里面还有一个特别有意思的人物关系，那就是波卓和幸运儿这组人物关系。波卓的出场很有气势，给人的感觉就是一个蛮横不讲理的恶霸，他对幸运儿的操控与近乎虐待的苛责，则显得有点让人心有余悸。笔者理解的是，贝克特在这个剧中用他精心设计的几组人物关系来持续时间和空间。波卓与幸运儿明显带有上下级的关系，波卓对待幸运儿的态度如此蛮横无理，幸运儿却无法逃脱依旧愿意在他的手下，就是对此关系的最好证明。两人之间其实是带有某种依附关系的，这种明显带有隶属关系的依附从某个层面可以说是一种阶级关系的体现。当然，假如我们从马克思主义关于人的发展阶段的观点来看的话，这种阶级关系代表的是落后的，是一种过去存在的隐喻。所以很多人去解读贝克特的《等待戈多》中含有的哲学隐喻，从某种意义上来讲正是上面这种人物关系给人带来的最直接感受。

而两个等待的伙伴之间，从目前两人之间的互动与争吵却无法分开的行为来看，则更像是一种当下的存在。我们虽然不知道他们两个来自何方、去向何处，究竟是为了什么在此等待，但是我们可以看得出他们之间的关系是很亲密无间的。像开场的时候两人之间为了一个靴子的事情吵架的情节，读来给人的感觉是有着浓浓的生活气息的。像生活中熟悉的挚友，抑或是刚吵架完的夫妻，总之他们两人之间平淡独立的关系，区别于前面的明显的隶属关系，因此，两人之间这种平等的关系背后传达出来的，恰恰是剧本自身描述的生活的当下性，这种当下性恰恰是对应我们时间概念中的当下，是一种对自我处境的下意识表达。对应的时间是现在。

那么到现在再看《等待戈多》中的戈多究竟暗指的是什么，就有点明朗了，前面的是代表过去与现在的话，戈多这个抽象的人物所代表的则是一种并不明确的未来。未来有很多可能，而这恰恰代表着是无法预知的。过去、现在、未来三个不同的时间维度交织在一起，变成了一幅关于人类命运的全景图。这或许正是《等待戈多》这部剧想要传达的主题思想。现代主义戏剧一个显著的审美特征就是晦涩不清的指向性。它虽然暗含的意味很多，舞台象征的内容也很丰富，但是传达给人的感觉却往往并不清晰。戈多究竟意味着什么？这本身应该是一个抽象的概念而不是一个确定的结果，唯其如此，剧本想要表达的意义过程要比结果重要得多。也就是通俗一点说，戏剧以前总是试图告诉你点什么，但是现在不告诉你什么，只是将一切的因素摆在眼前，让你自己去体会。或许我们在欣赏这种类型的剧的时候需要一点时间来适应，从单纯的对人的种种的好奇，到平心静气地接受舞台上所发生的一切，观剧习惯的变化本身就是社会的一种进步。这就是阿瑟 · 密勒的戏剧最值得称道的地方，一方面他遵从了现实主义的创作风格，按部就班地安排事件，塑造人物、组织场面，有序地完成一部戏剧应该具备的一切工序，另一方面又不着急揭露最后的真相，几乎没有什么悬念的期待，留给观众的仅仅是一种人生况味。不评价不渲染，心平气和地面对着眼前的观众，个中滋味还是留待观众自己去品评。从这个层面来讲，密勒戏剧不仅在当时的美国是先进的，即使放到现在他的几部作品也并不过时，这或许就是至今仍有很多人在研究他、学习他的原因。

第三节　诗化：在现实主义的语境下的内在追求

进入 21 世纪以来，戏剧的变革一直在进行着，并没有停下探索的脚步。越来越多的戏剧家开始探索一种更为全新的戏剧表达，力图使有限的舞台时空得到更多的拓展。一方面这是受到信息化社会泛娱乐化的影响，是被以电影电视为代表传播手段的冲击的本能选择；另一方面则是戏剧艺术本身所蕴含的对当代生活的捕捉与表达方式的时代要求。越来越多的年轻人开始走进影院，或拿起手机观看视频，这对于传统艺术的冲击是巨大的。不进行变革、不寻求新的表达方式，注定就会被年轻一代所抛弃。可喜的是，在面临巨大冲击的困境下，戏剧还是适时地寻找到了应对的策略，在各种信息泛滥的时代艰难前行。这其中涌现出一批好口碑、深内涵且能够净化心灵的戏剧作品。

一、《兄弟姐妹》：诗史气质下的生命的残酷

2017 年俄罗斯导演列夫·多金带着他的名作《兄弟姐妹》来到中国，开启了这部剧在中国的演出之旅。这部带有典型俄罗斯气质的戏剧磅礴大气，以史诗般的气质和深藏于下地对生活在旧时农庄里的人进行了非凡的表现与讴歌。一开始大家还担心这部对外宣称长达 8 小时的戏剧，在中国能否经得住考验，毕竟语言不通，故事陌生且人物众多，但是看完这部剧后证明一切的担心都是多余的。这部史诗戏剧尽管体量庞大、宏图广阔，但是其真诚质朴的情感和不自觉透露出来的忧伤还是征服了现场的观众，赢得了一致好评。密勒曾经谈道："一部真正优秀的戏剧，不该让大脑的即时反应变得迟钝，不该让人'忘记'，而该使人由古见今，由今见古。戏

剧形式本身，除去内容和含义，应该是一种心理过程，汇集了一个人的社会生活灌注在他身上的一切。”[①] 这段话正好可以放在《兄弟姐妹》这部剧身上，用以解释其为何能够拥有这么多观众的喜爱。抛开该剧由长篇小说改编而来本身具有深厚的文学性不谈，就该剧的艺术表现形式和对于舞台时空的极大丰富与拓展来说，就足以让我们有很多可以学习与借鉴的地方。通过这部剧我们也可以清晰地看到，戏剧艺术发展到 21 世纪后，其自身所呈现出来的总体态势：表现形式的巧妙多样与古典精神的有机契合；追求多样化艺术表现手段的同时，更深度挖掘戏剧背后广阔而深重的社会价值，从广义的角度来看，这也是当代戏剧艺术呈现出来的共同特点。

《兄弟姐妹》这部剧值得探讨的东西很多，但是留给人印象最深的还是其丰富多样的舞台表现形式和简约写意的表现手段。从某种角度来说，这部剧很多地方都使用了类似于中国戏曲的一些写意的呈现形式。面对一个大部头的小说原著，首先从哪里入手来对其进行剪裁，肯定是一件创作者们大费苦心的事儿。原著中叙事的线索太多，且旁逸斜出的地方比较常见，将其搬上舞台就面临着取舍。照搬原著肯定不行，除了时长上面的问题，戏剧和小说不同的表现形式也决定了二者之间不能简单地进行移植。而剪裁得太多又会带来另外一个问题——失去原著原本存在的故事流畅度，容易给人支离破碎的感觉。在最终我们看到的长达 5 个多小时（对外宣称的 8 小时是加上了中途休息时间）的演出中，导演选取了原著中的几场能够体现自己意图的情节，将他们搬上了舞台。一开始也会面临剧情头绪众多展开较慢的情况，稍显迟缓，但是随着故事的推进，故事逐渐深入人心，我们也跟随着导演的视角，回到那个遥远的时代，去感受那个时代的人和

---

① ［美］阿瑟 · 密勒：《阿瑟 · 密勒自传》，蓝铃、林贝加、梁彦译，华东师范大学出版社 2016 年 7 月版，第 125 页。

往事。

这部剧之所以号称史诗剧，笔者认为主要有以下几个原因：第一是该剧的体量巨大，5 个多小时的舞台演出已经是现代戏剧演出中不太常见的，更何况语言、文化、习惯等存在的差异，使得这部剧本身就有着浓郁的象征意味。第二是故事的时间跨度特别大，长达几十年，将农场不同时代下人们的生活状态展示在观众面前，意义深刻。第三是剧作本身广阔而宏大的叙事角度，虽然是用个体的视角来切入整个故事，但是故事的落脚点却是历史的，是带有一定的生活高度的。所以这部剧整体给人的感觉就是浩大与广阔，这一部分是题材发展所决定的，另外也是导演通过舞台手段来完成的。

戏剧艺术发展到 21 世纪，无论是艺术样式还是表现手段，都已经相当成熟了，当代从事戏剧艺术的要求也越来越高越来越难，不仅要求创作者们具有丰厚的艺术涵养、熟悉舞台的各项表现手段，还要有较高层次的审美。《兄弟姐妹》这部剧在以上几点上都出色地完成了任务，堪称当代戏剧经典作品的楷模。导演想要表现的新旧交替下的群像命运，展示民族和人民命运多舛的生活场景，可以选取的角度很多，能够采取的手段也丰富多样，但是列夫 · 多金舍弃了庞杂的叙事方式，从个体的生活切入，用几组人物的不同的生活展示人生百态。且采取了写意的舞台美术与简约的舞台呈现手段。印象很深的是其中一个场面：农民们辛辛苦苦忙碌一年得来的粮食，成熟之后却要上交给国家。农民们是那么的不舍和无奈。舞台上铺满了捆成一团的金黄色小麦，堆积如山，旁边是眼含不舍的农民。随着舞台上被捆好的小麦不断地被机器被传送到高处后落到看不见的远方，场下观众和场上的演员的心仿佛此刻也随着那传送小麦的机器，被运到了远方。那是他们的希望，也是看不见的忧伤。舞台上没有哭泣，仅在恋恋不舍的眼神中透露出强烈的渴望。辛苦劳作的果实，就这样被无情地攫取一空，但是你又无力反抗，这本身就是一件让人觉得伤感的事情。

类似的场景还有很多，都是用巧妙简约的舞台手段来表现深重广阔的思想。除了舞台表现手段被人称道之外，这部剧中对于舞台时空的处理也让人印象深刻。记得有一场表现男女爱情的戏，剧中的女主人公正在给自己的爱人写信。另外一位男演员站在舞台下场口的位置，在一束简单的追光下面与心爱的人交流着爱情。在那样艰苦的岁月里，爱情还能如此美好，爱情还能如此简单，我们还有什么理由不好好活着？这部剧中总体的基调是忧伤的，这和俄罗斯这个民族的历史传统有关，但是导演并没有将这种忧伤直接表现在剧中，而是用一种巧妙的方式将其隐匿在日常叙事中。越简单的情节或许能表现的情感越丰富，越微小的人物或许更能给折射出其所处的时代，这部剧处处充满了对于人的同情，对他们所处时代的无声的控诉，但是舞台上很难有具体的哪一个情节是直接展现这种控诉的，更多的是观众自己透过舞台上的演出感受到的。

很多人将其和《桑树坪纪事》进行比较，两部剧之间确实有很多值得比较的地方：集体群像的命运展示、个体遭遇的不公与无奈、无法选择的艰涩生活。在这些方面，两部剧有很多相似之处。但是正如很多评论所说的，导演列夫 · 多金在《兄弟姐妹》中用他的艺术构建的这个世界诚然是苦难充满血泪的，但是他并没有对其进行任何评价，仅仅是用广阔的叙事作为依托，用一个一个的小故事来展示这种广阔。生活有无数种可能，前行的时候你可以选择很多的道路，至于哪种选择是正确的，那种苦难又是不可避免一定要去涉足的，恐怕是一道人人都要面对的难题。《桑树坪纪事》中，导演用了很多“形象的种子”将导演的意图表现得诚意十足，但是也正因为此给人的感觉是宽泛的，你的感官会在导演的引导下变得具体。或者是深刻或者是苦涩，总之你是可以说得清楚的。但是在这部剧中，你或许很难找到一个合适的形容词来描述它，只是之后的很多天都会在脑海中隐约出现这些画面，断断续续并不清晰，却又真实可见，或许这正是导演所要追求的效果吧。

二、《乡村》：诗意生活的崇高与日常

《乡村》是以色列久负盛名的当代经典剧目，从某种意义上来说，这部戏剧也是最符合当下潮流的一部经典戏剧作品。这部剧曾经在中国几个城市上演过，受到了国内观众的热烈欢迎。几乎可以说这是一部零差评的戏剧作品，从专业戏剧从业者到普罗大众，大家尽管观剧的角度有所不同，但是获得的观感却是惊人的一致。笔者是 2017 年的冬天在北京保利剧院观看的这部剧，在看剧之前就已经对这部剧的好口碑有所耳闻，于是带着激动的心情去学习。那天北京保利剧院内人头攒动，汇聚了来自各地的戏剧观众，很多话剧院团的明星大腕也都前来助阵。两个多小时的剧看下来没有想象中那么吃力，反而有种久违的清爽和感动，走出剧院的时候，北京正好是初冬，空气不是很好，正下着小雨，原本应该是一种压抑的心情。但很奇怪的是，深夜看完戏后不光没有感到压抑，反而感到异常地舒服，就好像饮过醇香的美酒之后，有种醍醐灌顶的通透，真是一部难得的好剧。

《乡村》的故事也不复杂，主要是通过男主人公的视角讲述了以色列一个小村里面几户人家之间的琐碎往事。这个剧的一大特点是轻快的叙事风格，对生活的表现不是苦哈哈的控诉，而是润物无声的引导。剧中无论发生任何情节，创作者们都能将这种情节喜剧化、轻松化，让人能保持一种轻松的感觉来欣赏故事。不得不说这是创作者的一种非凡的智慧，也是他们在戏剧创作的过程中试图达到的一种效果。在轻松诙谐的风格之下，《乡村》将生命的崇高与日常的琐碎结合在一起，在平淡中映射崇高，在崇高

的名义下来拥抱生活。最典型的一场戏就是剧的开头，是用倒叙的方法来展开故事的。男主人公一边挖坟墓一边介绍每一个即将出场的人物，后来我们才知道这些人物其实已经去世了，他只是用这样的方式来缅怀他们。按照我们通常的理解，人的离去应该是悲伤的，但是在此展示给我们的却是一种生命逝去后的豁达。随着他的介绍，我们开始慢慢地对剧中的人物熟悉起来，他的父亲、他的母亲、他的恋人、他的邻居……整个故事基调轻松而愉悦。当然，这倒不是说这部剧没有涉及忧伤，仅仅是因为这种生活中的艰辛与不易被巧妙地隐藏在日常的生活中。例如开场的时候两个人关于鸡粪用处的争论，例如主人公和弟弟调皮打闹而犯下的小错误等等。生活中可以选取的东西很多，就看你如何取舍。将严肃的生活消解在日常的琐碎中，正是当代戏剧发展的一大趋势。

《乡村》这部剧的另外一个特点就是舞美设计的简约与现代，全场的主要场景都是在一个大的转台上面来完成的。转台对于现在的观众来讲并不陌生，但是全场转台始终在旋转的这种运用却并不多见。时刻流动着的转台一方面可以将舞台的叙事变得灵活且生动，另一方面也存在着某种危险，一旦在使用上过于频繁，在某种程度上或许也会影响整部剧节奏的完整性，影响观众观剧的感受。像前几年我在国内也看到过某剧团采用的这种转台旋转全场的剧目，也有一些创新之处，但是总体而言会让我的注意力比较分散，在观看剧目的时候，让我总是不自觉地会去看这些转台，反而给主要场景的关注不是很多。所以任何舞美技术的革新和使用，虽然求新求变的勇气是值得肯定的，但是这种革新也一定要根据具体的作品来应用，有一些作品因为使用了转台而变得充满生气，整部剧一下子变得流动且富有诗意，像《桑树坪纪事》中转台的使用即是如此。由姜涛执导的中央戏剧学院导演系 2000 届毕业剧目《去年夏天在丘里木斯克》中，结尾部分转台的使用同样十分巧妙。这部苏联剧作家万比洛夫的代表作，因其注重人物内心心理的深度变化过程而著称于世，是“心理现实主义”戏剧的经典作品。讲述了一位久居莫斯科的男主人公因为厌倦了大城市的尔虞我诈，在夏天的时候来到乡下度假，邂逅了一位美丽的少女，两人之间从相知相识到最终分离的故事。剧情的结尾处，他最终要离开这里，回到大城市去生活，从而不得不与心爱的女孩分离，导演在此运用了转台对这场戏进行表现。女主人公站在转台上，男主人公站在原地不动，不断向后旋转的转台屡次将女主人公带到离男主角很远的地方，她每一次都奋力地爬起来，试图回到男主角的身边，但是又被转台带到远方。如此循环往复好几次，其间伴随着空灵伤感的俄罗斯风情音乐，给人的感觉异常神圣。导演将舞台的表现手段与剧情的渲染结合在一起，既丰富了舞台表现力，又将人物内心纠结复杂的过程外化为可视的剧情，效果十分惊艳。

《乡村》这部剧还有一个很大的特点，就是小人物视野里人生百态的展现。当代戏剧倾向于从小人物的角度来解构故事，用平常生活中的细节来传达创作者对生活的态度。在这一点上阿瑟·密勒也是如此。《乡村》这部剧中呈现的都是鸡毛蒜皮的生活小事，但却又将死亡、爱情、信仰融入其中，最终形成了一组永恒流动的生活群像。

三、《安德鲁与多莉尼》：面具下掩不住的真情

在当代戏剧作品中，像前面讲的《兄弟姐妹》类型的史诗戏剧强调宏大叙事下群像命运与个体遭遇的这类作品还有很多，近些年演出口碑较好的一些国外戏剧作品《先人祭》《日瓦戈医生》《叶甫盖尼·奥涅金》等，都是此类戏剧的代表。除了这些剧之外，还有一些戏剧作品也拥有着较好的口碑，有着独特的式样风格，《安德鲁与多莉尼》这部剧便有着极其特殊的位置，不仅仅是因为这部剧中面具的使用，更因为这部剧中所呈现出来

的戏剧精神，丰富了我们当代的戏剧宝库，让我们感受到一种全新的戏剧之美。

《安德鲁与多莉尼》，一开始看名字的时候其实完全不知道这个故事要讲述什么的，想去看完全是因为周围朋友的推荐，更是因为上面写着的宣传语：西班牙国宝戏剧，所以当时抱着一种好奇的心情去看的。当时这部剧并没有选择在北京大一点的剧院演出，一方面可能觉得中剧场更适合这部剧的艺术呈现，另一方面就是北京作为文化中心每天大大小小的演出很多，想要预定一个合适的剧场其实是比较困难的。这部剧是选择在北京的隆福剧场上演。这个剧场我之前并没有来过，来这里纯粹是因为这部剧的缘故。剧场在北京东城隆福寺大街里面，是一个有些年代感的剧场，剧场的座位大概有 300 个，目测应该是一个中等大小的剧场。那天的观众很多，排队入场的时候我碰到很多戏剧界的好友，足以证明这部剧的人气。临近开场的时候翻译出来讲了几句话，大概意思就是这部剧因为特殊的演出形式，希望观众一定要全程保持安静，不要大声喧哗和随意走动。我当时还觉得有点奇怪，这本来就是观剧过程中应该遵守的基本法则，为何还在演出前专门强调，莫不是多此一举？但是等到大幕拉开之后才明白这是一个哑剧，原来如此。

和世界上大部分的优秀的剧目一样，《安德鲁与多莉尼》的故事其实很简单，讲述的是一对老年夫妻之间因为琐事而相互冷战，最终在子女的帮助下重归于好的故事。从题材类型来讲，其实并无任何新意，但是该剧妙就妙在采用了一种巧妙的表现形式，一是剧中的人物都戴着面具，这些面具有一些简单具体的信息，比如年纪、身份等。另外就是演员在台上全程不说话，全是靠动作与细节来表现的。剧情的交代、人物性格的塑造、事件的组织等，都是由戴着面具的人来完成的。不得不说，这对于演员来讲是一个极大的挑战。使用面具意味着与现场的人进行交流的概率变小了，观众看到的仅仅是一个象征性的符号，时间久了会不会感觉到厌烦。另外就是没有台词，仅仅靠着细微的动作就能将两个老人晚年何故陷入冷战、中间的过程是怎样的都交代清楚，这是极具难度的。事实上我们看完演出后完全被导演的奇思妙想所折服，这种不靠语言的表现形式非但没有影响现场观众对该剧的理解，反而更使得观众能够静心观剧，对剧情的理解更为深刻。更有趣的是，导演还安排了几组回忆戏，将两人年轻时发生的一些片段用最简洁的方式展示给观众。两人如何相识，如何相知，因何相爱，最终走向了婚姻生活，直到今天的彼此冷战，都交代得一清二楚，毫无晦涩难懂之处。

当然观众的反应也十分得体，全场不但没有人大声喧哗，连随意走动的人都很少，正是因为大家明白这部剧独特的形式需要安静的氛围，所以比其他时候更加注意这种观剧礼仪。还有就是，全场我们看到的人物有六个，但是出来谢幕的时候演员只有三人，不得不说导演真的下了功夫，倘若没有精心的设计和多次的排演，是不会有如此丰富而完美的呈现的。从这一点上面来说，一部剧的成功需要方方面面的共同努力，不光是导演、演员和编剧，甚至每一个幕后的工作人员都是至关重要的构成部分，值得称赞。《安德鲁与多莉尼》不愧是西班牙的国宝剧目，实至名归。

当然近几年随着小剧场戏剧的兴起，这种形式的戏剧样式也逐渐多起来，国内的小剧场中也有类似的剧目上演。印象最深的就是三拓旗剧社的主要倡导者赵淼导演的几部戏剧。赵淼毕业于中央戏剧学院导演系，由于任职于中国戏曲学院的先天优势，开始尝试一种用肢体语言来表现戏剧艺术的探索之路，由他导演的一些剧目大都属于结合演员的自身条件，选取有戏曲功底的演员，着重用肢体语言来讲述故事，受到了一批年轻观众的喜欢。我看过的他的作品有颇具鬼魅色彩的《罗刹国》，表现张骞出使西域题材的《行者无疆》等，虽然和前面说的纯粹的肢体剧有所区别，但是从某些角度而言也存在着一些相似之处。戏剧传入中国已经100多年，这种诞生于西方的艺术形式经由春柳社发端引入中国，为了区别传统的戏曲艺术而被戏剧家洪深取名为“话剧”，可见语言在戏剧中作用有多重要。当代戏剧在多方面拓展戏剧的广度和深度的同时，也敢于挑战传统，不断尝试用新的艺术样式来丰富自己，不断壮大，其间虽然也有很多不成功的例子，但是毕竟也收获了很多宝贵的经验。求新求变，不断借鉴吸收不同艺术门类的优点来发展壮大自己，也是当代语境下戏剧艺术呈现的重要特点之一。而且我相信，随着我们社会的继续向前，更多更好的表现手段与艺术形式会被进一步挖掘出来，那时我们会看到一个更具魅力的戏剧新貌。

四、镜与灯：东西方艺术的不断融合与转化

话剧传入中国后，以易卜生的《玩偶之家》为代表的西方戏剧开始对中国话剧产生深远的影响，一个多世纪以来，中国话剧无论是从演出样式还是舞台呈现方式乃至戏剧观念的革新上，都不可避免地受到了西方戏剧的影响。这种影响对于中国话剧的意义是多重意味的：一方面对西方戏剧的借鉴与模仿，是我们民族话剧发展过程中不断学习的必然过程；另一方面则是由这种学习带来的由外而内的一种激励与转换。话剧传入中国之初，由于受到五四时期新思想的影响，易卜生的四大社会剧问题成了中国话剧从业者对戏剧的最初选择，这其中胡适起到了很大的作用。此后的100多年中，从写实主义注重对真实戏剧场景的建立，到后期以田汉为代表的对于象征主义等西方戏剧流派的借鉴，直到新时期戏剧观念的不断革新，出现了《狗儿爷涅槃》《桑树坪纪事》《绝对信号》《车站》等一批优秀作品，是中国话剧主观求新、客观上模仿的结果。

（一）西方演剧观中的写意风

21 世纪以来，虽然戏剧观念上有了很大的改变，出现了像《秀才与刽子手》等一批荒诞色彩的作品，但是就中国话剧的主流而言还是更多地呈现现实主义的风格。这反映在舞台美术上就是追求写实的艺术风格。而西方戏剧在当代语境下也在积极谋求新的表现方式，进行自我革新。这反映在他们的演剧观上就是越来越追求简约而非写实的舞台样式上。像前面提到的《兄弟姐妹》这种史诗类型的戏剧中，整个舞台上类似于写意的带有明显的符号的舞美处处可见，斑驳的树影、齐刷刷站立的白桦树树根、不断旋转的转台、身着白色礼服从两侧降落的圣洁少女等，西方戏剧在当代的重要特征之一就是越来越向着一种写意的风格上靠近，更多的时候是追求一种极简的审美。这种带有东方意味的戏剧风格，不仅体现在肉眼可见的舞美上，更多的时候是体现在剧目本身内在诉求上。尤其是以俄罗斯戏剧和东欧一些国家的戏剧为代表，更是将含蓄兼容、有意留白的东方美学发挥到了一个极高的境界。近年来看西方的流行剧目时，常常有这样的感觉：西方人反而不再一味追求所谓的写实主义戏剧风格，而是更加注重戏剧内在审美的不确定性，这种意味深长却含混不清的处理，反而给西方戏剧带来了一种新的艺术风格。

反观我们国内植根于本民族的传统之内的本土传统艺术中国戏曲，近些年给人的感觉却是越来越“西化”了，不仅是舞美灯光的写实与丰富（近年来看到的很多传统戏曲的演出，其奢华宏大的舞台效果、多媒体等先进科技的运用让人的确感觉有点惊讶），还有更多的是一种内在精神需求的主观靠近。传统的戏曲中“书生落难中状元，私定终身后花园”的剧情走向，显然已经不能满足当代人尤其是年轻一代的审美趣味。戏曲从业者们也在一直地努力想要找到一种方式，能给现在的戏曲发展知道一条发展的道路。所以他们不惜大制作，用华丽的灯光和顶级的音响，配上高科技的舞台设备，试图吸引年轻的观众走进剧场。这些方法在某些方面确实也能起到一些作用，重金打造之下的华丽舞台确实能吸引到一些年轻人，但是这样的演出看多了也会感觉到疲劳。如果没有真正深刻的内涵，缺少反思生活的良苦用心，仅仅停留在表演情绪而不是深挖人性，那么戏剧的舞台再华丽，我们对西方的学习再彻底（不排除很多地方花重金将国外的全部班底请来助阵戏曲演出），也还是不能从根本上解决问题。

西方戏剧在几千年的发展历程中，风格上和观念上都在不断变化，但一些基本的法则是不曾改变的。从古希腊戏剧中提取出来的关于人生、命运、荣誉、崇高等法则这么多年来也是始终不变的。戏剧无论到了什么年代，无论到了哪个国度，无论舞台是简易的茅草棚还是豪华的国家剧院，本质上还是对人生的解读与释放。外部形式终归要服从于内在的精神，形式再重要也要依靠本体厚重的内涵为依托。中国戏曲积极求新求变的态度是值得肯定的，只是在追求新的表现手段的同时，还要继承好对自己的民族传统、文化内涵以及东方人的审美。舍弃根本的变和墨守成规的等，其实是同样危险且不可取的。

当代戏剧的发展也呈现多种类、多元化的态势，很难用一句话来形容这种发展的过程。但是东西方艺术的交汇融合、中国戏曲与西方戏剧彼此的吸收借鉴、古今艺术观念的碰撞与对照等都是当下戏剧艺术发展中的大趋势。戏剧家布莱希特一直强调所谓的“间离”，就是从中国戏曲出发，对西方的戏剧进行革新的成功范例。他对以中国戏曲为代表的东方艺术的推崇，对包括日本在内的东方国家文化的学习，都有助于他成为一名表演学派的代表。这与他长期致力于戏剧发展的毅力有关系，也是他将东西方不同艺术门类间进行归纳整合之后收获的宝贵财富。

（二）综述

作为一门综合艺术，戏剧本身就是兼收并蓄、不断与其所处的社会生活相融的过程。其发展背后所映射出来的文化内涵，审美意识等，都是特定时期总体社会审美思潮下综合产物。从古希腊到今天，戏剧的历程走过了几千年，中国戏曲作为中华民族优秀传统文化的代表，其发展历程也是上下五千年发展视野下文化属性的一种重要体现。可以说，尽管东西方的戏剧艺术从本体特征来看存在着很大的差异，但是从其与各自所属社会文化相互作用、和谐共生的角度来讲，却又存在着某种相似之处。

当代语境下世界戏剧的发展较之前有了更为迅捷的发展态势，东西方艺术的融合和借鉴成为其中最显著的特征。这其中涌现出了一大批兼具时代特色和艺术高度的优秀作品，这与剧作家们不断的探索和辛勤付出是分不开的，阿瑟·密勒就是其中一位优秀的代表。这位来自美国的当代剧作家，以对社会底层人民的关注和舞台艺术表现方式上的多样化探索，赢得了世界各地戏剧观众的心。不论是《推销员之死》，还是《萨勒姆的女巫》，都是改革开放后我们看到的最早一批来自西方戏剧的优秀代表。作为中国人民的老朋友，密勒也是最早来华进行戏剧活动的西方剧作家之一。可以说他的戏剧之于中国观众是意义非凡的。不仅仅因为其作品本身所具有的浓淡相宜的东方审美特质，这在我们观众接受起来是较为容易的，更重要的是，其作品中对于家庭、社会及身在其中的个体命运的悲悯视角。一个艺术家表达观点的途径和方法有很多，密勒选取的是其中最富有人情味的一种，这与他自身的成长经历有关系，也与他后来积极倡导“社会剧”、强调戏剧的社会功能有很大的关系。在密勒的观念中，好的戏剧应该是对当下生活的某种反应，是应该对当下产生积极影响的一剂良药。这与我们“五四运动”时期倡导新剧，强化戏剧在社会改良过程中的重要作用是不谋而合的。当然即使抛开这些不说，就其戏剧艺术本身而言，其心理时空的营造、对舞台表现形式的拓展、具有前瞻性的戏剧理论等，也是特别值得今天的我们学习的。

结　语

作为美国当代举足轻重的剧作家，阿瑟·密勒的戏剧之路给我们留下了可供参考的宝贵经验。他提倡“社会剧”，认为任何时代的戏剧创作都应该着重写人与周围环境的关系、人与社会现实的关系；戏剧应该表达整个社会的愿望，应该对人类的生活具有崇高至上的意义。这是他的戏剧主张的最根本所在。他重视社会关系，但又不拘泥于表面的形式，认为戏剧不能仅仅停留在对盘根错节的社会关系的剖析和批评上，而是应该深入到人的内心深处，去探究人存在的本质。正是在这样的戏剧观下，他积极探索，力求多方位地表现出他心目中理想的“社会剧”。阿瑟·密勒关于社会剧的理论及其多方位的探索，对于我们当前的戏剧创作和实践，具有重要的意义。

我国的戏剧创作和实践，从20世纪90年代起已经进入了对社会剧的探索，并取得了一定的成果，出现了一批新型戏剧，比如《狗儿爷涅槃》《大荒野》《洒满月光的荒原》《黑色的石头》等。与此前的“问题剧”相比较，这批作品的创作主体更加关照当代社会生活的视角的转移，以及作品本身的内在意义的深化，因此创作出的作品呈现出某种共同的特征，将视线关注的焦点聚焦在了人与现实社会的关系上。

在这一时期的社会剧作品中，现实的社会环境，不仅被定性化为具体的人与人的关系，而且对主体的内心生活也有着深重的影响。或者说，个别人物的内心生活都是社会环境的产物，而不像在此前的“问题剧”中，人仅仅是生活在具体的社会矛盾中，完整的社会关系被单纯地化为单一的政治关系、道德关系，个别的人物只是社会矛盾的参与者和政治原则、道德原则的载体。不仅如此，在这一时期的作品中，个别人物之间的关系固然也是社会关系的定性化、具体化，但是它们已经不再囿于政治上、道德上的是非关系，而是显得更为开阔，更充满活力，置身于这种关系中的人，虽尚未达到个性生命的深度（剧作家一般只是通过社会心理分析的方法来显现出类型化的特点），但是，内心生活却有着主体性和丰富性。这一时期的剧作家积极探索，勇于尝试，在广泛探索进程中寻找与当代观众的新的契合点的精神，值得肯定，但是，还存在一定缺陷。

社会剧的对象是人与社会的关系。在戏剧作品中，所谓人与社会的关系，主要的体现形式是人与人的关系，这里的关系不能抽象化。在戏剧的形式结构中，个人与个人的关系，是情境构成的重要因素。在戏剧创作的实践中，情境的构建具有重要的意义。在戏剧创作的历史进程中，人与人之间的关系曾经形成某些模式，把这些模式与阿瑟·密勒的社会剧的实践相比较，是必要的。这些模式主要有两种：

第一，“问题剧”的模式：“问题剧”写的是某些社会问题，社会问题体现的是某种社会矛盾，即社会问题是由社会矛盾构成的。问题剧的模式就是根据需要说明的某些问题，把人物分成有的站在矛盾的这一面，有的站在矛盾的另一面，分别代表矛盾的两个方面，或者具体体现为某种社会观念（因为社会矛盾是不同社会观念的体现），或者体现为某种不同的社会主张，由此构成问题剧的关系的模式。

第二，“意志冲突”的模式：意志冲突论认为，

1. 舞台是意志冲突发挥的场所，人的意志在发挥的过程中遇到障碍，就要冲破障碍，构成冲突，这就是意志冲突。他们还有一个观点，意志遇到的障碍，可能是不同的内容，但是最有戏剧性的，应该是意志遇到的障

碍是另外一个人的意志，两个意志的冲突，这是最有戏剧性的。这种意志的矛盾对立，构成的意志冲突有可能是有戏剧性的，由此构成戏剧性的场面；但是也有一个可能，即两种意志的斗争构成的这个戏剧场面可能是单面的，也就是说，意志可能做各种解释，意志的对抗、意志的冲突也可能回到问题剧哪里去。坚持某一种社会观念，坚持某一种社会主张，也可能是人的意志，如果是这样的话就回到问题剧。

2. 如果一个人具有某种意志，戏剧的内容是他意志的发挥，如果是这样的话，这个人也可能是某种意志的化身。如果一个人变成单纯的某种意志的化身，那么这个人就有可能缺少感性的丰富性。所以意志冲突的模式也不是完美的。而这方面，阿瑟·密勒的理论和实践可以向我们提供的经验有很多。

（1）关于个人与个人之间的关系。他认为社会剧写的对象是人与社会的关系。在戏剧作品中，所谓人与社会的关系，主要体现形式是个人与个人的关系，这里的关系不能抽象化。而在戏剧的形式结构中，所谓个人与个人的关系，又是情境构成的重要因素。在戏剧创作的实践中，情境的构建具有重要的意义。

（2）阿瑟·密勒强调社会剧不能光停留在对盘根错节的社会关系的剖析和批评上，必须要深入人的内心，去探索人存在的本质，找出人的需要，以便使这些需要在社会中受到重视。现代人的内心世界已经十分复杂，剧作家要想做好本职工作，必须是比过去更高明的心理学家。过去把人的心理生活世界封闭起来的做法在当代是徒劳无益的。因此剧作家在处理个人与个人，个人与社会的矛盾的时候，必须要深入到主体人物的心灵最深处，将人物内心深处的矛盾表现出来，从而使抽象的矛盾具体化，进而和具体情境契合，产生戏剧性。

阿瑟·密勒所倡导的社会剧在处理个人与个人之间的关系方面，既超越了问题剧，也超越了意志冲突论的模式，因此是值得我们学习和借鉴的。唯有如此，中国的戏剧才能重整旗鼓，沿着一条正确的道路，重新走向辉煌！

参考文献

剧作：

[1]［美］阿瑟·密勒：《外国当地剧作选》（4），梅绍武、陈良廷译，中国戏剧出版社 1992 年版。

[2]［美］阿瑟·密勒：《严峻的考验》，聂振雄译，中国戏剧出版社 1982 年版。

[3]［美］阿瑟·密勒：《都是我儿子》，陈良廷译，上海译文出版社 2011 年版。

重要论著：

[1] 谭霈生：《谭霈生文集》全 6 卷，中国戏剧出版社 2005 年版。

[2] 丁涛：《戏剧三人行》，厦门大学出版社 2009 年版。

[3] 谭霈生：《论戏剧性》，北京大学出版社 1984 年版。

[4] 谭霈生：《戏剧艺术的特征》，上海文艺出版社 1985 年版。

[5] 谭霈生：《世界名剧欣赏》，湖南人民出版社 1983 年版。

[6] 谭霈生：《论影剧艺术》，湖南人民出版社 1986 年版。

[7] 谭霈生、路海波：《话剧艺术概论》，中国戏剧出版社 1986 年版。

[8] 中央戏剧学院谭霈生戏剧理论学术研讨会组委会：《谭霈生戏剧理论学术研讨会论文选集》，文化艺术出版社 2013 年版。

[9] 涂上沅:《国剧运动（序）》，上海书店 1992 年版。

[10] 周安华:《20 世纪中国问题剧研》，中国戏剧出版社 2000 年版。

[11] 郭富民:《插图中国话剧史》，济南出版社 2003 年版。

[12]《简明不列颠百科全书》第 8 卷（Concise Encylopaedia Britannica 8），中国百科全书出版社 1986 年版。

[13] 曹禺:《戏剧创作漫谈》，1980 年版。

[14] 刘平:《新时期戏剧启示录》，中共党史出版社 2009 年版。

[15] 胡适:《问题和主义》，北京大学出版社 2013 年版。

[16] 中国社会科学院文学研究所:《中国社会科学院文学研究所学术汇刊—古典文艺理论译丛》第 1 卷，知识产权出版社 2010 年版。

[17] 中国社会科学院外国文学研究所外国文学研究资料丛刊编辑文员会:《外国现代剧作家论剧作》，中国社会科学出版社 1982 年版。

[18] 周红兴:《外国戏剧名篇选读》，作家出版社 1986 年版。

[19] 峻冰:《中外当代电影名作解读》，中国电影出版社 2007 年版。

[20] 张同道:《艺术学理论教程》，北京师范大学出版社 2004 年版。

[21]《中国大百科全书—戏剧卷》，中国大百科全书出版社 1989 年版。

[22] 陈白尘、董健:《中国现代戏剧史稿》，中国戏剧出版社 1989 年版。

[23] 葛一虹:《中国话剧通史》，文化艺术出版社 1990 年版。

[24] 中国话剧研究会:《曹禺研究论文集》，中国戏剧出版社 1997 年版。

[25] 叶长海:《中国戏剧学史》，骆驼出版社 1993 年版。

[26]《莎士比亚评论汇编》（上，下），辛未艾译，上海译文出版社 1983 年版。

[27] 朱虹:《外国现代剧作家论剧作》，杨知等译，中国社会科学出版 1982 年版。

[28] 高中甫:《易卜生评论集》，外国教学与研究出版社 1985 年版。

[29] 朱光潜:《西方美学史》(上，下)，人民文学出版社 1979 年版。

[30] 朱光潜:《悲剧心理学》，人民文学出版社 1983 年版。

[31]《外国当代剧作选（4）》，陈良廷、梅绍武等译，中国戏剧出版社 1992 年版。

[32][希] 亚里士多德:《诗学》，罗念生译，人民文学出版社 1962 年版。

[33][英] 马丁 · 艾斯林:《戏剧剖析》，罗婉华译，中国戏剧出版社 1981 年版。

[34][德] 黑格尔:《美学》，朱光潜译，商务印书馆 1982 年版。

[35][美] 伦纳德 · 莫斯:《阿瑟 · 密勒评传》，田路一、王春丽译，中国戏剧出版社 1992 年版。

[36] 阿瑟 · 密勒:《阿瑟 · 密勒手记:“推销员”在北京》，汪小英译，新星出版社 2010 年版。

[37][英] 詹姆斯 · L. 史密斯:《情节剧》，武文译，中国戏剧出版社 2006 年版。

[38][德] 马克思、恩格斯:《马克思恩格斯论文学与艺术》(1、2)，人民文学出版社 1982 年版。

[39]《狄德罗美学论文选》，人民文学出版社 1984 年版。

[40][德] 莱辛:《汉堡剧评》，张黎译，上海译文出版社 1982 年版。

[41][法] 丹纳:《艺术哲学》，傅雷译，敦煌文艺出版社 1994 年版。

[42][德] 艾克曼:《歌德谈话录》，朱光潜译，人民文学出版社 1978 年版。

[43][俄] 别林斯基:《别林斯基选集》(1—3 卷)，满涛译，上海译文出版社 1980 年版。

[44][英] 乔治 · 贝克:《戏剧技巧》，余上沅译，中国戏剧出版社 1985

年版。

[45]［英］马丁 · 艾斯林:《荒诞派戏剧》，刘国彬译，中国戏剧出版社1982 年版。

[46]［波］格洛托夫斯基:《迈向质朴的戏剧》，魏时译，中国戏剧出版社 1986 年版。

[47]［奥］弗洛伊德:《弗洛伊德论创造力与无意识》，中国展望出版社1986 年版。

[48]［英］彼得 · 布鲁克:《空的空间》，邢历等译，中国戏剧出版社1988 年版。

[49]［美］苏珊 · 朗格:《情感与形式》，中国社会科学出版社 1986 年版。

[50]［英］尼柯尔:《西欧戏剧理论》，中国戏剧出版社 1985 年版。

[51]［挪］易卜生:《易卜生书信演讲集》，汪余礼、戴丹妮译，人民文学出版 2012 年版。

[52]［美］罗伯特 · 马丁:《阿瑟 · 密勒论剧散文》，陈瑞兰、杨淮生译，生活 · 读书 · 新知三联书店 1987 年版。

[53]［美］阿瑟 · 密勒:《阿瑟 · 密勒论戏剧》，郭继德等译，文化艺术出版社 1988 年版。

[54]［德］席勒:《美育书简》，中国文联出版公司 1984 年版。

[55]［德］马克思、恩格斯:《马克思恩格斯全集》第 42 卷，人民出版社 1979 年版。

[56]［德］马克思、恩格斯:《马克思恩格斯选集》第 1 卷，人民出版社1995 年版。

[57]［德］彼得 · 斯丛狄:《现代戏剧理论》，北京大学出版社 2006 年版。

[58]［法］丹纳:《艺术哲学》，凤凰出版传媒集团 2012 年版。

[59]［德］恩斯特 · 卡西尔:《人论》，译文出版社 1985 年版。

博士学位论文：

[1] 黄树杭．　论文名称　　　　　　．中央戏剧学院，年份。

[2] 陈迎宪：《阿瑟·密勒的社会剧理论和创作》，中央戏剧学院，年份。

[3] 王世文：《阿瑟·密勒剧作中的背叛主题研究》，临沂大学博士教授文库，2015 年。

[4] 田玲：《田纳西·威廉斯剧作诗学研究》，中央戏剧学院，2014 年。

期刊与论文

[1] 丁涛：《艺术之真（上）——情感生命之意义》，《戏剧》1993 年第 4 期。

[2] 丁涛：《艺术之真（中）——情感生命之意义》，《戏剧》1995 年第 3 期。

[3] 丁涛：《艺术之真（中续）——情感生命之意义》，《戏剧》1996 年第 2 期。

[4] 郭继德：《访阿瑟·密勒》，《外国文学》1987 年第 5 期。

[5] 郭继德：《阿瑟·密勒的戏剧创作》，《文史哲》1984 年第 5 期。

[6] 郭继德：《当代美国戏剧发展的新趋势》，《当代外国文学》1992 年第 4 期。

[7] 郭继德：《阿瑟·密勒与中国》，《中国戏剧》1992 年第 2 期。

[8] 郭继德：《阿瑟·密勒的戏剧观》，《山东外语教学》1986 年第 2 期。

[9] 梅绍武：《读阿瑟·密勒的自传〈时移世变〉》，《外国文学》1991 年第 6 期。

[10] 梅绍武:《“美国戏剧的良心”——阿瑟 · 密勒》,《戏剧报》1983 年第 4 期。

[11] 赵永健:《21 世纪阿瑟 · 密勒在美国的研究》,《戏剧艺术》2014 年第 5 期。

[12] 童道明:《阿瑟 · 密勒的提问——对于戏剧冲突的思考之三》,《剧本》2003 年第 6 期。

[13] 姚颖:《近六年来国内阿瑟 · 密勒研究综述》,《世界文学评论》2008 年第 1 期。

[14] 陈迎宪:《论阿瑟 · 密勒“社会剧”理论的提出及其基本内涵》,《戏剧文学》2006 年第 5 期。

[15] 陈迎宪:《阿瑟 · 密勒对当代中国戏剧的意义》,《四川戏剧》2006 年第 6 期。

[16] 尹露:《从〈推销员之死〉看阿瑟 · 密勒对“美国梦”的阐释》,《新乡学院学报(社会科学版)》2009 年第 4 期。

[17] 赵永健:《回顾 · 反思 · 展望——阿瑟密勒研究在中国》,《戏剧文学》2014 年第 7 期。

[18] 陈许:《当代美国戏剧泰斗——阿瑟 · 密勒》,《盐城师范学院学报(哲学社会科学版)》1998 年第 3 期。

[19] 胡朗:《阿瑟 · 密勒和〈推销员之死〉》,《世界知识》2005 年第 6 期。

[20] 刘骥鹏:《论阿瑟 · 密勒〈都是我儿子〉中“树”的象征意义》,《戏剧文学》2005 年第 9 期。

[21] 毕文娟:《戏剧艺术的升华》,山东大学,2006。

[22] 张璐、齐欣:《国际视野下的阿瑟 · 密勒戏剧研究》,《大舞台》2015 年第 8 期。

[23] 雷国华:《站在世界的戏剧舞台上我在美排演阿瑟 · 密勒名作〈都

是我儿子〉》,《上海戏剧》2013 年第 1 期。

[24] 吴克亮:《阿瑟 · 密勒的社会剧观点及其创作》,《戏剧文学》1991 年第 9 期。

[25] 郭建辉:《论阿瑟 · 密勒戏剧创作的现实性》,《外语与外语教学》2009 年第 6 期。

[26] 刘宁宁:《阿瑟 · 密勒戏剧〈推销员之死〉中的物化现象》,湖南科技大学,2013。

[27] 朱新福:《阿瑟 · 密勒的创作倾向和悲剧艺术观》,《苏州大学学报》1997 年第 3 期。

[28] 吴戈:《英若诚、阿瑟 · 密勒——中美戏剧交流的两个"推销员"》,《中国戏剧》2006 年第 7 期。

[29] 胡朗:《阿瑟 · 密勒和〈推销员之死〉》,《世界知识》2005 年第 6 期。

[30] 滕庆功:《美国戏剧的良心—阿瑟 · 密勒》,《戏剧文学》2005 年第 9 期。

[31] 黄秀敏:《阿瑟 · 密勒告别人生舞台》,《世界文化》2005 年第 4 期。

[32] 王世文:《背叛:悲剧的核心——评阿瑟 · 密勒的悲剧〈推销员之死〉》,《时代文学》(下半月)2009 年第 12 期。

[33] 张璐、齐欣:《美国戏剧家阿瑟 · 密勒创作溯源》,《大舞台》2015 年第 9 期。

[34] 胡晶:《阿瑟 · 密勒戏剧〈推销员之死〉的情态系统分析》,《现代交际》2015 年第 10 期。

[35] 刘红卫:《论阿瑟 · 密勒剧作〈都是我儿子〉中的伦理价值观的冲突》,《当代美国戏剧研究——第 14 届全国美国戏剧研讨会论文集》2009 年第 5 期。

[36] 张耘:《阿瑟 · 密勒与〈推销员之死〉》,《外国文学》1994 年第 6 期。

[37] 施清婧:《〈推销员之死〉中的自然想象——兼论阿瑟·密勒的自然观》,《解放军外国语学院学报》2012 年。

[38] 蒋贤萍:《阿瑟·密勒与现代悲剧》,《三峡大学学报(人文社会科学版)》2012 年第 3 期。

[39] 张田:《阿瑟·密勒早期作品中的犹太性——以〈推销员之死〉为例》,《宿州学院学报》2012 年第 9 期。

[40] 杜新宇:《谈阿瑟·密勒的悲剧观及剧作中的小人物》,《理论学刊》2003 年第 4 期。

[41] 孙章萍:《美国梦的悲剧——浅析阿瑟·密勒的〈推销员之死〉》,《江苏教育学院学报(社会科学版)》2003 年第 5 期。

[42] 李思洁:《试论阿瑟·密勒及其剧作》,《云南艺术学院学报》2003 年第 4 期。

[43] 惠婧蕊:《阿瑟·密勒戏剧的女性角色分析》,《齐齐哈尔大学学报(哲学社会科学版)》2013 年第 6 期。

[44] 陈志静:《试论阿瑟·密勒创作的社会视点与人本思想》,《时代文学(下半月)》2011 年第 24 期。

[45] 郭建辉:《论阿瑟·密勒的社会剧及悲剧特质》,《英美文学研究论丛》2014 年第 2 期。

[46] 王华、李一坤:《论古希腊戏剧"歌队"之功能及其在阿瑟·密勒剧作中的再现》,《名作欣赏》2006 年经 18 期。

[47] 任正彬:《评述阿瑟密勒创作的悲剧〈推销员之死〉》,《才智》2012 年第 6 期。

[48] 陈爱敏:《20—21 世纪之交美国戏剧主题嬗变与艺术创新》,《戏剧艺术》2014 年第 4 期。

[49] 孙畅:《论阿瑟·密勒的悲剧〈萨勒姆的女巫〉》,《社科纵横》

2007 年第 3 期。

[50] 董鼎山:《阿瑟 · 密勒的自我解剖》,《读书》1988 年第 6 期。

[51] 隋振华:《阿瑟 · 密勒的戏剧生涯》,《枣庄师专学报》1989 年第 3 期。

[52] 陈继文:《阿瑟 · 密勒的主要人物形象》,《暨南大学学报(哲学社会科学版)》1980 年第 1 期。

[53] 承言:《撼人心灵的艺术——漫谈〈萨勒姆的女巫〉的创作与演出》《上海戏剧》1981 年第 5 期。

[54] 张金度:《评阿瑟 · 密勒的悲剧〈推销员之死〉》,《教学研究》1983 年第 4 期。

[55] 阿里 · 卡米尔、李文彦:《自灭于罪恶之炼狱——评英国上演阿瑟 · 密勒的〈都是我儿子〉》,《外国文学》1992 年第 5 期。

[56] 汤卫根:《论阿瑟 · 密勒〈萨勒姆的女巫〉的创作》,《外国文学研究》2002 年第 1 期。

[57] 吴戈:《中国梦与美国梦——〈狗儿爷涅槃〉与〈推销员之死〉》,《戏剧艺术》2002 年第 4 期。

[58] 宋正元:《浅析〈推销员之死〉中威利 · 洛曼的悲剧命运》,《今日南国(理论创新版)》2010 年第 2 期。

[59] 柯建华:《论〈推销员之死〉中的伦理冲突》,《外国文学研究》2010 年第 4 期。

[60] 蒙丽芳:《近十年来国内阿瑟 · 密勒研究综述》,《文学界(理论版)》2010 年第 9 期。

[61] 王世文:《论阿瑟 · 密勒剧作中的诗性语言》,《名作欣赏》2009 年第 A6 期。

[62] 郭建辉:《期盼生命境界的升华——论阿瑟 · 密勒戏剧的人文关

怀》,《江西社会科学》2009 年第 5 期。

[63] 程海燕:《阿瑟 · 密勒的社会悲剧观——〈推销员之死〉的悲剧根源》,《戏剧文学》2009 年第 8 期。

后　记

很很喜欢阿瑟·密勒在评价自己的剧本《回忆两个星期一》的时候写过的一句话:“货栈就是我们的世界—在这个世界中,货物永远不停地进进出出,只有时间永不会回头。”这句话后来被我简略为“人生货栈进进出出,唯有时间永恒”,作为文章的题目,发表中英双语的杂志《艺术交流》上面。看着编辑邮寄来的自己仓促下写的文字变成了刊物上的铅字,旁边一侧是密密麻麻的英语,五味杂陈。虽然知道文字难免拙略,但是内心也充满一种安慰,从最开始书稿的选题到最终的写作过程,更多地是对自己求学工作生涯的一次简短回顾。写作的这几年来,我的大部分时间是和密勒同在的,阅读他的作品,查阅与之相关的资料,思考他的“社会剧”理论,揣摩他隐藏在作品背后的丰富而博大的思想。在苦涩而又充实的读博期间,密勒连同他的作品,俨然成为了我生活中的一位挚友,常伴左右,让我欢喜让我忧!该书的基础是我在中央戏剧学院读博士期间的论文,可以说整部书的框架和里面的主体内容都是在博士论文准备中形成的。读博这几年在学习各种知识的同时,也是个人对自我认知的不断深入的过程。在此过程中对很多事情的看法和认知也渐渐变得不一样起来。也明白了一个简单的道理:或许在这个支离破碎的世界上,我们所做的一切很快就会被抹掉,实现了的种种目标也可能会令人失望,但是这些其实都不能使我们裹足不前,阻止我们前行的脚步,说白了,生活本身从来都是一成不变的,勇气和信念是我们面对纷繁世界的保护伞。

2013年选择回到母校攻读博士学位，其实对于我有着不一样的感受，是一次全新的生命体验。不光是因为已经过了而立之年，再次回到学校可能面临很多的不适应，毕竟重回校园无论是从体力上还是经历上都是一次巨大的挑战，需要好好的额调整与克服；更因为这其实是圆了自己少年时代的一个梦想，想继续在校园里面尽可能多地“偷懒”几年，跟着老师继续读几年书。那时候因为已经参加过工作，正在帮着李少红导演在写一部民国题材的电视剧《茧镇奇缘》，除了上学读书，就是写作看书，平淡的日子中写满了惬意。

博士考试的过程还算顺利，加上英语的口语测试，差不多整整考了一周时间，这期间是对脑力和体力的巨大考验，记得同学们考试开始的时候，打招呼总是面带微笑意气风发，而等到考试结束以后大家各自告别的时候，已经是气喘吁吁有气无力了。我经常对后面咨询考博的朋友和学弟学妹们讲，和两天的硕士研究生考生想较，考博的第一要务不是难如登天的英语，也不是让人头疼的剧本分析，其中最最重要的是你的体力首先要好。我这个人有个习惯，就是考试的时候一定要提前住到考试附近去，硕士研究生的时候就住在宽街附近的一个连锁酒店里面，外面是古色古香的老北京大街，街上往来行人匆匆碌碌，里面经济适用，有自己的一个小天地。我的习惯是考试的前一天就预习第二天开始考试的科目，考完一科就继续复习下一科。硕士研究生考的也比较顺利，成绩名列前茅。博士考试的时候，我住在了临近学校不远的菊儿胡同的一个酒店，酒店基本还算干净，晚上也算清净。我就对着书看词条，看解释，背英语，做习题，一遍一遍地去温习那些书本上的知识。其实对于未来的结果还是很忐忑的，因为报考导师的很多都是来自于综合类大学，期间因为丁先生系北大高徒缘故，故此很多北大的同仁来考的较多。所以我后来考到导师门下后，前后都有很多北大、武大、厦大的同门。中戏的博士招生有个不成文的规定：就是你的总分必需在你考的导师序列里面排名第一，第二名就考不上，所以当时的压力可想而知。好在我英语基础还不错，专业因为一直在戏剧学院的缘故，也有一定的优势，因此尽管心怀忐忑，有些心里没底，但是考试结束之后，还是对自己的发挥表示满意。这其中印象较深的是戏剧美学的考试，感觉很懵，答案也是写的较为艰涩。而剧本分析则印象深刻，我当时选择的剧本是曹禺的名作《原野》，在结尾部分写到金子与仇虎在密林中心智恍惚后，我用了很多的形容词来表现他们此刻的无奈与无助。内心崩溃了的善良人，是无论如何都找不到归途的。就像《日出》里面的陈白露，无论如何挣扎依旧循着“梦醒了依旧找不到归途”般的宿命，在人生的轮回中往复。

记得在高中的时候，我很喜欢写日记，写的都是些无病呻吟的句子，像青春迷茫了，像明天在何方了，像我很痛苦了之类的，现在翻开简直惨不忍睹。但是在此过程中也遇到了很多的好的老师，她们关心我，爱护我，鼓励着年幼的我心中尚存的对文学的一种热爱。也正是出于此保护和鼓励，使得我这个小镇青年，怀揣着懵懂的理想，一步步从故乡来到了北京，开始了长达十多年的求学生涯。这期间除却因缘造化的机缘之外，更多的是一路上对我关爱提携的师长的作用，可以说没有她们就不会有现在的我，更别说能读到中戏，能日后以文字为生。回到刚才的话题，就是高中的时候有位教我们重点文科班的语文老师肖老师，她对我的作文每次都是鼓励的，记得后来我听同学说，她曾经拿着一篇我写的作文到语文教研组里，问其他的老师我写的怎么样。据后来的同学说，当时肖老师很认真地对其他老师说，这篇文章我觉得写得很好，但是就是有点读不明白！后来其实她还是给了我一个很好的分数，当然其他的话是没有对我说了。我当时还作为班里唯一一个同学去参加学校的演讲比赛，虽然因为紧张名次一般，但是这次经历也给了我很多的信心，让我对演讲在内的很多舞台都心生向往，毫不胆怯。后来，从母校一中的小小的演讲台上，慢慢地来到北京，来到了北京师范大学、北京电影学院、重庆大学、中央戏剧学院等学校的考场上，我一鼓作气，再而三，幸运地拿到了5所院校的本科通知书，成为了当年考试的幸运儿，不得不说，还是应该感谢高中时代，甚至是初中时代老师们对我的鼓励，让我这个不算是严格意义上的文学少年，最终走到了现在。

回到刚刚的话题，在经历了将近一周的严酷考验之后，我终于结束了自己的博士研究生的考试。考试过后我就去了成都，当时只是想单纯地去成都吃吃火锅，享受一下麻辣带来的愉悦，犒劳一下辛苦考试的自己。每年的5月，成都的街头总是摆满了贩卖枇杷的小贩，水果商店的门口也都摆卖大小不一的黄灿灿的水果。我总是喜欢买一些吃，感觉这样的生活才真实而鲜活，至于成绩如何其实是没有那么在意的。紧接着就是等到了成绩公布的时候，我记得查完成绩的时候，我的总分没有记错的话是420分，这个分数对于博士研究生来讲，其实即使放在哪里都应该算是比较高的分数了。当时心情自然是很开心的，记得那时候去学校办事碰到很多熟悉的老师，他们已经开始恭喜我了，这也可以看出当时的分数应该是比较保险的。其实不管结果如何，这个分数已经是很给面子了。6月初我拿到了中央戏剧学院的博士录取通知书，正式宣告我开始了自己的博士读书生涯，这对于我，对于我的家人而言都是一次极大的喜讯。记得那时候我身边的好友都为我高兴，轮番给我庆祝，这成为我人生最为难忘的一段岁月之一。

特别值得一提的是，我比较幸运的是最后一届国家公费的博士研究生，也就是说我读书是不需要付学费的，后面下一年就全部实现自费了。记得硕士研究生的时候也是这样，我也是当年最后一次享受国家公费硕士研究生的待遇，之后就完全实行自费了。对于读书而言，这其实更像是一种福利，虽然钱也很重要（硕博的学费都不低），但是这期间获得更多的是一种心里认同感，虽然聊起往事的时候，还是很自豪的。于是在2013年，我顺利进入母校攻读博士研究生，担任这一届博士班的班长，开启了我再次的求学之旅。博士期间的课程不算很多，更多的时间是围绕着毕业论文的写作来进行听课。因为本科开始就一直在中戏，所以很多的课程其实早就学过，这期间导师谭霈生先生给全部的研究生开了一门课，还有就是每周的一次不同学术门类的专家讲座，包括导演、表演、舞台管理、电视艺术等，也是我特别受益匪浅的课程。这期间认识了很多的良师益友，像当时的研究生部主任夏波老师、本科开始就给我们授课的英语老师苏璐，政治课老师李岫等，都是很熟悉的好老师。同学中很多都是已经工作的大学老师，还有一部分是新认识的同学，总之，上课的时间是紧迫中带着惬意的，能在工作之余重回学校，做回一个学生，相信很多人都能理解这份喜悦。

博士论文的选定其实是比较快的，结合了导师的建议和个人的喜爱。从本科开始，我的论文基本上都是围绕着作家作品展开的，其中本科写的是《田纳西·威廉斯剧作中女性形象分析》，硕士研究生因为专业方向是中国古典戏曲史，就将目光锁定在了清代著名的剧作家、戏曲理论家李渔的身上，围绕他的《十种曲》和《闲情偶寄》中提到的编剧理论之间的关系进行论述。到了博士阶段，随着自己的积累和阅历的增长，尤其是在生活中经常参与创作的缘故，我将自己的选题还是更多地聚焦在剧作家身上。在剧作家的选择上，当时其实有几个人选，包括美国当代戏剧家尤金·奥尼尔、英国剧作家彼得·谢弗等，前者的很多作品包括《安娜克里斯蒂》《进入黑夜的漫长旅程》《天边外》都曾经是我求学时期的枕边必备。而后者的作品像《上帝的宠儿》《马》等，则直接让我感受到了戏剧中蕴含的宗教与人的奇妙关系之魅力。鉴于尤金·奥尼尔写的人很多很多，光是前几届的师兄就已经有过，于是就此放弃。至于彼得·谢弗则是自己担心不是英语专业出身，对与国外的资料的掌握不能够做到全面翔实而主动放弃。

于是在导师的建议下选择了阿瑟·密勒，正好也符合我自己对于选题的要求，也就顺理成章地开始了自己的博士论文准备阶段。

查阅资料的过程和梳理论文脉络的过程有相似点，也有不尽相似的地方。记得那时候是冬天，因为论文的事情经常要跑去图书馆和导师的家里。谭先生的家位于北四环外的学院路附近，那个时候经常是跑到老师家，带着打印出来的稿子，一边听导师讲解，一边飞快的记录。有时候自己写的不认真，或者是没有能写出老师心里的要求，这个时候的自己其实是很惭愧的。谭先生的性格其实是非常温和的，用谦谦君子温润如玉来形容最为恰当不过。当时的他已经耄耋之年，仍然面色红润，思维清晰。通常的时候是我们去到楼上的书房，先生一边说我就一边记，旁边将手机打开录音记录。他的话语不紧不慢，从容不迫中带着一种坚定。我曾经做过谭先生的一篇人物访谈，对于先生的成长经历较为熟悉，也就自然会联想到先生这一生的经历与遭遇。想到他在地安门中学求学时候因为《兄妹开荒》而产生的对于艺术的向往，想到他阴差阳错被中央戏剧学院录取，想到他在艰苦的岁月中求知若渴，更想到他在中戏工作的无数岁月里，躬身付出的背影。中戏的老校区里面，古色古香的小院里藏着无数像老师一样的学者艺术家们，她们就像夏天小院中爬满院墙的青藤，永远都是在默默中更迭着自己，守护着教书育人的初心。也正是因此，他们才在岁月蹉跎的身影下，依然站成一道永恒的风景。先生在批改论文的时候，经常是会用手写很多的意见和建议，很多时候我交上去的论文经常是被涂满圈圈点点，画得密密麻麻。这不禁让我想起鲁迅先生笔下的那位藤野的先生，那位因为经常不修边幅，忘记打领带而被疑为扒手的老师，却能对于一位来自弱国的学生关爱有加，不光修订他文法的错误，还将其缺漏的地方予以补充，可见在师者的眼中，授业解惑本是寻常所见的，更何况是这些虚怀若谷的老先生们。

所以当时去老师家里修改论文的时候，一方面是顶着北京冬天凌烈的寒风与未知的忐忑。另一方面则是享受着导师如春风般和蔼的温暖。这一切连同书房密密麻麻摆满的书籍光盘一起，在冬日午后的太阳下，俨然是一副宋人笔下的画。即使到了现在，很多年过去之后我还是常常能回忆起当时的画面，想到在自己的求学生涯中能遇到一位如此这般真诚的老先生，其实是非常感恩的。这也就是为何后来我一直有到大学工作的情节，想想原因应该正是老师的言传身教潜移默化影响的结果吧。

论文初稿完成后，中间又经历了几次的修改，其中最后答辩前导师还将我叫到家中，嘱我答辩时候应该注意的事项及其应对的方法。事无巨细，耐心而周到，当时心里十分温暖。后来答辩的过程很顺利，我也顺利地拿到了自己的博士学位。而这部拙作的最基础的部分就是在博士论文的基础上完善加工而成的。这其中重点是加入了围绕阿瑟·密勒剧作中呈现的当代性问题展开的。在书的上半部分，重点围绕中国的“问题剧”和密勒的“社会剧理论”展开，由此引到该书的中间部分：密勒的作品及其多方位的探索。重点论述密勒作为一名享誉世界的剧作家，其剧作中有很多关于人与社会关系的诠释与解读。从《推销员之死》到《萨勒姆的女巫》，密勒始终将自己的关注点放在“人”身上，围绕“社会”对于“人”的影响来展开叙事，引入矛盾，构建他的戏剧世界。事实上我们现在经常谈日本的推理小说，谈到东野圭吾、松本清张，他们的作品在当代引起了很多的关注和讨论。我个人觉得要是论起“社会剧”的传统。密勒显然更早且更深刻。而成书的时候，则加入了第三部分（也就是目前看到的“下”篇），在这部分，我将密勒的剧本和世界当代的剧作放在同一语境下进行比较，从历史的脉络出发梳理其剧作中的当代性。戏剧发展到当代，尤其是进入二十一世纪以来，愈来愈呈现出一种总体的趋势：时间空间的自由化与人物本身潜意识心理活动地外化。这期间涌现出一批耳熟能详的经典作品。

《乡村》《日瓦戈医生》《叶甫盖尼·奥涅金》《兄弟姐妹》《酗酒者莫非》《狂人日记》等一批作品，可以说代表了当代世界戏剧舞台艺术的审美趋势。这些作品尽管国别不同，有的来自以色列，有的来自俄罗斯，有的来自波兰；题材也不尽相同:《乡村》像一首散文诗，围绕一个人的一生展开全景式地回溯;《日瓦戈医生》《叶甫盖尼·奥涅金》来自于名著，本身就承载着人类命运与个体生活的宏大主题，而来自波兰的导演陆帕则将目光延伸到了遥远的东方，在中国的作家里面寻找灵感，借其表达他眼中的世界。这些作品共同的审美特征表现为：对舞台时空的灵活运用，传统的现实主义的风格已经不能完全表达导演心中的宏伟蓝图了。另一方面就是剧中的人物，更多地对其心理空间进行拓展与生发，以此来组织事件，塑造人物。依我之见，这正是西方戏剧在当下寻求新的表现形式与内在信仰的一种集体选择，而假如你熟悉密勒的作品就会发现，这项工作正是密勒毕生所追求的，只是他并没有沿着这条路一直走下去，在其后期的作品像《堕落之后》中，虽然也在运用不同时空下人的精神层面的挖掘与展现，但是总体来讲，和《推销员之死》中威利·诺曼的世界相比，差距还是很明显的。所以在论文的最后一部分，我试图用自己观看到的近几年来的一些西方主流的戏剧作品，对其进行剖析，不论是艺术表现形式还是剧本内在的张力，都作为一种衡量指标对比当下我们的戏剧创作。西方戏剧更加重视“写意”的舞台审美，所以在对人物心理空间的拓展表现上尤其下功夫。而反观我们自己的作品,（戏剧作品）则更多地还是用写实的态度来进行创作。所以有时候去看一场演出，宏大唯美的舞美灯光之下，作品愈发显得苍白无力，大家都在谈原因，究其根本还是对于人本身的认识与表现不够。当然这又是一个更为宏大且很难谈的话题，在此不做过多牵涉。只是更希望这部拙作能够给予戏剧从业人员一点哪怕微小的启示，让他们在进行创作的时候，更多地关注当下社会中的人，反映他们的情感、展示他们的生活，不管是光鲜亮丽还是千疮百孔，唯有真实地表现人的本真与存在，才是艺术最终的指向所在。在这一点上，来自于大洋彼岸的剧作家密勒早在一百多年前就已经在开始尝试去做了，从这点上应该说，他是我们当代戏剧创作的一个引路人与先驱者，循着他的足迹继续前行或许不一定能收获丰硕的果实，最起码应该也会有不一样的风景。

正是在此契机下，我才萌生了将这部拙作出版的想法，虽然这里面还有很多的不成熟的地方，文中的一些观点也都是我个人在生活学习戏剧多年中所见所想，难免有浅陋之处，但是想到或许能够给后面研究密勒的同仁们一点新的角度，也算是我最大的欣慰了。研究工作不是一朝一夕能够完成的，这部书从开始选题到成书的时间不算很长，但是加上之前的准备工作，其实算来也有将近8年的时间了。中国戏剧出版社是我上学时起就特别喜欢的出版社，是戏剧类图书的最权威出版社，也是拙作能够出版的最理想所在。

这里要特别感谢戏剧出版社的领导们给予本书的鼎力支持！说起来我与戏剧出版社的渊源，应该要从樊国宾社长说起。当时因为在中国艺术研究院开会的关系有幸结识了樊社长（他身兼数职在此仅以此职务称呼），期间因为他的缘故又认识了社里的很多好友，这就包括本书的责任编辑张霞女士。从选题策划到书稿成型历经三年，这期间张霞女士经常不辞辛苦地沟通商议，为的是更好地将本书面世。对此辛劳付出与悉心指导，深表感谢！

感谢我的导师谭霈生先生，在指导论文的过程中所付出的超常的心血和精力，既有严师般的批评，更多的则是慈父般的关爱。每次去先生家谈论文，先生总是一边说，一边让我复述他指出的问题，每次都是战战兢兢，惴惴不安。先生对待学术是极其严苛的，哪怕是一个标点，一个语序出现问题，也都会一一指出。尤其是其中逻辑上出现的问题，先生有的地方标标画画，有的则亲笔写了出来，密密麻麻的文字，各种连接符号，一笔一划，都是凝聚着先生的关爱。那个有些昏暗的安静的书房，连同周围布满的密密麻麻的碟片和书籍，以及先生谆谆教导的神态，都将是我珍藏在记忆深处最宝贵的财富。敬爱的谭先生，谢谢您！

感谢丁先生，每次听您旁征博引，出口成章的精彩讲课，对我们而言都是一次极富挑战的艺术世界的旅行，您的严谨认真的治学态度，极富魅力的授课方式，都带给我极大的收获。在生活和学习上您所给予的关爱和帮助，将永远铭记于心。敬爱的丁先生，谢谢您！

感谢母校中央戏剧学院，在这篇充满生机的土地上，留下过汗水、泪水，也收获了欢笑和友谊，我敬爱的母校，谢谢您！

感谢浙音的各位领导、尤其是戏剧系的各位领导同仁们对于本书给予的大力支持。感谢科研处的领导老师们给予的宝贵意见！这本书的出版离不开您们大家的帮助！

最后，将我最大的敬意献给我的父亲母亲，感谢您们为我、为整个家付出的一切！祝愿你们永远健康幸福！

张永明

2021年6月于杭州